물의 무게

물의 무게

애니타 슈리브 지음
조한나 옮김

The Weight of Water

 북캐슬

차례

   뉴햄프셔 해안에서 10마일 정도 떨어진 곳에는 쇼울 아일랜드 군도가 있다. 1873년 3월 5일 밤, 이 군도의 한 섬에서 노르웨이에서 이민을 온 두 명의 여성이 살해당하는 사건이 일어났다. 세명 중 한 여자만이 해안가 동굴 속에 숨어 있다가 새벽 무렵 사람들에게 발견되어 살아남을 수 있었다.

   이 책에는 '메인 주의 루이스 H. F. 와그너 재판' 의 법정 증언 기록들이 인용되었다. 법정 증언들이 인용되고 사건의 큰 틀은 유지되지만, 등장인물의 이름이나 장소 명칭 등은 소설화했다.

   법정에서 밝혀진 '아넷 크리스텐슨' 과 '캐런 크리스텐슨' 살해범의 진위 여부는 이후 한 세기가 넘도록 계속해서 논쟁의 대상이 되고 있다.

1.

나는 이 이야기의 무게를 더 이상 짊어지고 싶지 않다. 그것은 너무도 끔찍한 무게로 나를 짓누르고 있기 때문이다.

나는 항구에 정박한 고무보트 위에서 스머티노즈 섬을 바라보고 있었다. 석양이 분홍빛 얼룩을 남기며 섬 위를 지나는 것이 보였다. 나는 보트 엔진을 끄고 한 손을 반쯤 물에 담가 손에 닿는 차가운 물의 감촉이 그대로 느껴지도록 내버려두었다. 바닷물 속에 담근 손을 이리저리 저으며, 이 바다와 항구가 간직한 슬픈 비밀에 대해 생각해보았다.

나는 이 섬에 와본 적이 있다. 1년 전이었다. 그때 나는 이곳의 거친 날씨에 맞서 섬에 뿌리를 내린 식물들을 촬영했다. 블랙 세이지, 베이베리 나무, 애기 수영풀, 갯솔나무 등…. 이 섬은 화강암으로 된 돌섬으로, 완전한 불모지는 아니었다. 하지만 메마르고 황량한 곳이었다. 해수면에서 그리 높지 않게 들쭉날쭉 솟아오른 바위들로 이뤄져 있는 이 스머티노즈 섬에서 살려면 보통 이상의 용기가 필요할 것 같았다.

나는 이 메마른 섬에서 살아남은 식물들처럼, 바위 틈바구니에 뿌리를 내리고 살았을 당시의 사람들을 상상해보았다.

두 여자가 살해된 집은 1885년에 불에 타 없어져버렸다. 하지만 1년 전 이곳에 왔을 때, 나는 집터의 흔적을 발견해 사진에 담을 수 있었다. 보트 위에서 섬을 바라보며 스머티노즈 섬의 하얗게 변색된 바위들도 사진에 담았고, 바다에서 뛰어오르는 물고기와 낮게 날다가 순식간에 휙 날아오르는 갈매기들도 찍었다. 전에 왔을 때는 노란 장미와 블랙베리 열매도 볼 수 있었는데, 이곳에서 무언가 끔찍한 일이 벌어지려 하고 있었던 것 같다. 하지만 그때는 그것을 감지할 수 없었다.

나는 바닷물에 담갔던 손을 꺼내 납작한 상자 안에 든 종이 위로 물을 똑똑 떨어뜨렸다. 종이는 철썩이는 파도 때문인지 가장자리가 이미 축축해져 있었다.

나는 가끔 이런 생각을 해보았다. 만약 어떤 사연에 대해 충분히 이야기하는 것으로써 그 상처가 아물 수 있다면 어떨까? 지금 내 팔을 따라 흘러내리고 있는 물방울처럼 이야기를 이루는 단어들이 내게서 떠날 수만 있다면, 나는 그 이야기를 천 번이라도 할 수 있을 것 같았다.

2.

    섬이 모습을 드러내면 소리치는 것이 나의 임무였다. 바위투성이의 나지막한 돌섬의 형체를 찾아야 했다. 나는 뱃머리에 서서 안개 속에 쌓인 바다를 노려보다 실재하지 않는 것들을 보게 되었다. 처음에는 동그란 작은 불빛들이 떠다니는 것을 보았고, 다음으로 회색의 미묘한 농도의 변화를 느꼈다. 그건 그림자였을까? 아니면 어떤 형체였을까? 그리고 다음 순간, 그 결정적인 몇 초 동안 나는 너무 놀라 소리도 내지 못했다. 쇼울 아일랜드의 모든 섬들이 내 눈앞에 있었다. 애플도어, 런더너스, 스타, 스머티노즈. 안개 속에서 바위섬들이 모습을 드러낸 것이다. 스머티노즈 섬의 하얗게 색이 바랜 납작한 바위들이 수면에서 살짝 올라와 있었다. 쓸쓸하고 황량해 보였다.

    나는 소리쳤다. "육지다!" 그렇게 말한 것 같다.

요트를 타고 있을 때 나는 종종 패소공포증을 느낀다. 심지어 뱃머리에 혼자 있을 때조차 그런다. 예상하지 못한 일이다. 배에는 어른 넷과 어린 아이 한 명이 타고 있었다. 다섯 명이 작은 침실만한 공간을 사이좋게 나눠 써야 했다. 하지만 좁은 배 안은 늘 축축하기만 했다. 침대 시트는 항상 눅눅했고 어쩔 땐 속옷마저 젖을 때도 있었다. 이 요트를 오랫동안 탔던 리치는 이런 불편한 경험들이 항해의 진정한 맛이라고 말했다. 그는 이런 축축한 상황을 받아들이고 심지어 즐길 줄 아는 것이 좋은 성격이라고 생각하는 듯했다.

리치는 애덜린이라는 이름의 새 여자 친구를 데려왔다.

리치가 자신의 요트를 소개했다. 배의 이름은 '모건 41' 이었고, 오래되긴 했지만 손질이 잘 되어 있었다. 본체는 새로 니스 칠을 했다고 한다. 리치는 갈고리 장대를 들고서 토머스에게 부표에 닻줄을 걸라고 소리쳤다. 리치는 속력을 줄이고 후진 기어를 넣었다. 그는 다시 살짝 속도를 높이면서 길고 날렵하게 생긴 요트를 능숙하게 정박장에 갖다 댔다. 토머스는 배 아래로 몸을 기울여 정박장에 떠 있는 부표를 잡았다.

애덜린이 보고 있던 책에서 고개를 들었다. 우리가 이 슬루프(돛대가 하나인 요트) 요트를 탄 지 3일 째 되는 날이었다. 우리는 헐(Hull, 캐나다의 퀘벡 주의 도시), 마블헤드(영문, 미국 동북부 매사추세츠 주의 휴양지), 아니스쾀(영문, 미국 동북부 매사추세츠 주의 작은 해

11

안 마을)을 여행하고 이제 막 쇼울 아일랜드에 도착했다.

쇼울 아일랜드는 대서양에 위치한 군도로, 뉴햄프셔 해안의 항구도시 포츠머스에서 남동쪽으로 10마일쯤 떨어진 곳에 자리하고 있었다. 이 군도는 남북으로 3.5마일, 동서 방향으로 반마일 정도 두고 무리를 이루고 있었다. 바다가 간조일 때는 9개의 섬이 전부 보이지만 만조일 때는 8개가 된다. 화이트와 시비라는 두 섬은 서로 연결되어 있었다. 쇼울 아일랜드에서 가장 큰 섬은 호그(거세한 수퇘지를 이르는 말) 섬이라고 불리는데, 뚱뚱한 돼지가 바다에서 첨벙거리는 것처럼 보인다고 해서 붙여진 이름이다.

우리의 목적지인 스머티노즈('더러운 코'라는 뜻) 섬은 해안에 있는 한 바위에서 코처럼 뾰족하게 튀어나온 부분에 달려 있는 해초 덩어리가 해수면까지 내려온 모습에서 그 이름이 유래했다. 다른 섬들의 이름은 낭만적인 항해 기록에 나올법하기도 했지만 스머티노즈는 늘 사람들에게 정이 안가는 이름이었다.

1635년에 쇼울 아일랜드의 섬들은 공식적으로 두 지역 관할로 양분되었다. 한 쪽은 메인 주가 속한 매사추세츠 만 식민지였고 다른 한쪽은 나중에 뉴햄프셔로 알려진 지역이었다. 덕, 호그, 말라가, 스머티노즈, 시더는 메인 주에 속했고, 스타, 런더너스, 화이트, 시비는 뉴햄프셔 주에 속했다. 이런 구분은 지금까지도 계속되고 있다. 1653년에 이 법령이 처음 선포되었을 때, 스타 섬에 살고 있던 주민들 거의 모두가 스머티노즈 섬으로 옮겨갔다. 그때까지 메인 주에서는 술을 마시는 게 불법이 아니었기 때문이다.

나는 여행 안내서를 읽다가 매우 놀라운 사실들을 발견했다. 1724년, 스타 섬에서 '베티 무디'라는 이름의 여성이 인디언들을 피해 세 명의 아이들을 데리고 동굴 속으로 숨었다. 그녀는 바닥에 웅크려 앉아 세 명의 아이들 중 젖먹이 아기를 품속에 꽉 안았다. 아기가 울어 들킬까봐 한 일이었지만, 인디언들이 돌아가고 난 뒤에 그녀의 딸 보니는 질식사하고 말았다.

리치는 레슬링 선수처럼 보였다. 그의 몸에는 적당히 근육이 붙어 있어서 탄탄해 보였다. 머리는 시원스럽게 밀었고 가지런한 치아도 보기 좋았다. 하지만 내가 보기에 리치는 토머스를 전혀 닮지 않았다. 기묘한 유전자의 장난이었다. 그들은 10살이나 차이가 난다. 리치는 토머스를 무자비하게 간지럼 태우는 것을 좋아했다. 심지어 조디악(구명용 보트)을 타고 있을 때조차도 그랬다. 토머스는 마치 고문을 당하는 것처럼 비명을 지르면서도 리치의 장난을 좋아했다. 리치는 운동선수처럼 우아하게 모건 위를 걸어 다닌다. 그럴 때면 마치 지금껏 그를 힘들게 하는 일 따위는 없었던 것처럼 보였다.

우리는 여기서 그리 멀지 않은 아니스쾀에서 출발했기 때문에 이른 아침에 이곳에 도착할 수 있었다. 나는 토머스가 고물(배의 뒷부분) 너머로 몸을 굽혀 부표에 계류용 밧줄을 매는 것을 보았다. 토머스의 다리는 희고 허벅지 뒤쪽에는 갈색 털이 소용돌이 무늬들을 그리며 나 있었다. 그는 수영복 바지 차림에 핑크색 셔츠를 입고 소매를 팔꿈치까지 말아 올리고 있었다. 나는 토머스와 결혼한 지 15년이 되었다. 내 남편 토머스가 이 요트 위에서 남동생의 2등 항해사로서 허드렛일을 하는 걸 보니 기분이 묘했다. 모처럼 펜을 놓고 막일을 하고 있는 그는 매우 허둥대고 있는 것처럼 보였다.

종종 느끼는 일이지만 그는 너무 커 보였다. 심지어 앉아 있을 때조차도 몸을 구부려야 할 것 같았다. 바다의 강렬한 햇볕 때문에 색이 더 옅어진 그의 희미한 금발 머리카락이 이마 위로 흩어졌다. 그는 내가 좋아하는 그 특유의 동작으로 머리를 넘겼다. 아마도 저 모습을 천 번은 봤을 것이다. 그는 리치보다 나이가 훨씬 많은데도 아니, 어쩌면 그 때문인지 가끔 리치와 애덜린과 함께 있으면 불안해하는 것처럼 보였다. 마치 아버지가 다 큰 아들과 함께 여자를 만날 때처럼….

애덜린의 눈에 토머스는 어떻게 보일까? 내 남편은 성공한 시인이다. 이제 겨우 47세에 불과하지만 벌써 대학에서 종신교수 비슷한 자리에 있었다. 애덜린은 토머스의 작품을 경탄해 마지않았다. 나는 그녀가 예전부터 토머스의 시를 알고 있었는지, 아니면 이 여행을 대비해서 읽은 건지 궁금했다.

14

나는 배 위에서 특별히 할 일이 없을 때면 이 군도에 대한 자료를 읽었다. 카메라 가방에는 섬에 관한 자료들이 잔뜩 담겨져 있다. 여행안내서나 살인사건에 대한 신문 보도자료, 재판 기록 등이다. 리서치 담당자가 제공해준 것들이다. 아마도 그는 내가 기사를 쓴다고 여긴듯했다. 1873년 살인사건이 일어났을 당시, 범죄에 대한 기사를 실었던 신문들은 세월이 흐른 후 그 사건을 '세기의 재판'이라 불렀다.

그런 표현은 이번 여름에 세상을 놀라게 했던 한 법정 재판을 떠올리게 했다. 그 재판은 참관인들마저 놀라서 얼이 빠지게 할 정도로 잔혹한 이야기들로 가득했다. 우리 잡지사의 편집장은 이 두 사건에서 연관성을 찾을 수 있을 거라고 생각했다. 두 사건 모두 칼날이 있는 무기를 사용했고, 두 명의 희생자가 나온 살인 사건이었으며, 세간을 떠들썩하게 한 재판으로 이어졌다. 또 사소한 사실에 근거한 정황증거만 있다는 점도 비슷했다. 나로서는 이 두 사건에 결정적인 유사점은 거의 없다고 생각했지만, 잡지사에서는 뭐든 그럴듯하게 만들어낼 것이다.

내 출장경비는 분에 넘치게 많았지만, 리치는 전문잡지의 소유자이고, 또 부자라서 돈을 받으려 하지 않을 것이다. 토머스가 요트를 갖고 있는 동생을 생각해낸 것은 참 다행이었다. 그러지 않았다면 비좁은 공간에서 낯선 선장과 모르는 사람들과 함께 지내야 했을 것이다.

리치가 애덜린을 만난 지는 얼마나 됐을까?

나는 살인 사건이 일어난 당시에 쓰인 많은 기사들을 읽었다. 사건 자체도 놀랍지만, 무엇보다 사실이라는 것이 얼마나 쉽게 왜곡될 수 있는지를 발견하고 또 놀랐다.

그 살인사건을 생각할 때면 나는 그날 밤 그 현장을 떠올려 보려고 했다. 강풍이 부는 밤, 바다에서 불어온 바람은 오두막의 창문을 세차게 때렸을 것이다. 나는 때로 그 바람소리가 생생히 느껴지는 것 같다. 밤하늘 높이 떠 있는 보름달과 그 아래 걸쳐진 새털구름, 그리고 그 밑에 있는 목조 건물의 모습도 눈에 보이는 듯했다. 마렌과 아넷은 한 침대에 나란히 누워 있었을 것이다. (그들이 서로의 몸을 만지고 있지는 않았을까?) 그리고 옆방에서 캐런이 갑자기 공포에 질려 소리를 질렀을 것이다. 아니면 개가 먼저 짖기 시작했을까?

나는 그 살인사건이 일어난 순간을 미묘하게 아름답고 우아한 장면으로 떠올려 보았다. 하얀 잠옷을 입은 여자들, 공포에 질려 허공에서 허우적대는 그들의 팔, 곧이어 야외의 흰 눈이 쌓인 거친 바위를 배경으로 하얀 잠옷들이 보였다. 얇은 린넨 잠옷이 빨랫줄에 걸린 빨래처럼 돌풍에 펄럭인다. 누군가의 팔이 창문에 닿는 것이 보였다. 달빛이 창유리에 닿아 몽롱한 얼룩을 남긴다. 한 여자가 다른 두 명의 이름을 차례로 부른다. 오두막 아래로 보이는 해안에는 작은 고깃배 한 대가 정박해 있었다. 출렁이는 파도는 배의 선체를 세차게 때리고 있다.

나는 내 딸이 수영복을 입고 배 위를 돌아다니는 모습을 보는 걸 좋아했다. 하늘하늘한 수영복의 천이 늘어나서 빌리의 엉덩이 위로 높이 올라가 있었다. 그녀의 몸은 통통하고 건강해 보인다. 가끔씩 팔을 핥아보면 짠맛이 난다. 이 다섯 살짜리 꼬마 아가씨는 우리가 탄 슬루프 요트에 매료되었다. 가져올 수 있었던 몇 개 안 되는 장난감들을 숨길만한 기발한 공간들이 많이 있었고, 아늑한 작은 방들이 있기 때문이었다. 빌리는 선실로 내려오는 사다리 옆에 있는 작은 침대에서 잠을 잤다. 애덜린과 리치는 선실의 앞부분에 있는 방에 머문다. 배의 소유자로서 누릴 수 있는 특권이었다. 토머스와 나는 사생활이 지켜지지 않는 선실 중앙의 개방된 공간에서 잠을 잤다. 우리가 자는 침대는 아침마다 식탁으로 사용되었다.

나는 종종 선실 바닥에 빌리가 남긴 작은 모래 발자국을 발견했다. 냉장고 안에도 모래의 흔적이 남아 있었다. 리치가 싫어할까? 그럴 것 같진 않다. 빌리의 머리카락은 바다의 강렬한 햇볕 때문에 색이 엷어졌고, 축축한 공기 때문인지 계속 곱슬거린다. 빌리의 눈동자는 동공이 크게 확장되어 짙은 푸른색 눈이 검은 색처럼 보이는 경우가 점점 더 잦아진다. 그녀는 속눈썹이 너무 길어서 단순히 눈을 깜박이는 동작도 매우 과장돼 보였다. 앞니

두 개가 빠진 치아는 환하게 웃을 때마다 그녀의 미소를 더 크게 만들었다. 그녀는 어렴풋이 혀 짧은 소리로 내게 말해온다.

아침이면 리치의 방에서 애덜린과 리치가 내는 소리가 새어나온다. 천이 바스락거리는 소리, 속삭임, 리드미컬하게 몸이 움직이는 소리들. 애덜린이 내는 소리는 정말이지 놀랍다. 짐승처럼 으르렁거리기도 하고 어쩔 땐 광기어린 괴성을 지르기도 한다. 나는 그 소리가 들리기 전에 서둘러 움직인다. 실내가운을 걸친 채 콕핏(조타석이 있는 선미의 갑판)으로 올라갔다. 빌리가 잠에서 깨면 애덜린이 아파서 소리 지르는 거라고 걱정하지나 않을지 모르겠다.

살인사건이 일어난 다음날 아침, 아넷의 남편 에번이 허둥지둥 집으로 향하는 모습을 떠올려 보았다. 그는 상상도 못할 끔찍한 소식을 전해듣고 이성을 잃은 채 달려갔을 것이다. 그때쯤에는 밤하늘 높이 떠 있던 새털구름은 사라져버렸을 것이고 섬 바위 위를 덮은 눈도 햇볕에 녹기 시작했을 것이다. 에번은 집 안으로 들어선 첫 번째 남자였을 것이다. 아마 그는 먼저 들어가겠다고 고집했겠지.

1852년 교사였던 낸시 언더힐이라는 이름의 여성은 스타 섬의 바위 위에 앉아 있다가 거대한 파도가 덮쳐 한 순간에 바다로 휩쓸려갔다. 그녀의 시체는 일주일 뒤 메인 주 '케이프 네딕' 곶에서 발견되었다.

오늘 아침 우리는 쇼울 아일랜드에 도착해 항구에 배를 정박했다. 애덜린은 콕핏에 서서 양손을 허리에 얹고 스머티노즈 섬의 해안을 눈으로 살폈다. 그녀는 마치 심오한 무언가가 모습을 드러내기라도 할 것처럼 진지하게 섬을 바라보았다. 말을 할 때 그녀의 억양은 올라갔다가 내려가고, 한 번 더 낮아져서 소리가 사라졌다가 다시 소리가 들릴 정도로 올라온다. 나는 종종 이 소리가 부드러운 찬송가 같다고 생각했다. 혹은 파도가 선체에 부딪히며 만들어내는 아름다운 선율 같기도 했다.

　애덜린은 갑판에서 균형을 잡으려고 몸을 흔들거리며 걷는다. 무용수 같은 우아한 움직임이었다. 아침마다 그녀는 사다리를 타고 올라와 선실 입구에 모습을 드러냈다. 그럴 때면 그녀는 콕핏으로 미끄러져 나오는 것 같았다. 그녀는 기다란 면 스커트에 엉덩이까지 헐렁하게 내려오는 블라우스를 주로 입었다. 목에는 십자가 목걸이를 걸고 있었다. 그녀의 나이에 걸맞지 않아 보이는 장신구였다. 마치 어린 소녀였을 때 목걸이를 한 번 했다가 빼는 걸 잊은 듯 보였다. 십자가 펜던트는 햇볕에 타서 매끄러워 보이는 그녀의 쇄골 위에서 반짝거린다.

　리치는 애덜린이 보스턴 은행의 국제 업무 부서에서 일한다고 했다. 그녀는 자신의 직업에 대해서는 한 번도 이야기한 적이 없었다. 나는 정장 차림을 한 그녀가 공항 게이트에 서 있는 모습을 상상해보았다. 그녀의 양 손목에는 가느다란 흉터가 있었는데 마치 칼이나 면도칼로 정맥을 따라 그은 것처럼 보였다. 매끈한 살 위에 살짝 곡선을 이루며 내려온 기다란 흉터였다. 그녀는 시선을 사로잡는 매력적인 입을 갖고 있었다. 입술은 주름 하나 없이 매끈해 보였다. 도톰하고 섹시한 입술이었다.

나는 때로 마렌 혼트베트의 마지막 순간을 상상해보았다. 자신의 방 의자에 앉아 있는 그녀의 모습을…. 벽지는 색이 바랬지만 찢어지거나 닳은 곳은 없었다. 그녀는 머리에 아일릿 자수 모자를 써서 머리카락이 흘러내리지 않도록 했다. 무릎 위에는 힘없이 늘어진 숄이 보였다. 그녀는 미동도 하지 않고 앉아 있었다. 나무 바닥에는 아무것도 깔려 있지 않았고 경대 위에는 물대야가 보였다. 창문으로 들어오는 햇빛이 그녀의 얼굴과 눈을 비춘다. 그녀의 눈은 회색빛을 띠었다. 아직 색이 옅어지지 않았고, 알만한 사람은 그녀가 누구인지 알 수 있는 느낌을 간직하고 있었다.

그녀는 죽어가고 있었다. 곧 세상을 떠날 것이다. 그녀는 어떤 이들이 죽은 자식의 낡은 사진을 가슴에 품듯 평생 마음속에 간직하고 음미해온 추억과 이야기들을 갖고 있다. 피부는 힘없이 흘러내려 주름이 져 마치 마른 수국색의 보풀이 일어난 벨벳처럼 보였다. 그녀는 젊었을 때 아름다운 여성은 아니었지만, 당당하고 남에게 호감을 주는 외모였으며 몸도 건강했다. 아직도 그녀의 얼굴 윤곽은 그대로 남아 있었다. 마치 가구를 천으로 덮어

놓아도 형태를 인식할 수 있듯, 그녀의 윤곽을 알아볼 수 있었다. 나는 궁금했다. 한 여자가 극한 상황으로 몰릴 때, 그녀는 어떤 행동을 하게 될까?

항구에 배를 정박시킨 후, 리치는 스머티노즈 섬까지 조디악으로 나를 데려다 주겠다고 제안했다. 빌리는 따라가겠다고 졸라댄다. 나는 그 작은 고무보트 위에 웅크리고 앉았다. 넘어지지 않으려고 보트에 기대면서 섬의 사진을 찍었다. 나는 해슬블라드(스웨덴의 카메라 브랜드 이름) 카메라에 편광필터를 장착한 망원렌즈를 이용해 사진을 찍었다. 때때로 나는 리치에게 진동이 줄어들도록 보트엔진을 꺼달라고 소리치기도 하고, 또 속도를 올리라고 손짓을 하기도 했다.

섬에는 집이 두 채 있다. 하나는 헤일리하우스라고 불리는 작은 목조 건물이다. 이곳은 사람이 살만한 곳은 아니지만 역사적으로 의미가 있다. 심미적으로도 순수하고 아름다웠다. 또 다른 건물은 조난당한 선원들을 위한 기초물품들을 구비해놓은 오두막집이었다.

스머티노즈 섬의 허물어진 방파제 안쪽으로 작은 해변이 보였다. 리치는 그곳으로 조디악을 능숙하게 끌어올린다. 해변은 자그마하고 폭이 좁았으며, 짙은 색 돌과 까맣게 탄 나무 조각 등으로 덮여 있어 검은색을 띠었다. 공기는 볼이 얼얼할 정도로 차가웠다. 옛날에 바다공기가 강장제로 처방된 이유를 알 것 같았다. 빌리는 구명조끼를 벗고 모래바닥에 양반다리를 하고 앉았다. 그녀는 연한 분홍색 티셔츠를 입고 있는데 셔츠는 배를 완전히 가려주지 못했다. 리치는 이미 햇볕에 많이 타서 팔다리와 얼굴이 붉은 황금빛처럼 곱게 물들었고 목주위에는 경계선이 보였다. 우리는 토머스와 애덜린을 모건에 남겨두고 왔다.

쇼울 아일랜드에서는 겨울의 추위가 계속되는 몇 달 동안 창문을 한 번도 열지 않는다. 아이들도 집 안에만 있어야 한다. 3월 즈음이면 환기가 되지 않은 실내에 탁한 공기와 연기로 가득 차 아이들은 숨쉬기가 어려울 정도였다.

리치는 빌리의 손을 잡고 방파제로 가서 빌리가 바위틈에서 홍합을 잡아 양동이에 담는 것을 옆에서 도와주었다. 나는 그들을 잠시 지켜보다가 카메라 가방을 어깨에 메고 스머티노즈 섬의 끝으로 향했다. 그곳에서 섬 전체를 구도 안에 넣어 찍고 싶었다. 내 목적지인 섬의 동쪽 끝에 이르자 바위 하나가 보였다. 그것은 말발굽 위 뒤쪽에 난 덥수룩한 털처럼 비죽 튀어나와 있었다. 삐죽삐죽한 바위 안쪽으로 동굴이 보였다. 가까이서 보니 동굴 안까지 바닷물이 들어차 출렁거리고 있었다. 해안 바위는 미끄러웠다. 그래도 나는 카메라 가방을 물기 없는 납작한 바위에 올려놓고 바람에 날아가지 않도록 바위의 갈라진 틈에 끈을 고정해두고 동굴 안으로 게처럼 기어들어가 웅크리고 앉았다.

내가 앉은 곳까지 바닷물이 들어와 일렁였다. 동굴 입구는 동쪽을 향하고 있었는데 동굴 밖으로 대서양이 넘실대는 광경이 망망하게 보였다. 내가 앉은 바위는 이끼로 덮여 있고 파도가 바위에 부딪혀 물보라를 일으켰다. 작은 파리들이 미친 듯이 날아오른다.

마렌의 바위였다. 나는 그 바위에 앉아 눈을 감고 상상해보았다. 그녀는 동굴 안에서 겨울밤 내내 웅크리고 앉아 있었을 것이다. 잠옷 하나만 달랑 입고 냉동고처럼 춥고 어두운 이곳에서 희미한 온기나마 느끼려고 조그만 강아지를 품에 꼭 안고 있었을지 모른다.

바위에서 기어 내려오다가 거친 표면에 정강이를 긁혔다. 나는 동굴 밖으로 나와서 카메라 가방을 챙겨들고 다시 안으로 들어가 슬라이드 칼라 필름을 사용해서 마렌의 바위 사진을 36장을 찍었다. 그리고 동굴 밖으로 나와 섬을 가로질러 걷기 시작했다. 나는 무성한 덤불 사이를 천천히 움직인다. 덤불들은 자꾸만 다리를 할퀴었다.

1813년 1월 4일. 난파된 스페인 선원 14명이 겨울의 거센 폭풍 속에서 파도에 휩쓸려 스머티노즈 섬에 도달했다. 그들은 섬 안쪽 불빛이 보이는 데까지 가려고 했다. 그것은 헤일리 선장의 오두막집 2층 창문에서 흘러나오는 양초불빛이었다. 하지만 그들은 목적지를 겨우 40피트 남겨두고 눈보라 속에서 얼어 죽었다. 그들 중 한 명은 오두막의 돌담까지 이르렀지만 더는 나아가지 못했다. 다음날 아침 헤일리 선장이 그를 발견했다. 1월 17일, 여섯 구의 시체가 더 발견되었고, 21일에는 다섯 구가 더 발견되었다. 마지막 시체는 27일 호그 섬 수로에 '걸려 있는 상태'로 발견되었다고 한다. 1월 18일자 보스턴 신문에 따르면 컨셉션이라는 이름의 그 배는 3백에서 4백 톤의 무게에 이르렀고 소금이 실려 있었다고 한다. 선원들의 이름은 전혀 알려진 바가 없었다.

리치와 빌리의 모습이 눈에 들어왔다. 그들은 발가락을 모래 속에 박아 넣고 해변에 앉아 있었다. 나는 그들 옆으로 가서 무릎을 세워 팔을 두른 자세로 앉았다. 빌리가 일어나 양동이 안을 한번 들여다보고는 발레리나처럼 경쾌하게 점프하면서 우리 주위를 뛰어다니기 시작했다.

"손가락에서 피가 나요." 빌리가 자랑스러운 듯이 말했다.

"백만 개 잡았어요. 백만 개. 그치, 리치 삼촌?"

"물론이지. 적어도 백만 개야."

"요트로 가서 저녁으로 요리할 거야."

그녀는 양동이 위로 몸을 굽혀 잡은 홍합을 찬찬히 바라보았다. 그러고는 물가로 양동이를 끌고 가기 시작했다.

"뭐하는 걸까요?" 리치가 물었다.

"홍합한테 마실 걸 주려는 것 같은데요."

그는 미소를 짓는다.

"어떤 잡지에서 한 비행기 조종사의 글을 읽은 적이 있는데, 그는 자신이 공중에서 보았던 가장 아름다웠던 곳이 쇼울 아일랜드라고 했어요."

그는 그의 민머리를 손으로 훑는다. 머리에 화상을 입을까 걱정되는 걸까. 그의 두상은 움푹 들어간 곳이나 튀어나온 곳 없이 아주 예뻤다.

"애덜린은 멋진 여자 같아요." 내가 말했다.

"네, 그래요."

"토머스의 작품에 경탄하더군요."

리치는 고개를 돌리고 조약돌을 던진다. 그의 얼굴은 토머스와 달리 섬세하지 않았다.

그의 눈썹은 숱이 많고 짙었으며 그 눈썹 탓에 미간이 좁았다. 가끔씩 그의 입이 토머스의 것과 비슷해 보일 때도 있었지만 실제로 리치의 입은 토머스보다 좀 더 단단해 보이고, 옆에서 봤을 때 더 튀어나와 있다.

"차일드 하삼(미국 인상주의 화가로 화려한 색감과 대담한 붓 터치로 유명함)이 여기서 그림을 그렸대요." 그가 말했다. "알고 있었어요?"

"시티 은행에서 일하는 사람이 시에 조예가 깊을 줄은 몰랐어요."

"사실, 보스턴 은행이에요." 그는 고개를 살짝 돌려 나를 보았다. "내 생각에 시는 보편적으로 통할 수 있는 것 같아요. 그렇지 않나요? 그러니까, 누구라도 즐길 수 있잖아요."

"그런 것 같네요."

"형은 요즘 어때요?"

"글쎄요. 그 사람은 시인에게는 쓸 수 있는 단어의 양이 정해져 있고, 자신은 그 할당량을 다 써버렸다고 확신하는 것 같아요."

"예전보다 술을 더 많이 마시는 것 같던데요." 리치가 말했다. 리치의 다리는 건강해 보이는 구릿빛 피부에 짙은 색 털로 뒤덮여 있다.

그의 다리를 바라보면서 나는 토머스와 리치가 완전히 다른 유전자를 갖고 태어난 것 같아 정말 신기하다고 생각했다. 자연의 알 수 없는 장난 같았다. 나는 우리가 앉아 있는 해안에서 400피트 정도 떨어진 바다 위에 떠 있는 외돛대 요트를 바라보았다. 돛대가 바람에 흔들거리고 있었다.

"애덜린은 결혼한 적이 있어요." 리치가 말했다. "남편은 의사였죠. 그들 사이에 아이가 하나 있어요."

나는 그를 바라보았다. 내 얼굴에서 놀라워하는 표정을 본 게 분명했다.

"딸아이가 지금쯤 서너 살 정도 됐을 거예요. 아이 아빠가 아이를 데리고 있죠. 캘리포니아에 살고 있고요."

"몰랐어요."

"애덜린은 딸을 만나지 않아요. 보지 않기로 했대요."

나는 머릿속으로 그의 말을 이해하려고 해보았다. 그녀의 목에 걸린 금색 십자가 목걸이와 경쾌한 목소리를 그녀의 현실과 조화시켜보려고 했다.

"애덜린은 아일랜드에서 그를 따라왔어요." 그가 말했다. "그 의사를 따라서요."

그는 몸을 숙여 내 종아리에 말라붙은 진흙을 털어낸다. 종아리는 아무나 만질만한 부위가 아니라는 생각이 들었다. 나는 그가 매일 머리를 면도하는지 궁금했다. 그의 머리를 만지면 어떤 느낌이 들까?

"애덜린은 사람들과 거리를 두는 편이에요." 그가 손가락을 거둬들이며 말했다.

"사람들과 오래 사귀지 않죠."

"둘이 만난 지 얼마나 됐어요?"

"5개월 정도요. 사실 우리 사이도 거의 다 된 것 같아요."

나는 선실 앞쪽에서 흘러나오는 소리를 들어보건대 그의 말에 동의할 수 없다고 말하려다 만다. 빌리가 파도가 밀려오는 해안에 누워 있는 것이 보였다. 머리에 모래를 묻히려고 그러는 건가. 나는 긴장하며 일어나려고 했다. 하지만 리치는 나를 말리듯 내 손목을 잡았다.

"별일 없을 거예요. 내가 잘 볼게요."

나는 마음을 좀 놓고 다시 자리에 앉았다.

"더 많은 걸 원했나요?" 내가 물었다. "그러니까, 애덜린에게서 말이에요."

그는 어깨를 으쓱했다.

"그녀는 정말 아름다워요." 내가 말했다.

리치는 고개를 끄덕였다. "난 항상 부러워했어요." 그가 말했다. "당신과 토머스 형 사이를요."

그는 손을 이마에 대고 햇빛을 가리고는 눈을 가늘게 뜨고 요트가 있는 쪽을 바라보았다.

"선상에 아무도 없네요." 내가 말했다.

잠시 후 나는 리치와 빌리 그리고 홍합이 들어 있는 양동이의 사진을 찍었다. 그 사진 속에서 리치는 해변에 양 무릎을 세운 채 누워 있었다. 카키색 반바지의 넓게 트인 두 개의 공간 밑으로 그림자가 진 것이 보였다. 카메라의 초점이 그 어두운 그림자로 향했다. 그는 항복하는듯한 자세로 팔을 몸 옆에 펼치고 있었다. 머리가 모래의 움푹 파인 곳으로 젖혀져 있어 그의 몸이 목에서 끝나는 것처럼 보였다. 빌리는 그를 내려다보며 서 있었다. 그녀는 몸을 완전히 기울인 상태로 균형을 잡으려고 양팔을 마치 두 개의 자그만 날개처럼 뒤로 뻗었다. 그녀는 리치에게 말을 하고 있었다. 아니면 질문을 하고 있는지도 모른다. 빌리는 리치를 찬찬히 조사하듯 내려다보고 있고, 빌리의 시선 아래에서 리치는 연약해 보였다. 빌리의 옆에는 홍합이 담긴 초록색 플라스틱 양동이가 놓여 있었다. 아마도 두 명 정도가 먹을 애피타이저를 만들기엔 충분할 것이다. 이들 둘 뒤편으로는 창문과 건물 테두리를 흐릿한 빨간색으로 칠한 오래된 헤일리하우스가 보였다.

그때 찍은 사진들을 볼 때면, 이런 생각이 나를 괴롭힌다. 이때의 우리에겐 열일곱 시간이 남았었어. 이땐 열두 시간, 그리고 이땐 세 시간.

사진을 찍자마자 리치는 몸을 일으켜 세운다. 그는 옛날에 블랙비어드라는 해적이 이 섬에 보물을 숨겼다는 이야기가 생각났다고 빌리에게 말했다. 그는 자리에서 일어나 덤불을 이리저리 헤치며 살펴보다가 끝이 두 갈래로 갈라진 나무막대 두 개를 찾아냈다. 내가 해변에 앉아 있는 동안 그는 빌리와 함께 나선다. 잠시 후 15분이나 20분쯤 흘렀을까? 빌리가 소리 지르는 게 들린다. 빌리는 나를 부르고 있었다. 나는 자리에서 일어나 빌리와 리치가 있는 곳을 찾아 나선다. 해변에서 200피트 정도 떨어진 곳이다. 빌리와 리치는 자신들이 모래밭에 파 놓은 구멍을 내려다보고 있었다. 구멍 안에는 보물들이 들어 있었다. 25센트짜리 동전 5개, 2달러 지폐 몇 장, 금색 이쑤시개 하나, 열쇠가 하나 달린 열쇠고리, 구리선으로 만든 팔찌와 은반지. 리치는 반지 안

29

쪽에 새겨진 글자를 읽는 척했다. "E에게 E가. 영원한 사랑을 담아서."

"'E에게 E가'가 무슨 뜻이야?" 빌리가 물었다.

"해적 블랙비어드의 진짜 이름은 에드워드였어. 알파벳 E로 시작하는 이름이지. 그리고 그의 아내의 이름은 에스메랄다였어. 그 이름도 역시 알파벳 E로 시작해."

빌리는 이 이야기를 곰곰이 생각했다. 리치는 빌리에게 그 은반지가 블랙비어드 선장의 15번째 아내의 것이고, 블랙비어드 자신이 그녀를 살해했다고 말했다. 빌리는 공포와 흥분으로 팔짝거린다.

혼트베트의 집(사건이 일어나기 전엔 단순히 '빨간 집'이라고 불렸다)의 경계는 말뚝으로 표시되어 있었다. 그 경계는 가로 20피트, 세로 36피트 정도 되는 면적의 윤곽을 그리고 있다. 이 작은 공간 안에 벽으로 나누어진 두 개의 집이 있었고 건물의 북서쪽으로 두 개의 현관이 나 있었다.

우리는 조디악을 타고 요트로 돌아갔다. 나는 조디악에서 모건으로 올라탄다. 리치가 내 손을 잡아주었다. 토머스와 애덜린은 콕핏에 있었다. 둥글게 두르고 있는 벤치에서 서로의 반대편에 앉아 있었다. 벤치 쿠션은 방수처리가 되어 있었다.

그들의 몸에서 떨어진 물로 바닥에 물웅덩이가 생겨 있었다. 수영을 했다고 애덜린이 말했다. 토머스는 살짝 숨이 가쁜듯 보였다.

애덜린은 두 손을 머리 뒤로 넘겨 긴 머리를 비틀어 짜낸다. 빨간색 비키니 수영복을 입고 있었는데 그녀의 윤기 있는 갈색피부에 아주 잘 어울렸다. 토스트 색깔을 띠는 그녀의 배는 어린 소녀의 배처럼 납작하고 예뻤다. 기다란 허벅지는 물에 젖어 있고, 밝은 갈색 다리털에도 물방울이 맺혀 있었다.

그녀는 머리카락을 비틀어 물을 짜내면서 내게 미소 짓는다. 그녀는 웃을 때 청순해보였다. 나는 아침마다 선실 앞쪽에서 새어나오는 광기어린 괴성과 그녀의 미소를 조화시켜보려고 하지만 쉽지 않았다.

이 여행의 순간들은 내게 있어 단순히 그 자체의 추억만으로 남아 있지 않다. 그 순간들을 생각할 때면, 돌이킬 수 없는 결정적인 사건이 우리를 기다리고 있었다는 사실이 떠오른다. 사진에서 보이는 이미지들은 앞으로 일어날 일을 전혀 모르는 순수한 상태에서 포착된 것들이다. 순수함 또는 일종의 부주의한 상태였다고도 할 수 있을 것이다. 이것들은 디딤돌이 되어서 내가 결코 잊을 수 없는 그 순간을 향해 가고 있었다.

리치는 요트에 오르자마자 애덜린에게로 가서 그녀의 납작한 배에 손을 올려놓았다. 자신만이 그렇게 할 수 있다는 듯 거리낌 없이. 그는 그녀의 볼에 키스를 했다. 빌리 역시 우리 모두가 그러하듯 아름다움에 이끌려 애덜린 쪽으로 한 발짝 앞으로 다가 간다. 나는 빌리가 애덜린의 긴 다리 사이에 들어가서 앉을 이유를 찾으리라는 걸 안다. 토머스는 애써 내게 눈길을 보내며 우리 셋이 방금 다녀온 짧은 여행에 대해서 물었다. 토머스의 질리도록 하얀 피부와 빈약해 보이는 가슴을 보고 있노라니 민망했다. 그의 푸른색 셔츠는 갑판 위에 고인 물에 젖어 축 쳐져 있었다. 그러나 그거라도 입고 있는 게 차라리 나았다.

1873년 3월 5일에 쇼울 아일랜드의 섬에 살고 있는 사람들은 모두 60여 명 정도였다. 화이트 섬의 등대지기 가족, 스타 섬에서 호텔을 짓고 있는 일꾼들, 애플도어 섬(이전에 호그라고 알려졌던 섬)에 사는 라이튼 가와 잉거브레트슨 가의 사람들, 그리고 스머티노즈 섬에 사는 한 가족 그리고 혼트베트가 전부였다.

우리는 조디악을 타고 포츠머스로 갔다. 다들 배가 고파서 점심을 먹으려 했지만 요트에는 식량이 부족했다. 우리는 테라스와 차양이 있는 레스토랑 안으로 들어갔다. 바다가 잘 보이는 곳이었다. 하지만 항구에는 예인선과 고기잡이 배 이외엔 특별히 볼 게 없어 보였다. 창밖으로 거친 돌풍이 불어닥쳐 차양이 순간 공중으로 떠오르는 게 보였다. 차양을 고정하는 장대마저 바람에 크게 흔들려 땅에서 뽑히려 했다. 차양의 한쪽 귀퉁이가 장대에서 떨어져 나와 바람을 쏟아내고, 캔버스 천이 바람에 펄럭거린다.

"하늘은 자신을 세놓는다." 토머스가 말했다.

애덜린은 고개를 들고 그를 보며 미소 짓는다. "노출된 영혼과 영혼의 동그란 불빛들."

토머스는 놀란듯했다. "칸으로 나누어진 물." 그가 말했다.

"비스듬한 속삭임들."

"덧문이 내려진 은총"

"족쇄를 채운 햇살"

마치 탁구공이 테이블 사이로 강하게 튀며 오가는 것 같았다.

애덜린이 잠시 말을 멈추었다가 이내 말했다. "위로 솟구치는 바다."

"맞아요." 토머스가 조용히 대답했다.

빌리는 그녀의 단골메뉴인 그릴 치즈샌드위치를 먹는다. 레스토랑에서 빌리는 흥분을 참는 것이 힘들어 보인다. 마치 병 속에서 부글거리며 튀어나오려 하는 거품 같았다. 나는 스머티노즈라는 이름의 맥주를 마신다. 옛날 그 살인사건의 유명세를 이용해 만든 상표인 듯했다. 그게 아니라면 애플도어나 런더너스라는 이름의 맥주도 만들었겠지. 떡갈나무 색을 띠는 스머티노즈 맥주는 내가 보통 마시던 맥주보다 진한 것 같았다. 나는 약간 취했다. 어쩌면 배를 타고 난 후에 느껴지는 어지러움 때문일지도…. 배를 타면 그런 기분이 몇 시간이고 지속되곤 했다. 심지어 배에서 내려 땅에 발을 내려놓을 때에도 여전히 몸이 흔들리고, 선체에 부딪히는 파도의 강한 타격이 느껴지기도 했다.

나는 여행안내서에서 바이킹이 아메리카 대륙을 발견했을 때, 그들이 맨 처음 도착한 곳이 쇼울 아일랜드의 스머티노즈 섬이라는 사실을 읽는다.

스타 섬에는 비비라고 알려진 공동묘지가 있다. 그 묘지에는 조지 비비라는 사람의 어린 세 딸이 묻혀 있다고 했다. 그의 딸들은 1863년 디프테리아에 걸려 며칠 간격으로 죽었다.

포츠머스의 레스토랑에서 나는 랍스타롤 샌드위치를, 토머스는 튀긴 조개요리를 시켰다. 조디악을 타고 포츠머스 항구까지 오는 여정에 지쳐 모두들 피곤했는지 말을 잃고 대화가 잠시 중단되었다. 애덜린은 샐러드를 먹고 물을 한 잔 마신다. 그녀는 등을 꼿꼿이 세우고 음식을 먹었다. 그와 대조적으로 리치는 몸을 구부정하게 숙이고 다리는 앞으로 쭉 뻗고 있었다. 그는 의자를 애덜린 쪽으로 살짝 당겨 앉고는 그녀의 팔을 쓰다듬기 시작했다.

사무엘 헤일리 선장은 미국혁명이 일어나기 몇 해 전에 스머티노즈 섬에 자리를 잡았다. 그는 말라가 섬과 스머티노즈 섬을 연결하는 방파제를 짓는 도중, 바위 아래에서 네 개의 은괴를 발견했다. 그는 그 돈으로 방파제를 완성하고 부두를 지을 수 있었다. 그 방파제는 1978년 2월에 파괴되었다.

해적 블랙비어드라고 알려지기도 한 에드워드 티치는 1720년, 쇼울 아일랜드에서 그의 15번째이자 마지막 아내와 신혼여행을 보냈다. 그가 스머티노즈 섬에 보물을 묻었다는 이야기가 전해진다.

"그렇게 냅킨을 찢으면 안 돼." 토머스의 목소리는 테이블 위에 찢어져 있는 종이처럼 거칠다.

애덜린은 빌리의 통통한 손에서 그 작은 종이뭉치를 부드럽게 빼내고, 빌리의 접시 주위에 있는 잔해들을 줍는다.

"빌리라는 이름은 어떻게 가지게 된 거야?" 그녀가 물었다.

"원래는 윌레미나에요." 빌리가 대답했다. 그녀는 실을 풀어내듯이 능숙하게 이름을 발음해낸다.

"빌리의 외할머니가 지어주신 이름이에요." 나는 토머스를 흘깃 보면서 말했다. 그는 와인 잔을 비우고 테이블 위에 올려놓는다.

"엄마는 나를 빌리라고 불러요. 왜냐면 윌레미나는 너무 옛날이니까." 빌리가 덧붙여 설명했다.

"구식이니까." 내가 바로잡았다.

"난 윌레미나라는 이름도 예쁜 것 같아." 애덜린이 말했다. 그녀는 긴 머리를 목 뒤에서 동그랗게 말아서 집게 핀으로 고정시켰다. 양쪽 귀 뒤로 머리카락을 조금 꼬아 넘긴 것이 보였다. 빌리는 의자 위에 올라서서 고개를 기울여 애덜린의 머리가 꼬인 모양과 그것이 목덜미에서 이음매 없이 포개어진 것을 유심히 살펴보았다.

스머티노즈 섬은 동서 방향으로 2천 800피트, 남북으로 천 피트가량 되는 섬이다. 섬의 대부분은 바위로 되어 있고, 27.1에이커의 면적에 높이는 9미터 정도였다.

토머스의 몸은 가늘고 길며, 살아가는 데 필요한 육체적인 힘을 충분히 가지지 못한 것처럼 보였다. 나는 토머스가 아마도 죽을 때까지 마른 상태일 거라고 생각했다. 그리고 어쩌면 키 큰 남자들이 종종 그러듯이 나이가 들면서 구부정해질지도 모른다. 그러나 나는 그 모습이 우아할 거라는 걸 안다. 확실하다.

나는 토머스도 아침에 선실 앞쪽 방에서 나오는 애덜린과 리치의 소리를 들으면 나처럼 슬퍼지는지 궁금하다.

우리는 식사를 끝내고 계산서가 오기를 기다리고 있었다. 빌리는 내 옆에 서서 식탁깔개에 색칠을 했다. "아일랜드에서 태어났어요?" 내가 애덜린에게 물었다.

"아일랜드 남부에서요."

웨이트리스가 계산서를 갖고 온다. 토머스와 리치가 동시에 손을 뻗는다. 하지만 토머스는 산만한 몸짓으로 손을 내저으며 리치에게 양보했다.

"이번에 맡은 일은 좀 섬뜩하겠어요." 애덜린이 말했다. 그녀는 빌리의 목을 마사지하기 시작했다.

"글쎄요." 내가 말했다. "너무 오래된 일이라서요. 사실 난 옛날 사진들을 좀 구할 수 있었으면 좋겠어요."

"자료를 꽤 많이 갖고 있는 것 같던데." 토머스가 말했다.

"다 떠맡은 것들이에요." 내가 말했다. 내 대답이 왜 변명처럼 들리는지 모르겠다. "그래도 살인사건에 관한 기사들이 좀 흥미롭긴 해요."

애덜린은 머리 뒤로 손을 뻗어 머리카락을 고정시키고 있는 금색 머리핀을 빼낸다.

그녀의 갈색 머리카락은 다채로운 색깔에 나뭇결처럼 결이 나 있고, 빌리의 머리처럼 습기로 살짝 곱슬거렸다. 애덜린은 보통 복잡하게 땋거나, 꼰 머리를 뒤로 말아 올리거나, 목덜미 부분에서 둥글게 말아 머리핀 하나만 빼도 풀어질 수 있게 고정시키곤 했다. 오늘 그녀가 매듭에서 머리핀을 빼자, 머리카락이 찰랑거리며 엉덩이까지 떨어졌다. 복숭아보다 그리 크지 않은 머리매듭에서 놀랍도록 풍성한 머리가 솟아나는 것을 보고 있노라니 마치 그녀가 우리를 위해 능란한 솜씨로 마술을 부리는 것 같았다.

나는 토머스를 쳐다보았다. 그는 숨쉬기 어려운 듯 천천히 호흡을 가다듬는다. 평소에 그의 얼굴은 혈색이 좋은 편이지만 지금은 창백했다. 말려 있던 애덜린의 머리가 풀어져 쏟아져 내리는 광경에 넋이 나간 것 같았다. 마치 그 장면 자체, 혹은 그 모습이 불러일으키는 기억들을 떠올리고 싶지 않은 것처럼.

나는 토머스의 개인적인 사진을 많이 갖고 있지 않았다. 공적인 성격의 사진들은 많이 있었다. 예를 들어 책 표지 사진이나 잡지나 신문에 실을 공식적인 스냅사진 같은 것들을 찍는 것은 허락되었다. 하지만 개인적으로 그의 사진을 찍으려고 할 때면 토머스는 늘 눈을 피하거나 고개마저 돌려버리기 일쑤였다. 마치 어느 때, 어느 장소에서건 자신이 한 순간에 포착되는 것을 원하지 않는 것 같았다. 한 번은 빌리가 태어난 지 얼마 지나지 않아 집에서 파티를 연 적이 있었는데, 그때 찍은 사진이 한 장 있다. 그 사진에서 토머스는 살짝 구부정한 자세를 하고서 그의 친구이자 시인인 한 여자와 얘기를 하고 있었다. 그는 내가 카메라를 들고 오는 것을 보고는 머리를 숙이고 술잔을 볼에 갖다 대서 옆모습을 거의 다 가려버렸다. 토머스가 공원 벤치에 앉아 빌리를 안고 있는 사진도 한 장 있다. 토머스의 무릎 위에 앉아 있던 빌리는 카메라를 진작 알아보고는 이 새로운 놀이에 기뻐했다. 사진 속에서 빌리는 엄마가 들고 있는 이상한 물체(순간적으로 커다란 눈 하나를 깜박거리는 물건)를 바라보면서 환하게 미소 짓고 양 주먹을 마주치고 있다. 하지만 토머스는 빌리의 목 뒤로 고개를 숙여버려 얼굴이 보이지 않았다. 사진 속의 남자가 아이를 안고 있는 모습만이, 그가 아이의 아버지라는 걸 말해주고 있었다.

오랫동안 나는 토머스가 카메라를 피하는 이유가 얼굴의 흉터 때문이라고 생각했다. 그의 얼굴에는 왼쪽 눈 가장자리에서 턱까지 내려오는 흉터가 있었다. 그가 열일곱 살이었을 때 일어난 자동차사고 때 생긴 것이다. 하지만 그의 흉터는 얼굴을 흉측하게 만들거나 사람들의 눈을 돌려버리게 할 만큼 거북한 흉터는 아니다. 토머스의 흉터는 얼굴 곡선을 따라 자연스럽게 내려오는 것처럼 보였다. 마치 한 번의 붓질, 한 번의 빠른 획으로 그은 선처럼 완벽한 곡선을 이루고 있는 것 같았다. 그 울퉁불퉁한 이랑을 손끝으로 따라 만져보고 싶은 충동을 자제하기란 쉽지 않다. 하지만 토머스가 카메라 앞에서 얼굴을 돌리는 이유는 그 흉터 때문만은 아니다. 내 생각에 그는 카메라렌즈로 자신이 너무 자세히 관찰되는 것을 참을 수 없어 하는 것 같았다. 그가 거울 앞에서 자신의 눈을 오랫동안 마주 보고 있지 못하는 것처럼….

토머스가 카메라에서 얼굴을 돌리지 않은 사진이 딱 한 장 있다. 그 사진은 우리가 처음 만났던 다음날 아침에 찍었다. 사진 속 그는 케임브리지에 있는 그의 아파트 건물 앞에 서 있다. 양손은 바지주머니 안에 찔러 넣었고, 구겨진 하얀 남방을 입고 있다. 심지어 이 사진에서도 토머스가 고개를 돌리고 싶어 하고, 카메라 렌즈에 눈을 고정시키려고 엄청 애를 쓰고 있다는 것을 알 수 있다. 그는 나이를 먹지 않는 사람처럼 보였다. 하지만 그건 내가 이 사진 속의 그가 32살이라는 걸 알고 있기 때문일 것이다. 내가 사진 속의 그를 보며 47세나 25세로 오해할 순 없을 테니까. 사진 속의 토머스는 최근에 머리(선천적으로 모발이 가늘고, 색깔이 희미한 금발 머리)를 잘랐다는 것을 알 수 있다. 나는 그 사진을 아침 9시경에 찍었다. 그날 아침에 그는 내가 오랫동안 알았던 사람, 마치 어렸을 때부터 알고 지냈던 사람처럼 보였다.

우리는 젊은 남녀가 으레 그렇듯 케임브리지에 있는 술집에서 처음 만났다. 당시 나는 스물네 살이었고 보스턴에 있는 한 신문 사의 스포츠 부서로 발령이 난 지 얼마 안 되었을 때였다. 내가 서머빌 고등학교 여자 농구팀의 사진을 찍고 집으로 돌아오는 길, 나는 화장실이 급했고 공중전화도 필요했다.

나는 그의 얼굴을 보기 전에 목소리를 먼저 들었다. 낮고 침착 하고 권위가 있는 목소리였지만 그의 억양에는 이렇다 할 특징 이 없었다.

낭송을 마쳤을 때 그는 청중에게 인사하려고 몸을 살짝 옆으 로 틀었다. 그리고 그때 불빛에 비친 그의 얼굴을 볼 수 있었다. 나는 그의 입 모양에 반해버렸다. 그의 느슨하고 커다란 입은 그 의 여윈 얼굴에서 유일하게 무절제된 부분이었다. 나중에 그의 옆에 앉았을 때 나는 그의 눈이 가까이 모여 있는 것을 보고 전 형적인 미남은 아니라고 생각했다. 하지만 금빛 반점이 찍혀 있 는 짙은 남색의 홍채 안에는 보호본능을 자극하는 커다란 동공 이 있었다.

나는 바 카운터로 가서 롤링록을 주문했다. 그날 나는 아무것 도 먹지 못해서 머리가 멍하고 허기가 진 상태였다. 그날은 뭘 먹으려고 할 때마다 다른 일거리가 방해를 했다. 나는 바에 기대어 메뉴판을 보았다. 그때 토머스가 내 옆에 다가오는 것을 느낄 수 있었다.

"시 낭송 좋았어요." 내가 말했다.

그는 나를 흘깃 보았다. "고마워요." 그가 재빨리 대답했다. 칭찬을 받아들이는 기술이 없는 사람 같았다.

"당신이 읽은 시 말이에요. 아주 강렬했어요."

그가 내 얼굴을 향해 눈을 깜박였다. "오래된 작품이에요." 그가 말했다.

바텐더는 내게 롤링록을 가져다주었고 나는 맥주 값을 계산했다. 토머스는 그의 잔을 들었다. 광택을 심하게 낸 바 카운터 표면에 동그랗게 젖은 자국이 남았다. 그는 길게 한 모금 들이키고는 술잔을 내려놓았다.

"시낭송회인가요?" 내가 물었다.

"화요일 밤, 시인의 밤이에요."

"몰랐어요."

"당신만 그런 건 아니에요."

"토머스 제인입니다." 그가 한 손을 내밀며 말했다. 기다랗고 강인해 보이는 새하얀 손가락이 눈에 들어왔다.

그는 내가 당황하는 걸 본 게 분명했다.

그가 미소 지었다. "모르는 게 당연해요. 들어본 적 없을 거예요." 그가 말했다.

"제가 시를 잘 몰라서요." 내가 서투른 변명을 했다.

"괜찮아요."

그는 하얀 셔츠 위에 복잡한 밧줄무늬가 있는 뜨개스웨터를 입고, 잿빛 정장바지에 워커부츠를 신고 있었다. 나는 그에게 내 이름을 말하며 글로브 신문사의 사진기자라고 밝혔다.

"어떻게 사진기자가 되었나요?"

"AP통신사 사진전을 본 적이 있어요. 그 전시회를 나와서 곧장 카메라를 샀죠."

"길을 걷다가 3층 창문에서 떨어지는 아기를 받게 되는 우연처럼?"

"비슷해요."

"그 이후로 계속 사진을 찍은 거군요."

"학비 대는 데 도움이 좀 되었죠."

"끔찍한 광경을 많이 봤을 것 같은데요."

"조금요. 하지만 멋진 광경도 많이 봤어요. 한번은 한 아버지가 빙판 위에 배를 대고 누워서 낚시 구멍으로 빠진 아들을 끌어올리는 장면을 찍은 적이 있어요. 소년과 아버지의 꽉 맞잡은 팔, 눈을 맞추고 있는 두 얼굴이 아주 인상적이었죠."

"어디였죠?"

"워번이요."

"들어본 것 같아요. 그 사진을 내가 봤을 수 있나요?"

"아마 그럴걸요. 글로브 신문이 그 사진을 샀거든요."

그는 천천히 고개를 끄덕이고 술을 길게 한 모금 들이켰다. "사실 꽤 많이 비슷해요. 당신과 내가 하는 일이요." 그가 말했다.

"뭐가요?"

"둘 다 순간을 멈추려고 하잖아요."

이때 바텐더가 토머스에게 손짓을 했고, 토머스는 술집의 끝에 있는 작은 무대 위로 올라갔다. 그는 연단에 몸을 기대었다. 놀랍게도 청중은 조용해졌다. 술잔이 부딪히는 소리조차도 없었다. 토머스는 바지 주머니에서 종이 한 장을 꺼내고는 바로 오늘 쓴 시를 낭송하고 싶다고 말했다. 그때 들은 시에서 내 뇌리에 박힌 단어들이 있었다. '징두리 벽판', '과거의 향기', '찔린 심장.'

나중에 우리 테이블에는 술 잔 바닥에 남은 술이 굴절되어 보이는 컷글라스 머그잔들이 엄청나게 쌓이게 되었다. 갈색 액체로 된 원들이 끝없이 나열되어 있는 것 같았다. 술집 손님 거의 절반이 토머스에게 술을 사려고 우리 테이블로 온 듯했다. 토머스는 너무 많이 마셨다. 그는 일어서다가 몸을 살짝 휘청거리고는 테이블을 잡았다. 나는 그의 팔꿈치를 붙잡았다. 그는 자신이 취한 것을 전혀 부끄러워하지 않았다. 그가 내게 차까지 데려다

줄 수 있냐고 물었다. 나는 이미 내가 그를 집에 태워다줄 거라
는 걸 알고 있었다.

그의 방 하나짜리 스튜디오형 아파트에는 녹으로 얼룩진 싱크
대가 한쪽 벽을 따라 늘어서 있고, 베이지색 담요가 덮인 축 늘
어진 작은 침대가 방의 중앙에 있었다. 토머스는 침대에 등을 대
고 누웠다. 침대는 그의 몸에 비해 너무 짧았다. 나는 그의 부츠
를 벗기고 책상 옆 의자에 앉았다. 토머스의 발은 하얗고 부드러
웠다. 배는 움푹 들어가서 바지의 벨트 아래로 살짝 빈 공간이
생겼다. 바지의 한쪽 다리가 양말 위로 1인치 정도 올라간 것이
보였다. 그때 나는 그가 이제껏 내가 본 가장 아름다운 사람이라
고 생각했다.

그가 잠들었을 때 나는 그의 바지 주머니로 손을 집어넣어 구
겨져 있는 종이를 꺼냈다. 나는 종이를 창문으로 가져갔다. 커튼
의 갈라진 틈으로 거리의 불빛이 들어오고 있었다. 나는 그 자리
에 서서 종이에 적힌 시를 읽었다.

잠시 후 나는 그의 정강이에 손가락 하나를 갖다 대었다. 그러
고는 그의 얼굴에 난 흉터를 손으로 더듬어 따라갔다. 그는 잠결
에 움찔했다. 나는 손바닥을 그의 배가 꺼진 곳에 갖다 대었다.
셔츠 아래에 있는 몸에서 열이 나는 게 느껴져 깜짝 놀랐다. 마
치 몸의 내부 연동장치가 비효율적으로 타고 있어 열이 끓는 것
같았다.

나는 침대로 가서 그의 옆에 누웠다. 그는 옆으로 몸을 돌려서 내 쪽으로 향했다. 방은 어두웠지만 나는 그의 얼굴을 볼 수 있었다. 내 피부에 닿는 그의 숨결을 느꼈다.

"당신이 날 집으로 데려왔군요." 그가 말했다.

"네."

"기억이 잘 안 나네요."

"네, 그럴 거예요."

"내가 술을 너무 많이 마셨죠."

"그래요." 나는 마치 그를 만질 것처럼 손을 들었지만 그러지 않았다. 나는 내 손을 우리 둘의 얼굴 사이에 두었다.

"고향이 어디에요?" 그가 물었다.

"인디애나 주요."

"농장 아가씨군요."

"네."

"정말요?"

"열일곱 살 이후로는 보스턴에 있었어요."

"학교를 거기서 다녔군요."

"그 이후로도 계속 살았죠."

"그 이후 얘기가 재밌을 것 같은데요."

"별로요."

"인디애나가 그립진 않아요?"

"약간요. 우리 부모님은 돌아가셨어요. 그들이 더 그리워요."

"어떻게 돌아가셨어요?"

"암으로요. 나이가 많으셨거든요. 내가 태어났을 때 우리 엄마는 마흔여덟 살이었어요. 왜 내게 이런 질문들을 하는 거죠?"

"당신은 내 침대에 누워 있는 여자니까요. 내 침대에 있는 매력적인 여자니까요. 오늘밤 왜 여기 남아 있었어요?"

"당신이 걱정됐어요." 내가 말했다. "당신 부모님은요?"

"그들은 헐에 살아요. 나는 거기서 자랐어요. 그리고 남동생 하나가 있어요."

"이건 어쩌다가 생긴 거예요?" 내가 손을 뻗어 그의 얼굴 흉터를 건드렸다.

그는 움찔했다. 그리고 내게서 몸을 돌려 천장을 보고 누웠다.

"미안해요." 내가 말했다.

"아니에요. 괜찮아요. 그냥 그저……."

"말 안 해줘도 돼요. 주제넘었어요."

"아니에요." 그는 한 팔을 들어 눈을 가렸다. 그는 잠이 들었다고 생각될 만큼 꽤 오랫동안 그 상태로 조용히 있었다.

나는 집에 갈 생각으로 침대에서 살짝 몸을 일으켰다. 토머스는 기척을 알아차리고는 재빨리 눈 위에 올려놓았던 팔을 들고 나를 보았다. 그는 내 팔을 잡았다. "가지 말아요." 그가 말했다.

그는 몸을 굴려 다가와 내 셔츠의 단추 하나를 풀었다. 마치 그 동작 하나로 내가 떠나는 것을 막을 수 있다는 듯이. 그러고는 단추가 풀려 살이 드러난 부분에 키스를 했다. "만나는 사람 있어요?"

"아니요." 내가 말했다. 나는 내 손가락들을 그의 얼굴에 갖다 대었다. 하지만 그의 흉터를 만지지 않기 위해 조심했다.

그가 단추를 다 풀었다. 그러고는 앞섶을 열고 셔츠의 하얀 천을 내 어깨 뒤로 넘겼다. 그는 내 목에서 배까지 키스를 했다. 마른 입술, 가벼운 키스였다. 그는 내 몸을 굴려서 셔츠를 벗겨냈다. 그리고 뒤에서 내 몸을 감싸고 두 손바닥으로 내 배를 눌렀다. 내 팔을 그의 몸 아래에 고정시켰고 목덜미에서 그의 숨결을 느꼈다. 그는 내 허벅지 쪽으로 몸을 더 강하게 밀착했다. 그의 몸이 내 몸과 함께 늘어나는 것이 느껴졌다. 그의 혀가 내 목 뒤를 핥고 있었다.

그날 밤 시간이 좀 흐른 뒤 나는 거친 신음소리에 잠이 깼다. 벌거벗은 토머스가 침대 가장자리에 앉아서 양 주먹으로 눈두덩을 난폭하게 파고 있었다. 나는 그가 다치기 전에 그의 손을 당기려고 했다. 그는 털썩 소리를 내며 다시 침대에 누웠다. 나는 불을 켰다.

"왜 그래요?" 내가 물었다. "무슨 일 있어요?"

"별일 아니에요." 그가 속삭였다. "괜찮아질 거예요."

그는 이를 악물었고 얼굴은 하얗게 질려 있었다. 단순한 숙취

일 리가 없다고 나는 생각했다. 그에게 뭔가 문제가 있는 게 분명했다.

그는 베개에서 고개를 들고 나를 바라본다. 하지만 내가 보이지 않는 것 같았다. 그의 오른쪽 눈이 뭔가 이상했다. "괜찮아질 거예요." 그가 말했다. "그냥 두통이에요."

"내가 도와줄 건 없나요?" 내가 물었다.

"가지 말아요." 그가 속삭였다. "가지 않겠다고 약속해줘요." 그는 팔을 뻗어 내 손목을 잡았다. 너무 세게 잡아서 피부에 자국이 남았다.

나는 그의 아파트의 작은 부엌에서 얼음팩을 만들어 이마에 올려주고는 그의 옆에 누웠다. 나도 그처럼 벌거벗은 채였다. 그의 통증이 사라지기를 기다리다가 잠이 들었던 것 같았다. 몇 시간 뒤에 눈을 떴을 때 그는 옆으로 누워 나를 바라보고 있었다. 그는 내 손을 잡았다. 그리고 내 손가락들을 그의 흉터 위에 올려놓았다. 그의 얼굴에는 혈색이 돌아와 있었다. 그에게서 통증이 사라진 걸 알 수 있었다. 나는 손으로 그의 얼굴의 울퉁불퉁한 긴 곡선을 더듬었다. 마치 그래야만 하는 것처럼.

"당신에게 하고 싶은 말이 있어요." 그가 말했다.

긴 밤을 함께 보내고 앞으로 내가 토머스와 지내면서 목격하게 될 수십 번의 발작 중 첫 번째가 지나고 난 다음 날 아침, 나는 그를 깨워 아침을 먹으러 나가자고 졸랐다. 아파트 건물 앞에서 그의 사진을 찍기 위해 나는 그에게 포즈를 잡게 했다. 식사를 하면서 그는 흉터에 대해 이야기했다. 하지만 이미 변형되어 정확하지 않은 이야기 같았다. 말로 뱉어내는 이야기는 진실에서 멀어졌다. 나는 그가 이미지를 만들어내고 단어를 고르는 것을 알 수 있었다. 나는 오후 늦게 돌아온다는 약속을 하고 그를 떠났다. 다시 돌아왔을 때 토머스는 여전히 샤워도 하지 않고 옷도 갈아입지 않은 상태였다. 하지만 그는 눈에 띄게 들떠보였고 얼굴에는 홍조를 띠고 있었다.

"당신을 사랑해요." 그가 의자에서 일어나며 말했다.

"말도 안돼요." 나는 놀라서 이렇게 말했다. 그의 너머에 있는 책상 위에는 검은색 잉크로 쓴 글씨들로 뒤덮인 종이들이 흩어져 있었다. 토머스의 손가락은 잉크로 얼룩져 있었고 그의 셔츠에도 잉크가 묻어 있는 게 보였다.

"오, 하지만 사실이에요." 그가 말했다.

"당신 일하고 있었군요." 나는 그에게 다가가며 말했다. 그는 나를 꼭 껴안았다. 나는 그의 셔츠에서 지난 24시간 동안 익숙해져버린 향기를 맡았다.

"이건 무언가의 시작이에요." 그가 내 머리에 얼굴을 묻으며 속삭였다.

포츠머스의 레스토랑에서 토머스는 고개를 살짝 돌리다가 내가 자신을 바라보고 있다는 걸 알아차렸다.

그는 테이블 건너편에 있는 나를 바라보았다. "진, 우리 산책할까?" 그가 물었다. "서점에 가보는 거야. 어쩌면 스머티노즈 섬과 관련된 옛날 사진들을 찾을 수 있을지도 몰라."

"그래요, 좋은 생각이네요." 애덜린이 말했다. "토머스와 둘이서 잠시 다녀와요. 빌리는 리치와 내가 돌볼게요."

리치가 자리에서 일어난다. 내 딸의 얼굴이 사뭇 진지했다. 마치 자신의 나이보다 더 많아 보이려고 애쓰는 것 같았다. 나는 빌리가 티셔츠를 반바지 위로 바로 펴는 것을 보았다.

"진한 휴식." 토머스가 말했다. 또박또박 말하긴 했지만 평소보다 다소 큰 목소리에는 흥분이 그대로 드러난다.

옆 테이블에 앉은 커플이 고개를 돌려 우리를 보았다.

애덜린은 의자 등에 걸어놓은 스웨터를 집어 들며 말했다. "삽으로 파헤쳐진 가슴." 하지만 토머스는 거기서 멈추지 않았다.

"연인들의 속삭임에서 두 배로 부풀어진 맹세들."

애덜린은 토머스를 봤다가 다음엔 나를 쳐다보았다. "시간이 고백했다." 그녀는 조용한 목소리로 말했다. "그리고 그를 빙글빙글 돌게 만들었다."

토머스와 나는 케레스 거리를 따라 이 소도시의 중심가를 향해 걸어 올라갔다. 토머스는 긴장한 듯 산만해 보였다. 우리는 숙녀복 매장, 소형 양조장, 가구설비가게를 지난다. 나는 진열창에 비친 내 모습을 보았다. 요트에 거울이 없다는 사실이 떠오른다. 내가 생각한 것보다 더 나이 들어 보이는 여자를 발견하고 내심 놀랐다. 마치 뭔가 중요한 것을 떠올리려는 듯 앙다물어져 있는 입과 움츠러진 어깨…. 어쩌면 단순히 그게 내가 서 있는 방식일지도 모른다. 색이 바란 두꺼운 남색 스웨터에 카메라 가방을 어깨에 둘러맨 채 양 손을 바지 주머니에 찔러 넣은 상태다. 평범한 관광객처럼 보이기도 한다. 짧은 머리는 대충 귀 뒤로 넘겼고 옅은 밤색 빛이 도는 머리 정수리 부분에 이슬방울이 가늘게 거미줄처럼 남아 있다. 검은 선글라스를 하고 있어서 진열창에 비친 내 자신을 어떤 눈으로 보고 있는지 알 수 없다.

우리가 케레스 거리를 걷고 있는 이날 오후 나는 아름다운 여자가 아니었다. 사실 토머스를 처음 만났던 저녁에도 마찬가지였다. 나는 예쁜 여자였던 적이 없었다. 어느 날 어머니가 내게 이렇게 말한 적이 있었다. 내 얼굴을 하나하나를 뜯어보면 예쁘고 나름대로 봐줄만한데 어찌된 일인지 그 부분들이 모이면 완전히 조화로운 전체가 만들어지지 않는다는 것이었다. 당시 나는 어머니의 그런 솔직한 고백에 화가 났지만 지금은 이해할 수 있다. 내 기다란 얼굴과 넓은 이마에는 뭔가 약간 조화를 흐트러뜨리는 면이 있었다. 못생긴 얼굴은 아니지만 지나는 사람들이 고개를 돌리고 볼만한 특별한 얼굴은 아니었다. 예를 들어, 토머스나 애딜린의 얼굴처럼….

토머스와 나는 케레스 거리를 걸으면서 서로를 만지지 않았다. "애덜린은 참 유쾌한 사람 같아요."

"그래, 그런 것 같아."

"빌리도 좋아하고요."

"리치도 좋아하지."

"그는 아이들이랑 잘 지내는 것 같아요."

"아주 잘 지내지."

"애덜린은 예쁜 목소리를 가졌어요. 그런데 십자가 목걸이를 하고 있는 게 신기해요."

"딸이 준거래."

오르막에 다 올랐을 때, 토머스는 잠시 걸음을 멈추고 말했다. "그냥, 돌아갈까?" 나는 그의 말을 잘못 이해하고 시계를 보며 말했다. "이제 겨우 10분밖에 안 됐는데…"

하지만 그는 "집으로 돌아갈까?"라고 다시 말했다.

거리에는 여행객들이 쇼윈도를 뚫어져라 바라보고 있었다. 우리는 마을의 중심부에 다다른다. 시장광장, 교회, 벤치가 있는 작은 산책로가 보였다. 코너를 돌자 높은 벽돌 건물의 정면이 나온다. 건물의 창문은 상부가 아치형이고 길게 내려오는 격자창들이다. 한 창문에 안내카드가 걸려 있었다.

"당신이 애덜린과 하는 그 게임, 재미있어 보이던데요."

나는 창문에 있는 안내카드를 눈으로 읽으며 말했다.

"별로." 토머스가 말했다. 그는 창으로 몸을 기댄 채 눈을 가늘게 뜨고 안내문을 살펴보았다.

"포츠머스 도서관." 그가 소리 내어 읽는다. '도서 열람실 이용 가능' 그는 도서관 이용 시간을 찬찬히 살폈다. 마치 내용을 이해하는 게 힘든 것처럼 안내문을 오랫동안 바라보았다.

"누구의 시였어요?" 내가 물었다.

"펄론 피어스."

나는 얼룩이 져 지저분한 내 샌들을 내려다보았다. 부엌에서 요리를 하다가 기름이 튄 것이다. 청바지의 천은 늘어나 있고 허벅지 윗부분에는 주름이 져 있었다.

"오래된 사진들을 보관할만한 곳이 있다면 바로 여기일 것 같은데." 그가 말했다.

"빌리는 어떡하죠?" 내가 물었다. 리치와 애덜린은 잘 모르지만 우리 둘은 알고 있다. 30분이라도 빌리와 함께 있는 건 아주 지치는 일이다. 궁금증이 넘쳐나는 빌리는 끊임없이 질문을 던져 댈 것이다.

토머스는 뒤로 물러서서 눈으로 건물의 높이를 가늠한다. "내가 돌아가서 애덜린을 찾아볼게." 그가 말했다. "빌리와 노는 걸 도와줘야지. 당신은 도서관에서 쓸만한 자료가 있는지 찾아보고, 나중에 여기서 다시 만나는 거야. 음, 한 시간 뒤쯤?"

순간 내 발 아래의 땅이 파도치듯이 넘실거리는 것 같았다. 마치 어린이 만화에서 종종 나오는 장면처럼.

"그러시든가요." 내가 말했다.

토머스는 창문에 드리워진 커튼 뒤편에서 뭔가를 발견한 듯이 창문을 뚫어지게 보았다. 그는 자연스럽고도 상냥하게 몸을 숙여 내 볼에 키스했다. 나는 갑자기 그 상냥함을 신뢰할 수가 없었다.

케임브리지에 있는 술집에서 토머스와 내가 처음 만났던 날 이후, 몇 주가 지난 때였다. 우리는 보스턴 부둣가 근처에 차를 대고 고급 레스토랑이 있는 언덕 위로 걸어 올라가고 있었다. 아마도 만난 지 1개월 되는 기념일을 축하하려고 했던 것 같다. 항구에서 거리로 안개가 넘쳐흘러서 우리의 발 주위를 감쌌다. 나는 이태리제 하이힐을 신고 있어서 키가 거의 토머스만큼 컸다. 등 뒤로 들리는 뱃고동 소리와 젖은 길 위를 자동차가 스윽 하고 부드럽게 지나는 소리가 들렸다.

비가 부슬부슬 내렸고 우리는 안개가 떠다니는 것처럼 천천히 걸었다. 레스토랑이 있는 언덕 위까지 절대 이를 수 없을 것 같았다.

토머스는 나한테 강하게 몸을 기대고 있었다. 우리는 벌써 술집 두 곳을 들러서 취기가 있었고, 그의 팔은 우아하기보다는 정열적으로 내 어깨를 감싸고 있었다.

"당신 등에 작은 반점이 하나 있어. 중앙에서 살짝 오른쪽에." 그가 말했다.

보도 위에 닿는 내 구두굽이 경쾌하게 또각거렸다.

"내 등에 반점이 있다고요?" 내가 말했다. "난 한 번도 못 봤는데."

"뉴저지 주 지도처럼 생겼어." 그가 말했다.

나는 그를 쳐다보고는 웃음을 터뜨렸다.

"나랑 결혼해줘요." 그가 말했다.

나는 술 취한 사람을 밀치듯이, 그를 밀쳐냈다. "당신은 미쳤어요." 내가 말했다.

"당신을 사랑해요." 그가 말했다. "내 침대에서 당신을 처음 발견했던 그날 밤, 난 이미 사랑에 빠져버렸소."

"뉴저지를 떠올리게 하는 여자랑 어떻게 결혼을 할 수 있어요?"

"지금처럼 시상이 잘 떠오른 적은 없었어."

나는 그의 작업에 대해 생각했다. 습작 종이가 넘쳐났고, 그의 손가락엔 늘 잉크얼룩이 묻어 있었다.

"모두 당신 덕분이야." 그가 말했다.

"틀렸어요." 내가 말했다. "당신은 이미 그 시들을 쓸 준비가 되어 있었어요."

"당신은 내가 나 자신을 용서하게 만들었어. 당신이 내게 그

선물을 준거요."

"아뇨, 내가 한 일이 아니에요."

토머스는 그가 가진 유일한 외투인 짙은 감색 야구점퍼를 입고 있었다. 색깔이 너무 짙어 검은색에 가까운 옷이었다. 그의 하얀 셔츠는 거리의 가로등 불빛 아래에서 환하게 빛이 났다. 그의 셔츠와 벨트 버클이 만나는 부분이 자꾸만 눈에 들어왔다. 손바닥을 그 자리에 넣는다면 손에 닿는 셔츠의 천이 따뜻할 거라고 생각했다.

"우리 만난 지 겨우 한 달밖에 안됐어요." 내가 말했다.

"매일 함께 있었잖소. 우린 매일 밤을 같이 보냈어요."

"그거면 충분하다고요?"

"충분해요."

사실 그의 말이 맞았다. 나는 손바닥을 그의 벨트 버클이 있는 부분의 하얀색 셔츠 안으로 밀어 넣었다. 셔츠는 따뜻했다.

"당신 지금 취했어요." 내가 말했다.

"난 진지해요." 그가 말했다.

그는 몸으로 나를 밀어서 골목 안으로 뒷걸음질 치게 했다. 팔짱을 낀 커플들이 좁은 골목 입구를 지나쳐 걸어가며 기겁하여 우리를 힐끔 보고 지나갔다. 토머스는 몸에 무게를 완전히 실어서 나를 눌렀다. 그의 혀가 내 귓속으로 들어왔다. 나는 몸서리치며 고개를 돌렸다. 그러자 그는 혀를 길게 내어 내 목을 핥기 시작했다. 문득 나는 그가 이런 행동을 통해서 자신이 통제 불능이 되어버렸다는 것을 보여주려는 게 아닌가 하는 생각이 들었다. 마치 내가 그를 무력하게 만든 마법사라도 되는 것처럼 그는 자신의 주체할 수 없는 사랑을 보여주고 싶어 하는 듯 했다. 아니면 단순히 감사하는 마음이 넘쳐서 그걸 표현하려고 한 것이었을까? 그런 의심을 하지 않을 수는 없었다.

다시 느껴보고 싶다. 누군가에게 사랑을 받는 게 어떤 느낌이었는지…. 떠올려보려고 애쓰지만 쉽지 않다.

나는 긴 아치형의 창문이 있는 빌딩 안으로 들어가서 문을 닫았다. 표지판을 따라서 도서관으로 향하는 계단을 올라가 호감이 안 가는 차가운 철제문에 노크를 하고 문을 연다. 차분한 분위기의 방이 눈앞에 보였다. 벽에는 진한 아이보리색으로 페인트칠이 되어 있고 견고해 보이는 목제 책장들이 있다. 창문에서 고요한 분위기가 느껴졌다. 도서관용 테이블 2개와 사서가 앉아 있는 책상이 하나 있었다. 내가 사서에게로 걸어가자 그는 고개를 끄덕여 인사를 했다. 뭐라고 말해야 할지 모르겠다.

"어떻게 도와드릴까요?" 그가 물었다. 모발이 가는 갈색 머리에 철제 안경을 쓴 몸집이 작은 남자다. 그는 짧은 소매가 나방의 날개처럼 튀어나온 격자무늬 스포츠 셔츠를 입고 있었다.

"입구에서 안내판을 봤어요. 1873년에 쇼울 아일랜드에서 발생한 살인사건에 대한 자료를 좀 보고 싶은데요."

"스머티노즈 섬이요?"

"네."

"음…, 문서보관실이 있긴 한데요."

"문서보관실이요?"

"쇼울 아일랜드 자료가 있는 문서보관실이요." 그가 설명했다. "얼마 전에 포츠머스 도서관에서 이곳으로 보내졌거든요. 지금은 엉망이지만요. 엄청난 양의 자료가 있는데, 죄송한 일이지만 대부분이 목록작성이 안 돼 있어요. 원하신다면 일부를 보여드릴 수는 있습니다. 하지만 자료를 빌려 가실 수는 없어요."

"그 정도면 될 것……."

"우선 분야를 고르셔야 해요. 주제 분야."

"오래된 사진들이요." 내가 말했다. "있을까요? 섬과 당시 사람들의 사진들이요. 그리고 그 당시 사람들의 개인적인 기록 같은 것도 볼 수 있으면 좋겠어요."

"그런 거라면 대부분 일기나 편지들 모음에 있겠군요." 그가 말했다. "여기로 보내진 것들이 있거든요."

"네, 그럼 편지요. 그리고 사진들."

"저쪽 테이블에 앉아계세요. 어떤 것들이 있는지 찾아볼게요. 우리는 그 고문서들이 와서 아주 기뻐요. 하지만 보시다시피 일손이 좀 부족하죠."

나는 토머스가 애덜린과 빌리와 함께 있는 모습을 그려보았다. 바닐라 아이스크림콘을 하나씩 손에 들고 있는 모습. 세 명 모두 아이스크림이 녹아서 흘러내리지 않도록 아이스크림을 빨고 있었다.

토머스는 "내가 가서 애덜린을 찾아볼게"라고 말했다. "애덜린과 빌리를 찾아볼게"라거나 "애덜린과 리치"라고는 말하지 않았다.

도서관 사서는 책 몇 권과 서류파일 몇 개를 갖고 온다. 나는 그에게 고맙다고 인사를 하고 책을 한 권 집어들었다. 책은 오래되고 닳은 것으로 갈색 실크로 된 표지는 상태가 좋지 않았다. 책은 가장자리가 노랗게 변해 있었고 몇 장은 느슨해져서 덜렁거린다. 이미지들이 일련의 새로운 표지들을 만들며 내 눈 앞에서 떠다닌다. 나는 눈을 감고 책을 이마에 갖다 댄다.

이번엔 쇼울 아일랜드의 오래된 지도를 보았다. 그리고 19세기 초에 출판된 여행안내서 두 권을 읽으며 필요한 부분은 메모를 했다. 나는 또 다른 책을 열고 책장을 홀홀 넘기기 시작했다. 1873년에 출판된 '애플도어 쿡북'이라는 요리책이었다. 요리법들이 호기심을 자극했다. 퀘이킹 푸딩, 송아지 머리와 플럭(식용 동물 내장)으로 만든 해시요리, 윗포트 푸딩, 홉 효모과자. 플럭이 뭘까? 궁금했다.

사서가 가져다준 서류 파일들 속에서 종이뭉치가 테이블 위로 미끄러져 나온다. 나는 그 종이들이 순서 없이 섞여 있다는 걸 알아차렸다. 어떤 종이들은 공식 문서들이었다. 면허증 같은 것들이 있고, 또 어떤 것들은 분명 매상 장부처럼 보였다. 어떤 문서들은 부서질 것 같이 얇은 종이에 적힌 편지들이라서 만지는 것조차 조심스럽다. 나는 그 편지에 적힌 옛날 필체를 해독해보려고 애썼다. 하지만 실망스럽게도 외국어였다. 날짜들을 확인해보았다. 1873년 4월 17일, 1868년 11월 4일, 1856년 12월 24일, 1867년 1월 5일.

파일들 안에는 사진이 몇 장 들어 있다. 일곱 명의 가족들이 찍힌 사진 한 장이 보였다. 사진 속에서 아버지는 턱수염에 숱이 많은 머리를 하고 선장처럼 두꺼운 양복 조끼를 입고 있다. 그의 아내는 하얀 레이스 칼라에 작고 하얀 단추들이 많이 달린 까만 원피스를 입고 있다. 그녀는 꽤 통통하고 머리는 뒤로 단단히 당겨 묶고 있다. 다섯 명의 아이들을 포함해서 그 사진 속의 사람들 모두 눈을 부릅뜨고 심각한 표정을 짓고 있다. 사진을 찍을 동안 적어도 1분 이상 셔터를 열어놔야 해서 그 동안 누구도 눈을 깜박여서는 안 되었기 때문일 것이다. 60초 동안 표정을 유지하려면 웃는 것보단 진지한 표정이 더 하기 쉬웠을 테니까.

한 서류파일 안에는 학생들의 리포트들과 설교 내용으로 보이는 제목의 문서들, 그 외의 다양한 서류들이 한데 뒤섞여 있었다. 그것들 사이에 색이 바랜 납작한 살구색 상자 하나가 끼어 있었다. 값비싼 편지지를 보관했을 법한 그런 상자였다. 상자 안

에는 갈색잉크를 사용해서 가늘고 긴 글씨체로 쓴 문서가 여러
장 들어 있었다. 외국어로 적힌 문서였다. 화려한 장식체로 쓰여
있어 영어로 적혀 있다고 해도 알아보기 힘들 것 같았다. 종이는
가장 자리가 핑크색이고 한 쪽 모서리에는 얼룩이 약간 져 있었
다. 물 얼룩인 것 같다. 어쩌면 탄 자국일지도 모르겠다. 종이에
서 곰팡이 냄새가 난다. 나는 화려한 글씨체를 바라보았다. 전체
를 놓고 보면 아름다운 필기체가 만들어낸 하나의 그림처럼 보
였다. 상자에서 그 서류뭉치를 집어들자, 상자 바닥에 클립으로
묶인 두 번째 종이뭉치가 보였다. 이 문서는 줄이 그어진 하얀색
종이에 연필로 쓰였고, 지우고 다시 쓴 자국들이 많이 있었다.
보라색 도장으로 찍힌 날짜와 여러 가지 메모들이 보였다.

1939년 9월 4일 세인트 올라프 대학 도서관, 수령. 40.2.40, 노
르웨이 오슬로에서 수령, 마리트 걸스타드에게 전달. 1942년 4
월 7일, 뉴햄프셔 포츠머스, 포츠머스 도서관, 수령.

나는 첫 번째 서류뭉치와 두 번째 서류뭉치를 보았다. 그리고
각 문서가 시작되는 부분에 적힌 날짜가 같다는 것을 확인했다.
나는 외국어로 적힌 문서의 마지막 부분에서 필자의 사인을 확
인하고, 영어로 번역된 문서의 마지막에 적힌 이름과 비교해보
았다. '마렌 크리스텐슨 혼트베트.'

나는 연필로 적힌 해석본 두 장을 읽고서는 그것을 내 무릎에
내려놓는다. 날짜가 찍힌 도장과 메모들을 다시 보았다. 그것들

은 제각각 당시의 사연을 말하는 듯했다. '노르웨이어로 적힌 문서가 발견됨, 세인트 올라프 대학의 누군가가 문서 번역을 시도함, 문서를 노르웨이 오슬로에 있는 번역가에게 전달함, 전쟁의 발발로 인해 문서 원본과 번역본이 미국에 뒤늦게 도착함, 포츠머스 도서관의 한 서류파일 속에 던져져 오랫동안 방치됨.' 나는 숨을 깊이 들이쉬고 눈을 감는다. 마렌 혼트베트! 살인의 현장에서 혼자 살아남은 여자.

1.

마렌 혼트베트의 회고록

마리트 걸스타드가 노르웨이어에서 영어로 번역.
−1899년 9월 19일 라르비크에서

이것이 주님의 뜻이라면 나는 내 영혼과 진심을 담아서 그 사
건에 대해 이야기 하고, 또 진실을 밝히고자 한다. 그 사건은 보
잘 것 없는 내 발자취를 따라다니며 지금까지 나를 괴롭혀왔다.
그것은 내가 세상에서 가장 사랑하는 사람들에게 저질러진 용서
하기 힘든 범죄였고, 그 사건이 일어났던 험악한 화강암으로 이
루어진 섬에서 수만 마일 떨어진 내 조국에서조차 잊을 수 없는
일이었다.

내가 이 글을 쓰는 이유는 나를 옹호하기 위함이 아니다. 떠올리기조차 힘겨울 정도로 잔인하게 살해당한 사람들을 생각하면 여전히 숨을 쉬고, 먹고, 주님의 축복을 받고 있는 사람이 무슨 변명 거리가 있을 수 있겠는가? 변명은 하고 싶지도 않고 그럴 욕심도 없다. 하지만 나는 1873년 3월 5일, 그 소름끼치는 살인 사건이 일어난 이후에 내가 보내야 했던 지난 26년간의 세월이 내게 끊임없는 시련의 시간이었다는 것을 밝히고 싶다. 그 세월 동안 나는 그 살인사건의 기억에서 자유로울 수 없었다. 인간으로서 느낄 수 있는 가장 끔찍한 양심의 가책을 느끼며 살아왔다.

공포의 기억들은 바다를 건너 내가 사랑하는 고향 라르비크까지 나를 따라왔다. 라르비크는 내가 망가져 메마른 여자로 변하기 전까지는 어떤 추문으로도 더럽혀지지 않은 순수한 곳이다. 이곳은 청명하고 아름다운 자연에 둘러싸인 지역으로, 사랑하는 가족들과 함께 보낸 소중한 어린 시절의 추억이 있는 곳이다. 그리고 곧 내가 죽음을 맞이하게 될 곳이기도 하다. 나는 비록 늙고 쇠약해져 지력이 온전히 남아 있지는 않지만, 내 손으로 쓰고 있는 이 글에서 진실이 밝혀지길 진심으로 바란다. 또 이 문서가 내가 죽은 뒤, 한때 내 남편이었던 사람, 주님의 눈에는 여전히 그러할 사람인 존 혼트베트의 손에 전해지길 바란다. 그는 지금 미국의 뉴햄프셔 주 포츠머스에 있는 사가모어 거리에 살고 있다.

이 글을 읽는 사람들은 때때로 내 부족한 필력에 인내해야만 할 것이다. 이따금 나는 꿈속을 헤매는 것처럼 정신이 몽롱해지기도 하고, 또 내 지력과 글쓰기 능력이 아주 뛰어나지 않기 때문이다. 전자는 내 나이가 52살이 되어서 몸이 좋지 않은 까닭이고, 후자의 경우는 내가 마지막으로 받은 몇 년간의 교육이 도중에 중단되기도 하면서 겨우 학업을 마쳤기 때문이다.

나는 1873년 3월의 그 사건에 대해 쓰고 싶었지만(물론 주님의 뜻이 아니라면 어떤 일이 있어도 그날 밤을 다시 생각하고 싶지는 않다) 그 사건 이전에 있었던 일들을 알지 못하면 내가 말하고자 하는 바를 이해하기가 어려울 것 같아 걱정이 되었다. 내 어린 시절과 성인이 되어 여자로서의 삶을 맞이해야 했던 시기, 그리고 미국이라는 나라에서 이민자로 살아야 했던 삶, 특히 바다에 그물을 던지며 살았던 노르웨이 이민자들의 삶에 대해 먼저 말해야 할 것 같다.

1800년대의 중반에는 노르웨이를 떠나 다른 나라로 이주한 사람들이 아주 많았다. 노르웨이는 아름다운 피오르드(빙하로 만들어진 좁고 깊은 만)가 많고 멋진 숲이 가득한 곳이지만 사람이 살만한 공간은 부족해, 인구가 점차 증가할수록 상황은 더 어려워졌다. 당시 이 땅엔 기근이 너무 심해서 귀리와 보리, 감자 등을 경작하면서 사는 수수한 삶조차도 가질 수 없는 사람들이 많았다. 따라서 사람들은 모든 것을 뒤로 한 채 용감하게 대서양을 건너갔다. 그들은 대서양 연안에 멈추지 않고 뉴욕 주를 향해, 또 미국의 중심부 초원지대를 향해 들어갔다. 그들은 노르웨이의 스타벤저, 버전, 네던즈 지방에서 농부로 자라온 사람들로서, 자신들이 소중히 여기는 모든 것들을 버리고 미국으로 건너와서 미시건 호수 근처나 미네소타, 위스콘신 혹은 또 다른 지역들에서 새로운 삶을 시작하려고 했다. 안타까운 일이지만 이러한 이민자들의 삶은 그들이 상상했던 것과 늘 같지만은 않았다. 나는 이 비참한 사람들로부터 온 편지를 몇 장 읽었고 그들이 감내해야 했던 끔찍한 고난에 대해 들었으며, 최악의 경우 그들은 사랑하는 사람을 잃거나 아이들을 잃기도 했다.

나는 아이를 가져본 적이 없었기 때문에 고통 중에서도 가장 상상하기 힘든 끔찍한 고통에서는 면제받을 수 있었다.

라르비크라는 우리 마을은 해안가에 위치한 곳으로, 라르비크 피오르드에서 스카게락 지역까지 이르는 길에는 절경을 이루는 아름다운 장소가 많이 있었다. 이곳 라르비크에서도 고기를 잡으며 생계를 꾸리던 몇몇 가족들이 미국으로 건너갔다. 이 사람들은 슬루프 요트를 타고 짧으면 1개월, 길면 3개월에 이르는 긴 항해를 했기 때문에 '슬루프 사람들' 이라고 불렸다. 운이 나쁜 사람들은 항해 도중에 목숨을 잃었고, 배 위에서 새로운 생명이 태어나기도 했다.

결혼한 지 1년 밖에 안됐던 존과 나는 그들의 이야기를 전해

들곤 했지만 그들 중에서 가까이 알고 지냈던 사람들은 없었다. 하지만 1876년, 지금은 세상을 떠난 존의 사촌 토와드 홀드가 미국 매사추세츠 주의 해안 도시 글로스터 근처에 있는 새로운 어장을 찾아 항해를 떠났다. 그 어장은 바다에 그물을 던지기만 하면 누구에게나 엄청난 부를 약속해준다고 전해지는 그런 곳이었다. 하지만 이 말을 덧붙여야겠다. 나는 그런 비현실적이고 허무맹랑한 약속을 믿지 않았고 존이 그의 사촌 토와드의 편지에 유혹당하지만 않았더라도 라르비크를 떠나는 일은 없었을 것이다. 특히 그 편지 한 통이 화근이었다. 편지는 지금 내 수중에는 없지만 나는 그 내용을 다 외우고 있었다. 8살 때부터 바다에 나가 일을 하느라 학교 교육을 전혀 받지 못한 내 남편을 위해 몇 번이고 반복해서 읽어줘야 했기 때문이었다. 그 편지 내용을 여기에 가능한 정확하게 재현해보겠다.

내 친애하는 사촌에게.

지난번에 편지를 보낼 때와 다른 주소에서 내 소식을 듣게 되어 놀랐을 거야. 나는 글로스터에서 북쪽으로 더 올라간 지역으로 이사했네. 작년에 우리를 방문했던 악셀 노르달을 자네도 아마 기억할 거야. 어느 날 그가 글로스터로 찾아와서 어민부락의 동료 어링 한센과 나에게 쇼울 아일랜드라는 장소에 대해 얘기했다네. 이곳은 작은 섬들이 모여 있는 군도로, 글로스터에서 멀지 않은 북쪽 지역인 뉴햄프셔 포츠머스에서 동쪽으로 9마일 떨어진 바다에 있다네. 나는 지금 애플도어라는 섬에서 노르달과 그의 친절한 가족들과 함께 살고 있어. 그는 여기서 트롤어선을 한 척 소유하고 있고, 나는 이곳에서 그 어떤 바다에서도 본적 없을 정도로 풍부한 물고기 떼를 발견했다네. 바다에 그물을 던졌을 때 이렇게 많은 물고기를 잡을 수 있는 바다는 지구상에 또 없을 거야. 그물 없이도 배가 감당하기 힘들 정도로 많은 물고기를 맨손으로 퍼올릴 수 있다네. 나는 겨울까지 이곳에 남아 노르달의 집에서 머물기로 마음먹었어. 그리고 그의 가족에게 더 이상 짐이 되지 않도록 스머티노즈 섬에 내 오두막집을 지을 작정이네. 이 괴상한 이름의 섬은 종종 헤일리 섬이라고 불리기도 하지. 봄이 올 때쯤이면 노르달과 함께 그 계획을 실행시킬만한 돈을 모을 수 있을 거야. 혼트베트, 이곳의 삶은 라르비크에 있는 것보다 훨씬 안정적이라네. 글로스터에서 50여 명이 넘는 선원들과 함께 부대끼고 받는 일당 1달러짜리 생활과는 비교도 할 수 없이 풍족하지.

존, 나는 자네와 이 풍족함을 함께 나눌 수 있기를 간절히 바라네. 자네 동생 매튜도 데려오면 좋겠어. 그도 나만큼 이 풍요로운 바다에서 고기를 잡는 것을 기뻐할 거야. 나는 이 스머티노즈라고 불리는 섬에서 자네가 지낼만한 집을 골라

났다네. 대서양의 폭풍을 견딜 수 있을 정도로 튼튼하게 지어진 멋진 집이야. 내게 가족이 있었다면 아마 내가 그 집에 살았을 거라네. 봄에 주님이 내게 아내를 허락하신다면 애플도어에서 스머티노즈로 이사할 수 있을지도 모르지.

꼭 자네가 왔으면 좋겠네. 오게 된다면 먼저 해안 여객선을 타고 스타벤저로 가서 거기서 영국 쉴드로 가게. 그곳에서 기차를 타고 리버풀로 가면 엄청난 이민자들의 물결에 합류하게 될 걸세. 그들과 함께 퀘벡으로 가는 정기선을 타고 항해를 해야 해. 지금은 퀘벡에 배가 서니까 그러는 게 좋다네. 그곳에서 내리면 보스턴이나 뉴욕에서 부과되는 높은 관세를 피할 수 있지. 여행 중에는 깨끗한 물을 구하기 어려우니 과일주를 챙겨오는 게 좋을 거야. 호밀빵을 구워서 부두에서 볼 수 있는 그런 둥근 통에 담아오게. 말린 생선도 필요하지. 그리고 커피도 조금 갈아서 상자에 담아오게. 치즈도 좀 챙기고.

아내가 있다면, 그리고 그녀가 임신을 했다면 출산일이 되기 전에 오도록 하게. 젖먹이들은 여행에서 잘 살아남지 못했다네. 우리가 여기 올 땐 배에서 디프테리아 전염병이 돌아서 일곱 명이나 죽었지. 솔직하게 말하자면 이 배들의 위생 상태는 아주 좋지 않다네. 사실 굉장히 나빠. 하지만 나는 이 항해를 자유를 위한 여정이라고 생각하면서 기도를 하며 극복해냈지. 나는 항해의 마지막 이틀을 제외하고는 매일 배멀미를 했고, 미국에 도착해서 글로스터에 머무를 때까지는 아주 수척하고 말라 있었네. 하지만 지금 나는 노르달의 아내, 아다가 해주는 맛있는 죽과 감자 케이크, 그리고 자네가 상상할 수 있는 모든 종류의 신선한 해산물을 먹고 다시 튼튼해졌다네.

자네가 여기에 온다면 우리는 포츠머스에서 트롤어선을 함께 구입할 수도 있을 거야. 내게도 그곳 소식을 전해주길 바라네. 그리고 거기 있는 내 모든 친구들과 어머니, 그리고 모든 지인들에게 인사를 좀 전해주게.

자네의 사촌이자 영원한 친구, 토와드 홀드가.
1867년 9월 20일, 쇼울 아일랜드에서.

주님이 날 용서하시길. 고백하건데, 나는 토와드 홀드의 편지에 적힌 내용을 진심으로 증오했고 심지어 그 남자 자체도 미워했다. 이 저주받은 편지는 집에 도착되지 말았어야 했다. 그 편지는 내 남편의 이성을 잃게 하고, 우리를 고향에서 떠나게 만들었으며, 결국 3월 5일의 그 끔찍한 사건이 일어나게 한 참으로 사악한 메시지였다. 그 편지는 내가 신뢰할 수 없었던 이야기들을 담고 있었고, 봉투에 붙어 있는 우표는 괴상하고 위협적으로 보였다. 나는 그 편지가 너무 환상적인 이야기들을 담고 있어 허황된 것임이 틀림없었다고 생각했었다. 그 허무맹랑한 편지가 미국에서 노르웨이로 오는 도중에 대서양에 빠져버렸더라면, 그랬더라면 얼마나 좋았을까.

너무 흥분해서 논의에서 벗어나버렸다. 31년이란 세월이 지났음에도 나는 그때를 떠올리면 지나치게 흥분하게 된다. 앞으로 우리에게 어떤 일이 닥치게 될지, 이 편지가 어떻게 우리를 비극적인 운명으로 이끌고 갔는지를 잘 알고 있기 때문이다. 하지만 나는 단순한 종이 한 장이 한 사람의 인생을 좌지우지 할 수는 없었을 거라는 사실을 인정해야만 했다. 내 남편 존은 라르비크에서 자신이 가질 수 있는 삶에 만족하지 못했고 더 큰 삶에 대한 열망을 갖고 있었다. 그의 그런 열망은, 가족과 함께 조용히 지내는 삶에 너무도 만족하는 나로서는 이해할 수 없는 것이었다. 어느 해의 여름에는 스카거락과 크리스티아니아 피오르드의 수질에 심각한 오염이 발생해서 고등어의 수가 엄청나게 줄어버린 적이 있었다. 그래서 덴마크에서 물고기를 수입할 수밖에 없었는데, 그 결과 크리스티아니아에서의 청어 가격이 하락했고, 이러한 상황 때문에 내 남편은 새로운 어장을 찾는 일을 더 적극적으로 생각하게 되었다.

하지만 맨손으로 살아 있는 물고기를 건져 올린다니, 대체 어떤 인간이 그런 자연의 법칙에 반하는 신성모독적인 거짓말을 할 수 있단 말인가?

"나는 미국에 가지 않을 거야." 1868년 3월 10일 라르비크의 상륙장에서 나는 에번에게 이렇게 말했다.

나는 내 안에 소용돌이치는 감정들에 압도당했다. 그래서 떨리는 목소리로 말했던 것 같다. 무엇보다도 내 오빠 에번 크리스텐슨을 두고 떠나야 한다는 사실이 나를 견딜 수 없게 했다. 그리고 에번과 사랑하는 조국 노르웨이에 다시 돌아올 날을 기약할 수 없다는 생각에 나는 가슴이 찢겨나가는 듯한 비탄에 잠겨 있었다.

선착장에는 생선 비린내가 진동을 했고, 나무 상자에 담긴 소금에 절인 돼지고기 냄새도 맡을 수 있었다. 선착장 주변에는 배에 실을 철근이 여기저기에 흐트러져 있었다. 그래서 우리는 조심스럽게 발걸음을 옮겨야만 했다. 내 눈에는 이러한 혼란스러운 광경이 어떤 거대한 손이 만들어낸 장면 같았다. 마치 신의 손이 부두 주변에 이 길고 녹슨 쇠막대를 흩뿌린 듯했다. 나는 지금도 선착장 바닥에 있는 이 화물들의 광경을 자세히 기억하고 있다. 아마도 그날 내가 존과 나를 고향에서 멀리 데려갈 배를 보기 싫어서 고개를 들지 않았기 때문이리라.

그때까지 나는 특정한 지역에 뿌리를 내렸던 영혼을 다른 곳에 성공적으로 옮겨 심는 것은 불가능하다고 확신했었다. 마치 식물을 낯선 땅에 옮겨 심는 것이 힘든 것처럼…. 식물의 뿌리들, 그 작은 섬유 필라멘트는 새로운 토양을 만나면 거의 시들고 말라버리기 십상이거나 그 식물에게 돌이킬 수 없는 충격을 입힐 것이 분명했다.

에번과 나는 붐비는 사람들과 어지럽게 널려진 화물들로 둘러싸인 선착장에 이르렀다. 사람들로 넘쳐나는 그곳은 끔찍한 소음으로 가득했다. 우리 주위에는 어머니를 떠나는 아들, 언니나 여동생과 이별하는 여인, 젊은 아내로부터 떠나는 남편들도 있었다.

선착장만큼 달콤한 고통으로 가득한 장소가 지구상에 또 있을까? 잠시 동안 에번과 나는 침묵하며 가만히 그 자리에 서 있었다. 바닷물이 눈을 아리게 했다. 돌풍이 불어왔다. 선착장까지 걸어오느라 진흙으로 더러워진 치맛단이 바람에 나부꼈다. 나는 허리가 예쁘게 바짝 죄어진 호두색 실크원피스를 입고 있었는데, 에번이 말릴 때까지 꼭 쥔 두 주먹으로 치마를 계속해서 내리쳤다. 에번은 나를 지켜다보다가 내 양손을 붙잡았다.

"쉿, 마렌. 진정해." 그가 내게 말했다.

나는 숨을 들이마셨고 울음을 터뜨리기 직전이었다. 오빠는 꿋꿋하고 강인한 성품을 갖고 있었고, 무슨 일이 있더라도 자신의 가슴 속에서 요동치는 강렬한 감정들을 밖으로 드러내지 않는 사람이었다. 그의 인내가 없었더라면 나도 울어버렸을 것이다. 지금에야 밝히자면, 내가 입고 있던 옷은 예쁜 태팅 레이스 칼라가 달린 원피스로 언니 캐런이 나를 위해 만들어준 웨딩드 레스였다. 캐런은 그날 아침 몸이 아파 선착장으로 오지 못했다.

치마를 펄럭이게 했던 돌풍은 더욱 맹렬해져서 남자들의 모자를 멀리 날려보내고 여자들의 보닛 모자의 넓은 챙을 뒤집어지게 했다. 슬루프 요트의 마룻줄(돛을 올리고 내리는 밧줄)이 돛대에 세게 부딪치는 소리가 났다. 하늘은 짙고 선명한 남색을 띠고 있었고 날씨는 맑은 편이었지만, 나는 점점 거세지는 돌풍을 보고 강풍이 몰아칠 수도 있을 거라고 생각했다. 나는 배의 선장이 강풍 속에서 항해를 떠나지는 않을 것이라 확신해 출항이 한 시간, 혹은 하루 정도까지도 연기될 거라고 생각했다. 하지만 내 예상은 틀렸다. 나를 발견한 남편이 고개를 들어 배에 오르자는 신호를 했다. 멀리서도 그가 안도하기 시작하면서 찌푸렸던 얼굴이 펴지는 것이 보였다. 나는 그가 선착장에 내가 나타나지 않을까 봐 걱정했다는 것을 안다. 우리의 뱃삯, 60달러는 이미 지불된 상태였다. 나는 잠시 아름답고 평온한 두 개의 침상을 떠올렸다. 2층으로 된 두 개의 허술한 침대가 주인 없이 텅 빈 채 항해를 떠나는 모습을….

내 팔에서 분노의 기운이 사라진 것을 느낀 에번은 내 손을 놓아주었다. 하지만 비참한 감정은 잠시나마 나를 떠났을지 몰라도 슬픔은 여전히 남아 있었다.

74

"넌 존과 함께 가야 해." 에번이 말했다. "그는 네 남편이니까."

숨이 가빠 와서 잠시 글 쓰는 걸 멈춰야겠다. 30년이 지난 지금까지도, 잔혹한 운명의 손에 내던져졌던 내 가족들에 대해 쓰는 것은 너무 힘든 일이다.

우리 가족 중에서 캐런은 맏딸이었고 나보다 열두 살이나 많았다. 그녀는 침울한 성격의 평범한 여자였지만, 나는 그녀의 그런 특징을 어떤 남자들은 좋아할 수도 있겠다는 생각이 들었다. 어떤 남자들은 자신의 아내가 너무 아름답거나 쾌활해서 자신들을 불안하게 만드는 것을 원치 않기 때문이다. 더구나 우리 언니 캐런은 튼튼한 몸을 가졌고 순종적인 딸이었으며, 솜씨 있는 침모이기도 했다.

나는 종종 단순하지만 깔끔한 실내에서 우리 가족이 아버지의 테이블에 둘러 앉아 있는 모습을 떠올린다. 그곳은 우리 집의 거실이자 부엌이었고, 또 캐런과 내가 커튼을 치고 잠을 자던 공간이었다. 엄청난 열기를 내뿜는 스토브가 있어 매우 안락했다(비록 겨울이면 때때로 선반 위의 우유가 얼어붙긴 했지만). 나는 언니에게 애정을 갖긴 했지만 솔직히 그녀를 열정적으로 좋아할 순 없었다. 나는 그녀와 내가 그렇게 상반된 성격을 가졌다는 사실이 지금도 놀랍다. 캐런은 좀처럼 색깔 변화가 없는 회갈색 눈동자에 엷은 황갈색 머리카락을 갖고 있었다. 불행하게도 그 색깔은 머리를 환하게 해주는 금빛 색조도 가미 되지 않고, 햇빛을 받아도 전혀 따뜻해 보이지 않는 흐릿한 갈색이었다. 나는 매일 그녀가 자신의 머리를 정확히 똑같은 방식으로 묶은 모습을 보았다. 그녀는 앞머리를 내리고 나머지 머리를 귀 뒤로 심하게 당겨 뒤통수에 단단히 말아 고정시켜 묶었다. 그녀가 잠 잘 준비를 할 때 우연히 본 경우를 제외하고는 그녀가 머리를 느슨하게 풀어놓은 것을 한 번도 본 적이 없었던 것 같다.

캐런은 불면증이 심해서 보통 늦게 잠자리에 들고 일찍 일어나곤 했다. 그래서 나는 가끔 그녀가 우리 가족을 감시하는 게 아닌가 하는 생각을 하기도 했었다. 하지만 캐런은 굉장히 균형 있는 몸매를 갖고 있었고 어깨가 넓고 자세가 똑발랐다. 나는 아주 작다고는 할 수 없지만 몸집이 다소 왜소한 편이었다. 나 역시 캐런처럼 넓은 어깨를 갖고 있었지만, 내가 스무 살이 되었을 무렵 나는 그녀보다 평범한 얼굴이었다. 하지만 나는 그녀처럼 순종적인 기질을 갖고 있지 않았고, 침모로서의 재능도 부족했다. 어린 시절 나는 천과 바늘을 놀리는 것보다는 자연과 상상의 세계를 더 좋아했고, 표현은 하지 않았지만 내가 언니와 다르다는 것에 대해 어리석은 자부심을 갖고 있었다. 그리고 당시 나는 진심으로 우리 둘 중 나 자신이 더 운이 좋은 사람이라 여겼고, 만약 내가 남편을 맞이한다면, 살림솜씨만 보고 여자에게 끌리는 사람이 아니라 대화에도 관심을 가지는 남자일 거라고 생각했다. 당시에는 살림 솜씨가 여자를 판단하는 주된 기준이긴 했지만 말이다.

캐런과 나 사이에는 형제가 한 명 더 있었는데 그는 나보다 두 살 많은 오빠 에번이었다. 그와 나는 비슷한 또래였고 캐런과는 나이 차이가 심하게 많이 났기 때문에 우리 둘은 마치 쌍둥이처럼 자랐다. 당시 어민들의 삶에는 빈곤하고 열악한 상황이 빈번히 찾아오곤 했고, 겨울이면 아버지는 가족들을 먹여 살리기 위해 항해를 떠나 몇 달이고 집을 비우는 일이 종종 있었다. 자신의 고깃배를 타고 혼자서 바다로 나가는 것이 아버지의 독립적인 성격에 맞고 더 좋아하는 일이긴 했지만, 겨울에는 고기잡이 선단에 참가해 멀리 항해를 떠날 수밖에 없었다. 그들은 대구와 청어 떼를 쫓아 서쪽 해안을 따라, 그리고 더 나아가 북쪽으로 항해를 나갔다. 엄마는 집안 사정이 아주 안 좋을 때나 유난히 혹독한 겨울이면 —때론 언니마저도— 라르비크의 스토르가타 지역에 있는 선원들의 하숙집에서 침모 일을 하면서 빨래를 해 주고 요리를 도와 돈을 벌었다.

하지만 우리 크리스텐슨 가족이 굶주리고 가난에 허덕이는 모습을 상상할 필요는 없다. 나의 어린 시절 우리는 물질적인 면에서 많이 부족하긴 했지만 우리에겐 종교가 있어서 위안을 얻을 수 있었고, 라르비크 해안길을 따라 학교도 다녔으며, 또 우리 가족에게는 지금까지 살아오면서 내가 세상 어떤 것과도 바꿀 수 없는 끈끈한 유대감이 있었다.

우리가 살았던 오두막집은 소박하지만 밝은 느낌을 주는 건물이었다. 노르웨이 관습대로 하얗게 페인트칠이 된 목조 건물에 빨간 지붕이 비스듬하게 얹어져 있었다. 정면에는 난간이 있는 작은 베란다가 있었고, 남쪽으로 난 창문에는 색유리가 끼워져 있었다. 집 뒤편에는 그물과 둥근 나무통을 보관하는 작은 창고가 있었다. 집 앞으로는 좁다란 해안이 있었는데 그곳은 우리가 어렸을 적에 아버지가 작은 고깃배를 두던 곳이었다.

나는 라르비크를 떠나며 바라보았던 섬의 모습을 얼마나 많이 떠올렸는지 모른다. 부두에서 바라보았던 그 모습, 1층 반 정도 높이의 우리 집과 그와 똑같이 생긴 다른 오두막집들이 해안길을 따라 늘어서 있고, 그 집들을 둘러싼 정원에 꽃이 만발한 모습이 눈앞에 아른거린다. 라르비크는 노르웨이의 남동부에 위치한 지역으로 스웨덴과 덴마크를 가까이 하고 있었다. 은매화나 수령초 같이 예부터 그 땅에 번성하던 식물들이 살기에 적합했고, 과수원을 하기에도 적절한 좋은 토양과 기후가 온화한 지역이었다. 우리는 정원에 있는 나무에서 복숭아를 따먹곤 했다. 모직 원피스 한 벌과 모직 양말 한 켤레만으로 몇 달을 지내야 하는 때도 있긴 했지만, 우리에겐 먹을 식량이 있었다. 신선한 생선이나 말린 생선, 죽이나 팬케이크, 그리고 레프세(노르웨이 전통 빵)와 같이 밀가루와 물을 섞어 만든 음식들도 있었다.

나는 아주 어렸던 시절의 아름다운 기억들을 너무 많이 갖고 있어 때론 그 기억들이 작년, 심지어 어제 일처럼 생생하게 느껴지곤 했다. 바다와 숲과 과수원이 손닿을 데 있는 곳에서 어린 시절을 보낼 수 있었던 사람이라면 정말 운이 좋았다고 할 수 있을 것이다.

학교에 입학하기 전까지 오빠 에번과 나는 많은 시간을 함께 보냈다. 이 때문인지 우리의 영혼은 설명하기 어려운 방식으로 연결되어 있었다. 우리의 삶도 서로 복잡하게 얽혀 있었다. 이미 나는 둘 중 한 사람에게 어떤 운명이 닥치면 다른 한 사람에게도 반드시 영향이 미치리라는 걸 막연하게나마 느끼고 있었다. 바깥세상, 즉 자연 세계의 요소인 '사람들, 영혼, 그리고 자연에 살고 있는 다양한 유형의 동물들'을 바라볼 때, 우리는 서로에게 있어 거울과 같은 역할을 했다. 우리는 서로를 위해 삶의 신비로운 비밀과 진실을 알려주듯, 낮부터 밤이 될 때까지 대화를 멈추지 않았다. 어렸을 때는 그 순간들이 더 길게 느껴졌다. 시간이란 환상적이고 현혹적이라 기억 속에서 같은 시간도 길어지기도 하고 줄어들기도 했다. 그런 일들은 세월이 많이 지난 지금도 내 기억 속에 놀라울 정도로 선명하게 남아 있다. 아주 어렸을 때의 일이지만 정말 그랬다.

일주일에 한 번씩은 부엌 스토브 옆에 구리목욕통을 두고 에번과 나는 그 안에서 함께 목욕을 했다. 제일 먼저 아버지가 목

욕을 하고 다음으로 어머니가, 그 다음엔 캐런이, 그리고 마지막
으로 에번과 내가 함께 목욕을 했다. 에번과 나는 아버지의 벗은
몸을 보는 걸 두려워했었다. 또한 어머니가 창피해할까 봐 부모
님이 구리목욕통을 사용할 때면 방해하지 않고 다른 방에 가 있
었다. 하지만 맏언니 캐런에게는 그러한 자제심을 보이지 않았
다. 내가 다섯 살 때 그녀는 열일곱이었고, 성인 여자의 특징을
거의 다 갖고 있어서 나를 놀라고 겁먹게 했다. 하지만 그녀의
인품에 대해 어떤 외경심을 가졌던 것은 아니어서, 에번과 나는
커튼 뒤에서 종종 엿보면서 이상한 소리를 내며 캐런을 괴롭혔
다. 그녀는 목욕통에서 우리를 향해 비명을 질렀다. 그녀가 눈물
을 쏟으며 상황이 끝나는 경우가 다반사였다. 에번과 나는 천성
적으로 잔인하거나 장난꾸러기는 아니었고, 특별히 다른 사람에
게도 그런 짓을 하는 아이들은 아니었지만, 때로 우리의 맏언니
이자 누나를 괴롭히고 놀리고 싶어 했다. 그 일은 너무 쉬웠고,
미안한 얘기지만 엄청나게 재미있었던 것으로 기억된다.

　우리가 목욕할 차례가 되면 어머니는 커다란 주전자에 물을
데워서 목욕통에 부어주셨다. 그래서 우리는 깨끗한 물로 목욕
할 수 있었다. 오빠와 나는 몸집이 꽤 커질 때까지 둘 사이에 부
끄러움이 없어서, 마치 숲 속의 연못에 있는 것처럼 옷을 벗고
목욕통에 들어가 뜨거운 비눗물에서 놀았다. 지금도 당시 목욕
통 주위에 켜두었던 촛불과 그 온기를 떠올리면 마음이 따뜻해

진다.

　내가 돈을 벌러 나가기 전까지 우리는 같이 학교에 다녔다. 아침마다 에번과 나는 우리와 가장 가까운 이웃, 토르엔 헬게슨 씨의 마차를 얻어 타고 학교에 갔다. 그는 매일 자신의 농장에서 나오는 우유와 유제품을 싣고 라르비크 시내의 시장에 갔고, 저녁 식사시간 이후에 집으로 돌아왔다. 학교 수업은 총 5시간으로 종교와 성경 역사, 교리문답, 읽기, 쓰기, 산수, 음악을 기본 과목으로 배웠다. 학교는 여러 면에서 현대식이라고 할 수 있었다. 큰 교실이 두 개 있었는데, 한 층에 한 개씩 있었다. 교실에는 목제 책상들이 가득 차 있었고, 한쪽 벽을 다 차지한 기다란 칠판이 있었다. 여자 아이들은 아래 교실을, 남자 아이들은 위층 교실을 썼다. 규칙에 어긋나는 행동은 금지되었다. 라르비크 학교의 학생들은 필요할 경우 체벌을 받았다. 에번 오빠도 맞은 적이 두 번 있었는데, 한 번은 다른 학생에게 분필 지우개를 던졌을 때였고, 다른 한 번은 효르트 선생님에게 무례하게 굴었을 때였다. 효르트는 경건파 교도였다. 대단히 엄격하고 신경질적인 남자였는데, 나중에 대서양을 건너던 중 배 위에서 이질에 걸려 죽었다.

　라르비크에서는 봄이 되면 이른 새벽부터 날이 밝아질 때가 있었다. 미국에서는 볼 수 없는 진주색, 혹은 굴 색의 빛으로 날이 밝아오곤 했다. 그것은 태양이 실제로 떠오르기 전 몇 시간

동안 지속되는데, 사방으로 빛이 발산되어 마법 같은 느낌을 준다. 그런 날이면 에번과 나는 새벽 일찍 일어나서 라르비크 시내의 학교까지 먼 거리를 걸어가곤 했다.

그 이른 아침 에번과 함께 걷던 즐거움을 제대로 묘사하기란 불가능하다. 아주 어렸을 때는 아름다운 광경을 더 선명하게 느꼈다. 더 강렬하게, 더 많이 받아들일 수 있었다. 그러나 나이가 들어 어른의 죄악과 오점을 배우게 되면 눈이 흐려져 결국 그때와 같은 순수함이나 사랑을 볼 수 없게 된다.

해안을 따라 난 길은 종종 절벽 가장자리를 지나는데, 그 아래로 만이 내려다보였다. 날씨가 좋은 날이면 오른편으로 스쿠너(돛대가 2~4개 있는 범선)나 여객선이 오가는 항구와 그 너머로 눈이 부시도록 반짝이며 씰룩거리는 바다가 보였다.

그 길을 지나던 시절 에번은 칼라 없는 셔츠에 바지를 입고, 캡 모자를 쓰곤 했다. 거기에 캐런이나 어머니가 짜준 여러 가지 복잡한 무늬가 있는 멋진 스타킹을 신었다. 그는 말의 고삐로 만든 가죽끈으로 책과 저녁 도시락 가방을 묶어서 들고 다녔고, 간혹 내 도시락까지 들어주기도 했다. 나는 어린 소녀였지만 어른들이 입던 무거운 원피스를 입었다. 집에서 손으로 만든 옷이었다. 늦은 봄이 되어 어머니가 그 모직원피스 대신 무게나 색깔이 좀 더 밝고 가벼운 옥양목 드레스를 입도록 허락해줄 때면 나는 기쁨에 날아갈 것 같았다. 기나긴 감금 상태에서 벗어난 후에 막

목욕을 한 것 같은 상쾌한 기분이 들었다. 당시 나는 머리를 등 뒤로 느슨하게 늘어뜨리고, 옆머리를 뒤로 당겨 작은 매듭을 지어 묶곤 했다. 어린 시절 내 머리카락은 여름이면 햇살을 받아 밝고 부드러운 갈색이 되었고, 8월 즈음이면 때때로 머리 앞부분에 금빛이 돌았다.

또 내 눈은 밝은 회색으로 예쁘고 맑은 편이었다. 비록 키가 크지는 않았지만 몸매도 좋았고 몸가짐도 단정했다. 아넷처럼 대단한 미인은 아니었지만 보기에 나쁘지 않았다. 다른 많은 여자들처럼 살아가면서 수많은 일을 겪으며 얼굴이 달라졌지만, 내 청춘이 져버리기 전 마지막 몇 년 간은 꽤 예쁘기까지 했다고 믿는다.

에번과 내가 각각 여덟 살, 여섯 살이었던 해의 어느 날 아침을 기억한다. 아마도 시내에 있는 학교로 가는 길에서 4분의 3정도에 이르렀을 때였다. 오빠는 갑자기 책과 저녁 도시락을 바닥에 내려놓고 재킷과 모자도 던져버리고 셔츠와 반바지만 입은 채, 팔을 위로 올리며 뛰어올라서 이제 막 꽃이 한껏 피기 시작한 사과나무 가지 하나를 잡았다. 하얀 꽃 거품은 에번을 점점 더 높은 곳으로 올라가게 했다. 그리고 얼마 지나지 않아 그는 나무 꼭대기에서 나를 불렀다. "안녕, 마렌, 내가 보이니?"

갑자기 나는 나무 아래에 혼자 남겨졌다. 흥분한 나는 에번처럼 곡예 하듯 움직여 그가 올라간 길을 되짚으며 그 과실나무 꼭

대기에 오르려고 애썼다. 하지만 나는 원피스 치마를 입고 있었기 때문에 뛰어오르는 게 힘들었다. 에번처럼 나뭇가지 사이에 다리를 벌려 균형을 잡으면서 몸을 흔드는 동작도 할 수 없었다. 그 순간 나는 짜증이 나 여자라는 사실을 탓하며 원피스를 벗어 던졌다. 나는 라르비크에서 사람들이 가장 많이 다니는 길에서 옷을 벗어버렸다. 소매 없는 모직 조끼와 집에서 만든 수수한 블루머(여성 및 아동용 짧은 바지) 속옷만을 걸쳤다. 그러고는 에번처럼 나무 꼭대기에 올랐다. 거기서는 해안선이 길게 내려다보였다. 나는 성취감에 만족스러웠고 무척 자유로운 기분이 들었다. 드문 경험이었다. 나는 그가 내게 미소를 지으며 "잘했어"라고 말했던 것을 기억한다. 나는 흥분해서 북쪽으로 뻗은 라르비크 피오르드를 보려고 몸을 앞으로 쑥 내밀었다가 균형을 잃고 나무에서 떨어질 뻔했다. 에번이 내 손목을 잡고 몸을 바로 잡아주지 않았더라면 분명 그랬을 것이다. 그는 내게서 손을 거두지 않고 손목을 잡고 있었고 우리는 그렇게 그 자리에서 몇 분간 더 앉아 있었다. 우리에게 찾아온 그 평화롭고 완벽한 순간을 깨뜨릴 수 없었다.

그날 우리는 둘 다 학교에 늦었다. 그 벌로 5일 내내 방과 후에 학교에 남아야 했다.

그 벌에 대해선 에번도 나도 불평하지 않았다. 우리의 가슴 뛰는 멋진 범죄에 비하면 그 벌이 약한 징계라고 느꼈다.

물론 우리가 나무 위에 있는 동안 어떤 사람도 그 길을 지나지 않아 다행이었다. 누군가 지나다가 땅에 내팽겨진 내 치마를 보았더라면, (그 자체만으로도 충격적인 장면이었겠지만) 분명 그는 나무 위에 있는 우리를 발견했을 것이다. 그랬다면 훨씬 더 심한 벌을 받았겠지.

학교에서 에번은 아이들에게 인기가 있었다. 운동 경기에 참여하기도 했지만, 마을의 몇몇 아이들이 그렇듯이 인기를 얻으려고 아등바등 노력하지도 않았다. 분노나 적의로 가득 차 있는 소년도 아니었다. 어른이 되어서도 그런 성향은 보이지 않았다. 누군가 그에게 나쁜 짓을 하더라도 그는 단지 그 상황을 바로잡기만 했을 뿐 보복하지는 않았다. (물론 유감스럽게도 에번도 자신에게 일어난 궁극적인 비극은 되돌릴 수 없었다는 것을 배우게 될 것이었다.) 반면 나는 근원적으로 사악하고 강렬한 감정에 크게 흔들려 격렬하게 분노할 때가 있었다. 나는 그의 인성에 미치지 못했다.

에번은 언제나 나보다 훨씬 컸다. 라르비크 학교에서 가장 키가 큰 소년이었던 적도 있다. 앞니가 약간 비뚤어졌지만 그는 잘생긴 청년으로 자랐다. 그의 얼굴은 아버지를 닮았던 것 같다. 하지만 당시에 나는 아버지를 젊은 남자로 바라본 적이 한 번도 없었다. 내가 그러한 인상을 이해할만한 나이에 이르렀을 때 아버지는 볼이 홀쭉해지고 얼굴엔 주름이 주글주글했다. 바다에서 비바람을 맞은 탓이었고 당시 대부분의 어부들의 특징이라고 할 수 있었다.

　방학에 맞이하는 한여름엔 햇빛이 거의 자정까지 남아 있었다. 우리는 그 긴 낮 시간을 함께 보내곤 했다. 그것은 우리에게 있어 최고로 즐거운 일이었다.

　나는 지금 내 모습을 바라보는 것처럼 당시의 우리를 생생하게 볼 수 있었다. 집에서 서쪽에 있는 숲에는 특이한 지리적 현상으로 만들어진 하콘이라 불리는 연못이 있었다. 이곳은 바닷물이 들어와 만들어진 연못이었다. 그 연못주위를 30피트 높이로 솟아 있는 새까만 바위들이 둘러싸고 있었다. 연못 자체도 매우 깊어 연못물이 검은색에 가까워보였다. 바닷물이 흘러들어오는 좁은 틈을 제외하고는 기다랗고 어두운 실린더 같았다. 들리는 바에 따르면 이곳의 깊이는 36미터 정도나 된다고 했다. 이 연못 벽에는 납작한 바위 턱들이 튀어나와 있어 익숙해지면 그것들을 밟고 내려가 물에 이를 수 있었다. 그래서 이곳에서 수영도 하고, 물고기도 잡고, 심지어 배를 내려서 노를 저으며 놀 수도 있었다. 황금색 꽃이 피는 돌나물이 바위의 갈라진 틈에서 자랐다. 누군가 마법을 부려놓은 장소였다.

　6월의 어느 날 아침, 8살짜리 어린 소녀가 이 연못 바위 턱에서 있었다. 그 소녀는 물 위로 자신의 치맛자락을 팔랑거렸다. 무릎이 드러난 상태였지만 별로 신경 쓰지 않았다. 소녀와 오빠 사이에는 아직 순수함이 그대로 남아 있었고, 어느 쪽에서도 가식적으로 정숙한 척하지 않아도 되었다. 그녀 너머로 오빠 에번이 나무 낚싯대를 손에 쥔 채 근처의 바위시렁에 걸터앉아 있었다. 소녀는 에번의 키가 너무 많이 자라 바짓단이 발목 위로 껑충 올라간 것을 보며 장난스럽게 놀렸다. 오빠는 그녀를 보고 미소를 짓고 있었다. 바위에 앉아 있는 그 소년은 노르웨이 부모들이라면 자신들의 아들에게 바랄만한 모든 것들을 그대로 재현한 모습이다. 우선 그는 키가 크고 건장했으며 옅은 빛깔의 모발이 가는 금발머리를 지녔다. 눈동자는 연한 하늘색을 띠었다. 햇살이 소년처럼 연못 위를 서성거리면서 수면 바로 위에 멈춰 있었다. 잠시 후 그 소년은 들고 있던 낚싯대를 내려놓았다. 가방에서 어두운 색의 조그만 물건을 꺼내어 재빨리 물 위로 펼쳐 던진다. 정교하게 짜인 섬유 그물이었다. 마치 거즈처럼 보이기도 하고 거미줄 같기도 했다. 그것이 햇살을 낚아챈다.

그 광경에 흥미로워하던 소녀는 소년이 서 있는 바위시렁으로 옮겨갔다. 그녀가 그물을 보고는 크기가 엄청 크다고 말하자, 소년은 그물이 연못 바닥까지 가라앉아 깊은 물속에 있는 온갖 종류의 바다생물들을 끌어올리려고 크게 만들었다고 자랑스럽게 말했다.

어머니의 바느질 서랍에서 꺼낸 실로 그 그물을 만들어냈던 것이다. 그는 고기잡이 그물을 다루어본 경험이 꽤 있었다. 그래서 검은 연못 수면 위로 능숙하게 그물을 펼쳐 던지고는 무거운

추를 단 그물이 네 귀퉁이의 낚시찌만 보일 때까지 가라앉게 만들었다. 소녀는 그 모습을 가만히 지켜보았다.

소년은 소녀에게 따라오라고 말하고 등 뒤로 그물을 끌면서 재빨리 바위시렁들을 건너뛴다. 잠시 후 그는 낚시찌들이 연못 벽면 가까이로 떠오르게 하고는 그것들을 낚아채 천천히 그물망을 들어올린다. 그는 그물망에 잡힌 수확물을 바위 위로 끌어올린다. 소년과 소녀는 바위 위에 서서 내용물을 보려고 그물을 연다. 그물 안에는 소녀가 예전엔 본 적도 없는 신기한 색깔의 작은 조각들, 주머니모양의 생물들이 꿈틀거렸다. 이 바다 생물체들은 아름다운 무지갯빛 색깔을 하고 있지만, 어떤 것들은 조개껍질에서 빠져나온 연체동물처럼 그 질감이 징그러워 보였다. 어떤 것들은 반투명한 껍질을 하고 있어서 내장이 움직이는 것이 보였고, 또 어떤 것들엔 금빛 반점이 있는 아가미가 있었다. 툭 튀어나온 눈을 가진 둥글고 통통한 물고기도 있고, 짙은 납 색깔을 띠는 작은 나무 조각들도 보였다. 겨우 몇몇 물고기 정도만 소녀도 알아보았다. 바다 농어 한 마리, 대구 한 마리 그리고 고등어 몇 마리.

소녀는 이 기괴한 전시물들을 보고 겁을 집어먹었다. 어쩌면 소년이 불가사의한 미지의 세계에 함부로 침범하여 사람의 눈에 띄어서는 안 되거나, 햇살을 보면 안 되는 생물체들을 끌어올린 것은 아닌가하고 두려웠다. 그리고 실제로 짙은 청록색 젤리 같은 구체들이 터져서 바위 위에서 죽어버리기 시작했다.

"마렌, 보이니?" 소년은 흥분하여 이 물고기 저 물고기를 손으로 가리키지만, 소녀는 그의 수확물에 매력을 느끼면서도 불쾌했다. 그래서 머리를 돌려버리려고 하는 찰나, 소년은 소녀의 발이 그물 한 구석을 밟고 있다는 걸 알지 못한 채 갑자기 그물 귀퉁이를 집어들고 거꾸로 엎어서 잡은 물고기들을 물속으로 넣어버린다. 그러자 거미줄 같은 얇은 천이 찢어지면서 맨발로 있던 소녀의 발목에 걸린다. 그녀는 그물을 발로 차면 쉽게 치워버릴 수 있을 거라고 생각했지만, 다음 순간 두 발이 그물망에 얽혀버렸다. 소년이 한 번 홱 하고 움직이자 그녀가 물속으로 풍덩 빠져버린다. 원피스 치마에 물이 차서 무거워졌다는 것을 깨닫고 공포에 질려버린다. 게다가 소름끼치게도 그녀는 아까 그물에 있었던 바다 생물체들에 둘러싸여 있었다. 어떤 것들은 헤엄쳐서 가버렸지만, 어떤 것들은 얼굴 근처에 여전히 떠 있다. 그녀는 팔을 휘두르며 발버둥쳐 보지만 붙잡을만한 바위시렁을 찾을 수가 없었다. 에번은 여동생이 위험한 상황에 처한 것을 보고 즉시 물속으로 뛰어들었다.

소녀는 극도로 공포에 질려 "살려줘!" 그리고 또 한 번 "살려줘!"라고 외쳤다. 뒤따라 에번의 목소리가 "구해줄게 마렌"이라고 소리 지르는 것이 지금 내 귓가에 들리는 듯하다. 에번의 목소리는 크리스마스 성가대에서 반겨줄만한 음악 선율 같았다.

나는 그의 손이 내 턱 아래를 잡고 들어 올려 수면 위로 입이 나오도록 했던 걸 지금도 기억한다. 내가 숨을 쉬는 사이에 그는 물속에서 지독하게 첨벙거리며 엄청난 양의 물을 먹었을 것이다. 그도 나만큼 겁에 질렸겠지만, 나중에도 그런 얘기는 절대 하지 않았다. 우리는 허우적대며 연못을 가로 질러 떠내려갔다. 수면에서 1미터 위에 있는 바위시렁에 닿았던 것은 무척 운이 좋았다. 에번은 나를 붙잡고 있지 않은 손으로 바위시렁을 붙잡았다. 그 나이 또래답지 않은 팔의 힘과 신의 은총 덕분에 우리 둘은 모두 무사했다.

나는 우리가 그 후로도 오랫동안 납작한 바위시렁 위에서 서로 팔짱을 꽉 낀 채 누워 있었던 것을 기억했다. 그 상태로 한참 시간이 지난 후에야 몸이 떨리는 것이 멈추었다. 나는 그날을 떠올리며 또 다른 운명을 상상해보았다. 한 어부가 우연히 이 연못에 왔다가 어린아이 둘이 서로를 단단히 부둥켜안고서 검은 수면 바로 아래에서 평화롭게 떠 있는 것을 발견하는 것이다. 이것이 우리 둘에게 있어서 더 아름다운 결말이 될 수 있진 않았을까.

해안가에 있는 우리 오두막집 안에는 어머니가 화려한 붉은색 체크무늬 천으로 커튼을 걸어놓았다. 식탁 위에는 손잡이가 달린 유리항아리가 놓여 있고 철마다 정원에서 꺾은 꽃이 항아리에 담겨 있었다. 어머니가 돌아가신 후 오랫동안 나는 식탁 위

꽃병을 볼 때마다 어머니가 떠올랐다. 어머니에 대해선 주로 희미한 기억들만 남아 있어 마음이 아프다. 나는 어머니를 사랑했지만 그녀는 언제나 핼쑥했고 종종 아픈 것처럼 피곤해했다. 그녀는 나처럼 몸집이 작았지만 육체노동을 많이 해야 했다. 아무래도 그녀가 감당하기엔 버거웠을 것이다. 그녀는 정신적으로든 육체적으로든 그리 강해 보이지는 않았다. 또한 어머니는 남편 대신 아들에게 사랑을 쏟았다. 그녀로서는 어쩔 수 없었을 것이다.

저녁마다 어머니는 에번에게 나지막한 목소리로 이야기를 들려주곤 했다. 그때마다 나는 침대로 가야 했었다. 그러면 나중에 에번은 어머니가 들려준 이야기에 대한 소감을 내게 말해주었다. 그것들은 주로 옛날이야기였고, 때로는 품성의 덕과 결함에 대한 설교에 불과했다. 그리고 에번은 어머니 자신이 종교적으로 믿음이 없었다고 말했다. 당시엔 그 사실에 놀랐었다. 왜냐하면 어머니는 매주 일요일이면 우리들을 교회에 보냈기 때문이다. 에번과 어머니가 나눈 대화에 나는 낄 수 없었는데 아마도 어머니는 내 성품이 이미 다 형성된 후라서 그런 설교가 불필요하다고 생각했던 것 같다. 그게 아니라면 여자아이들은 천성적으로나 관습적으로 남편이 바라는 방식대로 교육받고 성장하여 엄마와의 대화는 쉽게 잊고 말 것이라 생각했음이 분명하다.

물론 결혼하면서 내 행동이 속박되기는 했다. 그럼에도 내 성품과 신념들은 내 남편 존 혼트베트와 함께 한 수년 동안 침해당하지 않고 온전히 있었다고 말할 수 있어 기쁘다. 그것들은 내 남편이 된 뱃사람이 영향을 끼칠 수 없는 정도로 강력한 신념들로 형성되어 있었다. 하지만 어머니와 오빠가 나눴던 사적인 대화는 불행한 결과를 가져왔다. 나는 우리 둘 중 에번이 더 사랑받는 사람이고, 그가 사랑을 더 받을 자격이 있는 사람이라고 생각하게 되었다. 그렇다고 오빠를 향한 나의 애정이 줄어든 것은 아니었다. 오히려 어머니의 배타적인 애정 때문에 더 강렬해졌다고 말할 수 있겠다.

어머니는 일거리가 없는 날 저녁이면 식탁 옆에 앉아서 바느질을 하거나 다음 날 먹을 빵을 만들었다. 그런 그녀의 모습을 떠올릴 때면, 나는 그녀가 조용히 슬픔에 잠겨 있었다는 것을 느꼈다. 그것은 캐런에게서 가끔씩 볼 수 있는 불쾌한 음울함과는 달랐다. 불평하지 않고 조용히 감내하는 그녀의 영혼에 지워진 슬픔의 무게였다. 어쩌면 그녀는 몸이 좋았던 적이 없었고, 그 사실을 우리에게 말하지 않았을지도 모른다. 아버지가 집에 머무를 때면 그는 어머니 옆에 앉아서 그물을 고치거나 조용히 파이프 담배를 피웠다. 그는 좀처럼 표현은 하지 않았지만, 나는 때로 그가 그녀에게 감탄의 눈빛을 보내는 것을 알아챌 수 있었다. 다만 어머니가 돌아가신 이후 아버지의 행동을 목격하기 전까지는 아버지와 어머니 사이에 로맨틱한 사랑이 있었을 거라고는 생각해본 적이 없었다.

내가 13살, 에번이 막 15살이 되었을 때, 어머니는 아이를 낳다가 돌아가셨다. 사산아는 어머니와 함께 땅에 묻혔다. 1860년의 혹독하게 추운 겨울이었다. 라르비크의 자연과 해안 지역 전체가 그 해에 내린 눈으로 파묻혀 있었다. 어머니가 돌아가신 날, 그녀의 진통이 막 시작되었던 이른 아침의 몇 시간 동안, 거센 눈보라가 몰아쳐서 창문 밖을 내다볼 수 없었다. 아버지는 끔찍한 눈보라 속에서도 산파를 데리러 밖으로 서둘러나갔다. 그는 어머니가 캐런과 에번, 나를 낳을 때 바다에 나가 곁에 있은 적이 없었다. 그러니 이 일을 다룰 수 없다고 느끼고 산파를 찾았다. 산파는 우리 오두막과 시내로 가는 길 중간에 살고 있었다. 만약 우리 이웃 헬게슨 씨의 썰매를 빌릴 수 있다면 눈길을 뚫고 그곳까지 갈 수 있을 것이었다.

캐런이 옆에 있었다면 어머니를 도울 수 있었을지 모른다. 하지만 그녀는 하숙집에서 일을 하다가 폭풍우가 몰아치는 바람에 선원들의 하숙집에서 발이 묶인 상태였다. 이런 일을 돕기에는 너무 어렸던 나와 에번만이 어머니 곁에서 그녀의 이마 위에 얼음을 올리고, 필요할 경우 그녀의 머리와 팔을 닦았다. 어머니가 허락할 때면 그녀의 손을 잡았다. 그리고 그녀가 끔찍한 비명을 지르는 것을 들으며 옆에 서 있을 뿐이었다. 나는 그 순간까지 출산하는 모습을 한 번도 본 적이 없었다. 그렇게 극심한 고통을 본 적도 없었다. 에번은 잠옷차림을 하고서 양초 불빛 아래에 서 있었다. 어머니의 고통이 그녀가 곧 죽을 거라는 불길한 신호로 생각됐는지 두려움에 몸을 떨었다. 그는 그러고 싶진 않았겠지만, 몹시 심하게 울부짖기 시작했다. 에번은 언제나 강한 아이였고 감정을 잘 드러내지 않는 소년이었기 때문에 나는 그의 우는 모습에 정신을 차릴 수가 없었다. 어머니가 만들어내는 형언하기 힘든 반복적인 울부짖음보다 그가 우는 소리를 듣는 게 더 괴로웠다. 나는 그를 달래려고 어머니의 곁을 떠나 그에게로 갔다. 에번의 몸에 가는 팔을 간신히 두르고 그를 안았다. 그리고 그를 위로했다. 그가 떠는 것을 멈추게 하려고 눈물로 얼룩진 그의 얼굴에 키스를 했다. 그러다 갑작스러운 정적에 깜짝 놀라 뒤를 돌아보았을 때 어머니가 떠난 것을 발견할 수 있었다. 그녀의 배에서 무릎까지 덮고 있던 침대보가 피로 흥건히 젖어 있었다. 나는 침대보 아래에 뭐가 있을지 보는 것이 두려워 감히 들출 수 없었다. 내가 그녀의 눈을 감겨주었던 것 같다. 아버지는 산파를 부르지 못하고 돌아와야만 했다. 그가 완전히 기진맥진해서 집에 도착했을 때 상황은 이미 끝나 있었다.

그가 집안으로 들어와서 자신의 눈앞에 펼쳐진 광경을 보고 거친 목소리로 소리를 지르던 것을 기억한다. 나는 에번을 두고 일어날 힘이 없어 아버지를 위로하러 거실로 갈 수 없었다. 마침내 아버지가 우리 침실로 들어와서 에번과 내가 침대 위에서 서로를 끌어안고 있는 것을 발견했다. 그는 자신이 사랑하던 아내가 그렇게 끔찍하게 목숨을 잃은 광경에 넋이 나간 얼굴을 하고 있었다.

무슨 일이 있더라도 그렇게 소름끼치는 상황을 다시 떠올리고 싶진 않지만, 나는 늘 그때 내가 어머니를 좀 더 잘 간호했더라면 그녀를 살릴 수 있진 않았을까 생각하곤 한다. 또 나는 내가 여자로서 불임 상태가 된 원인이 이 끔찍한 밤의 기억 혹은 그날의 내 행동 때문은 아니었는지 궁금했다. 내 형제가 태어나지 못하게 한 죄로 신에게 벌을 받는 것은 아닌지.

그 일이 일어난 후 몇 달 동안 나는 아주 불안한 상태로 있었다. 내 상태는 점점 더 악화되었다. 그러다 정체불명의 병에 걸렸다. 나는 그때를 거의 기억할 수 없다. 캐런은 나중에 그 시간들에 대해 지겹도록 이야기해주었다. 당시 언니 캐런은 어머니를 여의고 동생까지 앓아누웠으니 그 길고 어두운 나날이 절망스러웠으리라.

나는 밤에 잠을 자지 못했고, 잠을 자더라도 몹시 고통스럽고 끔찍한 악몽에 시달렸다. 치료제도 없었다. 나는 점점 쇠약해져 몸져눕고 말았다. 그 상태에서 열병으로 악화되어 내 몸 전체가 불덩이 같았다. 왕진한 의사는 육체적인 문제가 아니라 정신적인 것이 원인인 것 같다고 했다. 그는 내 증상의 근본 원인을 설명하지 못해 쩔쩔맸다. 나는 내가 팔다리도 움직이지 못했던 때를 기억한다. 그때 의사는 내가 수막염에 걸렸을지 모른다고 생각했지만 그 계절에, 그 지역에서 수막염이 발병한 경우는 한 번도 없었다. 나는 몸을 움직이지 못할 정도로 무력해져 스스로 밥도 먹을 수 없었다. 내가 누워만 있게 된 탓에 캐런이 집에서 할 일은 더 늘어났고, 나를 먹이는 일은 에번이 맡아야 했다. 그는 불평 없이 나를 간호했지만, 그 역시 어머니가 돌아가시던 날에 일어났던 일 때문에 고통스러웠을 거라고 짐작한다.

나는 하루 종일 말 한마디도 못할 때도 있었다. 치료 효과가 있다고 하는 파리스 호수 물을 한 모금 마시기 위해 반쯤 앉은 자세로 누군가 붙잡아줘야 하던 날들도 있었다. 나는 거실 스토브 곁에 있는 아버지의 침대로 옮겨졌다. 그 사이 아버지는 내가 에번과 함께 썼던 방에서 지냈다. 오빠는 내 침대 옆에서 밤새 나를 간호했다. 그는 아무 말도 하지 않은 채 오랫동안 내 옆에 앉아 있었던 것 같다. 어쩌면 그가 옛날 이야기책을 읽어줬는지도 모르겠다. 이 기간 동안 에번은 학교에 가지 않았다.

앓는 동안 나는 거의 비몽사몽 상태였다. 다만 아주 또렷하게 기억하는 한 사건이 있었다. 그것은 내 기억 속에서 여전히 이해하기 어려운 이상한 사건으로 남아 있었다. 앓아누운 지 몇 달이 지난 어느 날 아침 나는 꿈같은 상태에서 깨어났다. 캐런은 정원에 나가 있었고 테이블 위 유리화병 안에는 노란 수선화가 꽂혀 있었다. 어머니가 죽은 다음해 늦은 3월이나 4월 초였을 것이다.

나는 잠에서 깨어나 꿈속에서 빠져나올 때면, 갑자기 몸이 아파 오곤 했다. 기괴한 환영들로 둘러싸여 공포에 질리곤 했는데, 그 환영들은 주님의 교의에 완전히 반하는 것들이었다. 당시의 내 게는 너무나 사실적으로 보여 겁에 질렸었다. 하지만 그날은 그 런 환영에 둘러싸이긴 했지만 웬일인지 나는 두렵지 않았다. 오 히려 모든 것을 감싸는 용서의 기운을 느꼈다. 그 기운은 내 주 위의 모든 것들뿐만 아니라 나 자신까지도 용서하는 것이었다.

그날 아침, 잠에서 깨자마자 나는 충동적으로 에번에게로 손 을 뻗어 그의 손을 잡았다. 그는 나무 의자에 등을 곧게 펴고 엄 숙한 표정으로 앉아 있었다. 내가 깨어났을 때 아마도 그는 딴 생각에 잠겨 있었거나, 어쩌면 그렇게 좋은 날씨에 밖으로 나가 는 것을 갈망하고 있었을지도 모른다. 내가 그의 손에 내 손을 얹자 그는 몸을 움찔했다. 어머니가 돌아가신 그날 밤 이후로 우 리는 어쩌다 닿는 것을 제외하고는 일부러 서로를 만지는 일이 거의 없었기 때문이다. 사실 내가 그를 처음 만졌을 때 그가 고 통스러워하는 것처럼 보였다는 걸 말해야겠다. 물론 나는 그가 내 건강에 대해 근심하고 있다가 내가 깨어난 것을 보고 놀라서 그랬다고 생각한다.

그는 푸른색 셔츠를 입고 있었다. 캐런이 빨아서 다려주었는 지 빳빳해 보였다. 그의 머리는 해가 바뀌면서 색깔이 더 옅어져 있었다. 그날 아침 빗질을 한 옅은 금발 머리는 그의 맑은 하늘색 눈을 더욱 두드러지게 했다.

내 손에 잡힌 그의 손은 움직이지 않았고 나는 그의 손을 놓아주지 않았다.

"마렌, 괜찮니?" 그가 물었다.

나는 잠시 생각한 후에 대답했다. "사실은 기분이 아주 좋아."

그는 원하지 않는 잡념을 떨쳐버리듯이 머리를 흔들고는 우리의 손을 바라보았다.

"마렌, 우린 뭔가 잘못되었어."

"잘못되었다고?"

"도움을 청하자. 글쎄, 생각해봤는데…."

"무슨 말인지 모르겠어." 내가 그에게 말했다.

에번은 이런 내 고백에 짜증스러워하는 것 같았다.

"아니, 너도 알아." 그가 말했다. "난 네가 안다는 걸 알아." 그는 갑자기 고개를 들고 내 눈을 피하지 않고 바라보았다.

나는 그 짧은 순간에 우리가 말없이 많은 것들을 얘기했다고 생각했다. 그의 손이 내 손 아래에서 뜨거워졌다. 어쩌면 그건 내 자신의 열이었는지도 모른다. 내가 손을 빼지 못한 것처럼 그도 손을 빼지 못했다. 잠시 동안, 아니 어쩌면 오랫동안 우리는 그 상태로 있었던 것 같다. 짧은 순간에, 게다가 아무 말 없이 두 사람 사이에 전해야 하는 모든 것들을 소통하는 것이 가능하다면, 그 일은 그날 일어났다.

잠시 후(이 일이 얼마나 오랫동안 일어났는지는 정확히 말할 수 없었다) 나는 자리에서 일어나서 위로 향해 있는 그의 손목 안쪽에다 내 입술을 갖다 대었다. 이상한 방식의 키스였지만 그날 나에게는 마치 아기의 볼에 키스하는 것처럼 자연스러웠다. 나는 키스를 시작하는 것도 아니고, 끝내는 것도 아닌 그 상태로 가만히 있었다. 그러다 문소리가 나서 고개를 들자 우리 언니 캐런이 보였다. 캐런이 정원에서 집안으로 들어오는 게 보였다. 그녀는 놀라면서도 동시에 표정이 어두워졌다. 순간 나는 두려웠다.

나는 그녀의 얼굴에 드리워진 당혹스러운 표정을 기억했다. 놀람과 동시에 얼굴이 어두워진 그녀의 표정이 나를 겁먹게 했다. 내 목구멍에서 작은 비명이 새어나왔다. 에번은 나를 남겨둔 채 자리에서 일어났다. 캐런은 내게(에번에게는 아니었다고 생각한다) "너 무슨 짓을 하는 거니?"라고 말했다. 나는 그 질문에 대해선 어떤 대답도 할 수 없었다. 마치 어떤 신성한 미스터리에 대해 설명하는 것보다도 어려운 일인 것 같았다. 에번이 방을 떠났다. 그는 아무 말도 하지 않았던 것 같다. 캐런은 내게로 와서 침대 곁을 서성이며 나를 조사했다. 그녀의 머리는 단단히 빗어 넘겨 묶여 있었고, 목까지 올라오는 곳까지 조개 단추를 채우고 있었다. 바로 조금 전까지 경이로운 용서의 기운이 내 주위의 모든 것을 에워싸는 것처럼 느꼈었지만, 그때 나는 진심으로 캐런을 좋아하지 않는다는 걸 깨달았다. 또 예전에는 미처 깨닫지 못했던 동정심을 느꼈다. 그리고 나는 눈을 감고 조금 전에 잠시 빠져나왔던 그 상태로 다시 빠져들었던 것 같다.

그 일이 일어난 지 얼마 지나지 않아 나는 건강을 회복했다. 그 해 봄의 눈부신 아침을 맞이하는 걸 누구도 나처럼 기뻐하진 못했을 것이다. 그때 캐런은 내게 충고했다. 내 어린 시절은 이제 끝이 났고 여성으로서의 몸가짐과 품위를 갖춰야 한다고. 나는 병에서 회복한 직후부터 부엌에 쳐진 커튼 뒤에서 캐런과 함께 잠을 잤다. 아버지는 내가 에번과 함께 썼던 침대를 쓰기로 했다. 나는 누워 있는 동안에 14살이 되었고, 그 동안 내 몸에 어떤 변화가 일어나서 에번과 함께 쓰던 방에서 나와야 했다.

어머니는 돌아가셨고, 아버지는 하루의 대부분을 바다에 나가 있었다. 그래서 나는 언니 캐런의 보호 아래 놓여졌다. 그녀는 나를 감시하는 의무에 충실했지만, 내 생각에 그녀는 그 일에 전혀 적합하지 않았던 것 같다. 정확히 무엇인지는 잘 모르겠지만 나는 그녀에게서 어떤 꺼려하는 마음을 느꼈다. 때로는 내가 그녀의 마음을 괴롭히는 것 같았다. 그 이후로 나는 종종 이것에 대해 그녀의 용서를 구할 수 있기를 바랐다.

그녀가 보기에 나는 부적절한 행동을 많이 하는 아이였다. 나는 이전처럼 자유롭게 행동하지 않도록 그녀로부터 훈육을 받아야 했는데, 캐런은 내가 하지 말아야 할 사항들에 대해 계속해서 지적했다.

완전한 행복과 자유를 잃게 된 것을 내가 여자가 되어버린 탓으로 돌리고 싶지는 않았다. 나는 그것이 단순하게도 시기가 맞아떨어진 것이라고 생각했다. 하지만 그 이후로 나는 매달 극심한 고통으로 괴로워했다. 어쩌면 이것이 내 불임상태를 설명해주는 그럴듯한 근원적 원인일지도 모른다.

글 쓰는 걸 멈춰야겠다. 이 기억들은 나를 불안하게 하고, 지금 눈이 너무나 아프다.

4.

빌리의 사진들을 볼 때면, 나는 그 안에서 살아 숨 쉬고 있는 그녀의 에너지를 느낄 수가 있었다. 젖먹이 때의 얼굴은 아주 섬세한 형태를 하고 있다. 진지하지만 즐거워할 준비가 되어 있는 얼굴이다. 유아기 때 빌리의 머리카락은 굵고 검은색을 띠어서 그녀의 감청색 눈을 더욱 두드러지게 했다. 빌리는 그때도 속눈썹이 유별나게 길었다. 그녀의 속눈썹은 내 영혼의 깊은 곳까지 매혹시켰고, 지나가는 사람들의 발걸음마저 멈추게 했다. 우리 부부의 친구들은 우리가 그렇게 매력적인 생물체를 만들어 낸 것을 축하했다. 하지만 나는 내심 기분이 상했었다. 내가 단순한 보호자, 뚱뚱한 하얀 누에고치에 불과하단 말인가?

빌리가 태어난 후 처음 몇 주간 토머스와 빌리, 그리고 나는 안으로 점점 깊어지는 동심원들이 이루는 흐릿한 그림 속에서 살았다. 동심원의 가장자리에는 토머스가 있었고, 그는 때로 동심원에서 떨어져나가 대학교와 학생들의 세계로 가곤 했다. 그는 느닷없는 시간에 글을 썼으며, 자신의 딸을 바라보곤 했다. 그에게 있어 빌리를 바라보는 시간은 질서 있는 삶을 방해하는 매혹적이고 영광스러운 순간이었다. 그는 빌리를 자신의 한 팔로 안고 다니며 끊임없이 그녀에게 말을 걸었다. 그는 빌리에게 세상을 소개시켰다. "이건 의자야. 이건 식당의 테이블이야." 그는 빌리를 자신의 가죽재킷 앞섶에 넣고 도시의 거리로 매일 산책을 나갔다. 한동안 그는 덜 특별하고, 덜 정신이 나간 사람처럼 보였다. 갓 아빠가 된 사람들의 전형적인 모습을 하고 있었다. 그는 자신에게서 자상한 기질을 발견했고, 그것은 그에게 위안이 되었다. 그는 그 기질을 손상시킬 수 없었다. 심상과 단어들을 떠올려 시를 쓰려 한다고 그것과 거리를 둘 수 있는 게 아니었다. 빌리가 태어난 후 얼마간 토머스는 술을 덜 마셨다. 잠시나마 그는 미래에 대한 희망을 가졌다. 최고의 작품을 쓰는 것은 뒷전으로 밀려났지만, 당시에 그는 그 사실을 알지 못했다.

동심원의 중간 부분에서는 우리 셋이 서로의 근처에서 서성이고 있었다. 우리는 결혼했을 때부터 케임브리지의 한적한 거리에 있는 19세기에 지어진 2층짜리 저택의 상층에 살고 있었다. 오래된 그 건물의 벽에는 갈색 얼룩이 져 있었다. 헨리 제임스(19세기 미국의 소설가 겸 비평가)가 한 때 옆집에 살았고, 길 건너에는

E. E. 커밍스(20세기 미국의 시인)가 살았다고 했다. 토머스는 이 동네가 적당한 시적 울림이 있는 곳이라고 생각했다. 나는 내 서재였던 곳을 빌리의 방으로 만들었다. 당시에 내가 찍었던 사진들은 온통 빌리의 사진들뿐이었다. 나는 토막잠을 잤고, 토머스도 잠을 충분히 자지 못했다. 우리 셋 중 빌리가 제일 잠을 많이 잤다. 토머스와 나는 갑작스럽고도 당황스러운 순간에 조우했다. 우리는 엉뚱한 시간에 식사를 했고, 이전에는 전혀 본 적이 없는 텔레비전 프로그램을 늦은 밤에 보았다. 우리는 한 가족이 되어가는 원형질 덩어리였다.

동심원의 정중앙은 어둡고 꿈같은 곳으로 빌리와 나의 둥지가 있었다. 나는 침대에 누워서 이불을 덮는 대신 내 딸을 품에 끌어안았고, 뒷마당이 내려다보이는 창문에 서서 빌리가 자신의 손을 관찰하는 것을 바라보았다. 나는 바닥에 등을 대고 누워서 내 딸을 배에 앉혀놓고 그녀의 생기 있고 빛나는 눈을 관찰했다. 내게 있어 그녀의 존재는 순간순간 강렬하게 선명했다. 온통 마음을 빼앗아버리는 것이어서 다음날엔 그녀가 어떤 모습일지 상상할 수 없었다. 심지어 그 전날 빌리가 어떤 모습이었는지조차 기억하기 힘들었다. 그 순간의 그녀의 존재는 다른 모든 현실들을 밀어내버리고 주위의 그림들을 희미하게 만들었다. 결국 내가 기억하는 빌리의 유아기 모습은 사진들 속에 있는 것들뿐이었다.

나는 문서들을 살구색 상자 안에 다시 넣고 도서관 테이블 위에 상자를 올려놓는다. 그리고 두 손을 상자 위에 겹쳐놓는다. 사서는 방을 나가고 없었다. 이 자료들을 어떻게 이렇게 혼돈의 상태로 내버려둘 수 있는지 의아했다. 이 도서관의 사서들은 자신들이 어떤 자료를 갖고 있는지도 모르는 것 같다. 그냥 이 문서와 번역본을 들고 가서 복사를 하고 난 후 다음 주에나 제자리에 가져다놓을까 하는 생각이 들었다. 아무도 모를 것이다. 도서관에서 책을 빌리는 것과 그리 다를 게 없을 거라고 나는 생각했다.

나는 흐트러진 편지들, 사진들, 설법들, 공식 문서들을 서류파일 안에 다시 넣고 상자가 없는 상태에서 어떻게 보일지 살펴보았다. 빈자리가 눈에 띄지 않게 하려고 사서가 내게 준 세 권의 책을 그 서류파일 위에 올려놓는다. 그러고는 다시 한 번 더미를 살펴보았다. 못하겠다….

나는 상자를 파일 안에 다시 집어넣고 자리에서 일어난다. "잘 있어." 내가 말했다. 그리고 막 나가려는 순간에 좀 더 큰 목소리로 말했다. "고마워." 나는 철제문을 열고 계단 아래로 침착하게 걸어 내려온다. 내가 도서관에서 나왔을 때, 토머스는 보이지 않았다. 나는 10분간 기다렸다. 그리고 5분 더. 나는 길을 건너서 다른 건물의 차양 아래 선다. 20분이 지나자 나는 토머스가 말한 시간을 잘못들은 건 아닌가 하고 생각했다.

그때 그들이 코너를 돌아서 이쪽으로 오고 있는 게 보였다. 토머스와 애덜린은 빌리를 자신들 사이에 두고 있었다. 그들은 하나 둘 셋 하고 숫자를 세고는 마치 밧줄로 된 다리가 한 번의 돌풍에 흔들리는 것처럼 팔을 들어서 빌리를 공중 높이 들어올린다. 빌리는 공중에 떠올라서 까르르 거린다. 그리고 다시 해달라고 조른다. 빌리의 다리가 한 번 더 하늘로 오른다. 그리고 또 한 번 더. 빌리의 반바지 아래로 그녀의 작은 갈색 다리가 보였다. 나는 빌리의 발이 공중에서 차오르는 것을 보았다. 행인들은 이들이 지날 수 있도록 옆으로 비켜주었다. 토머스와 애덜린은 그 놀이에 너무 열중한 나머지 도서관을 지나치고도 알아차리지 못했다.

애덜린은 빌리의 손을 놓아주었다. 토머스는 시계를 확인했다. 애덜린은 빌리를 한 팔로 들어 올려 등에 업는다. 내가 수천 번은 했던 방식이었다. 토머스는 애덜린에게 뭔가를 말했고, 그녀는 고개를 뒤로 젖히고 소리 없이 웃는다. 빌리는 애덜린의 머리를 쓰다듬는다.

나는 그들이 돌아서기 전에 빠르게 걸음을 옮겨 길을 건넌다. 그리고 도서관으로 다시 들어가 한 번에 두 계단씩 오른다. 나는 열람실의 문을 열고 들어갔다. 가지런히 정리해둔 서류파일들과 책 더미가 내가 놔둔 그대로 있는 것이 보였다. 사서는 아직 자리에 돌아오지 않았다. 나는 기다란 도서관 책상으로 걸어가 서류파일 속에서 그 상자를 꺼내고는 내 팔 아래에 낀다.

문을 열다가 거의 토머스를 칠 뻔 했다. 그는 이 높은 건물을 위로 올려다보며 자신이 맞는 장소에 온 건지 확인하고 있었다. 빌리는 애덜린의 등에서 내려왔지만 여전히 그녀의 손을 잡고 있었다.

"미안해요." 내가 재빨리 말했다. "오래 기다렸어요?"

"어떻게 됐어?" 그가 물었다. 그는 양손을 바지 주머니에 찔러 넣었다.

"좋았어요." 내가 허리를 숙여 빌리에게 키스하며 말했다. "당신은 어땠어요?"

"우린 좋은 시간을 보냈어요." 애덜린이 말했다. 그녀의 얼굴은 약간 상기된 것 같다. "그네가 있는 공원을 발견했어요. 그리고 아이스크림을 먹었지요." 그녀는 확인을 구하듯이 빌리를 내려다보았다.

"리치는 어디에 있어요?" 내가 물었다.

"저녁거리로 랍스타를 사러갔어." 토머스가 슬쩍 시계를 보며 말했다. "그를 만나기로 했는데…. 바로 지금쯤 말이야. 뭔가 찾아낸 거야?"

"이거요?" 나는 상자를 내밀며 말했다. "그냥 도서관에서 빌려준 자료들이에요."

"쓸만할 것 같아?"

"그러길 바라요."

우리 넷은 보도를 따라 나란히 걷는다. 나는 기분이 가라앉고 흥분이 식어가는 것을 알아차렸다. 애덜린은 조용했다. 그녀는 빌리의 손을 잡고 있었다. 마치 내 앞에서조차 빌리의 작은 손을 포기하지 않으려는 것처럼…. 그 모습이 내 눈엔 이상해 보였다. 리치는 커다란 종이백 두 개를 품에 안고 보도에 서 있었다. 그의 눈은 검은 선글라스 뒤에 가려져 보이지 않았다. 우리는 부두로 출발했다. 하늘은 맑지만 바람이 강하게 불어왔다.

리치와 애덜린은 조디악을 점검하고 빌리의 구명조끼를 가지러 먼저 보트로 내려갔다. 나는 내 딸 옆에 서 있었다. 머리카락이 빌리의 얼굴을 때렸고, 그녀가 양손으로 머리를 잡으려고 했지만 잘 되지 않았다. 토머스는 항구를 응시하고 있었다.

"토머스." 내가 부른다.

그때 빌리는 6주된 아기였다. 빌리가 기침을 하기 시작했다. 소아과 의사와 약속을 잡고 빌리를 목욕을 시키려고 할 때, 나는 빌리에게서 전에 볼 수 없었던 증상을 발견했다. 그녀의 몸은 심하게 요동치고 있었다. 숨을 들이쉴 때마다 복부가 비행기 조종사의 산소주머니처럼 오그라들었다. 나는 빌리를 들어 올려 토머스의 서재로 데리고 갔다. 그렇게 불쑥 들어가는 것은 내가 좀처럼 하지 않는 일이었다. 그는 놀라서 고개를 들고 나를 흘깃 보았다.

그는 안경을 쓰고 작업을 하고 있었고, 손가락은 군청색 잉크로 얼룩져 있었다. 그의 책상 위에는 알아볼 수 없는 글자들이 적힌 하얀 종이들이 널려 있었다.

"이것 좀 봐요." 내가 빌리를 책상 위에 눕히며 말했다.

우리는 빌리의 가슴이 부풀었다 오그라드는 걱정스러운 증상을 같이 관찰했다.

"젠장." 토머스가 말했다. "의사한테 전화했어?"

"기침 때문에 전화했었어요. 10시 반에 예약돼 있어요."

"119를 불러야겠어."

"심각한 것 같아요?"

"숨을 못 쉬잖아." 토머스가 말했다.

앰뷸런스 운전기사는 내가 빌리와 함께 차에 타는 것을 허락하지 않았다. 너무 많은 장비들이 있었고, 빌리에게 집중적인 응급처치가 필요했기 때문이다. 그들은 구급차 문을 닫을 때조차 빌리의 몸에 뭔가를 하고 있었다. 나는 생각했다. 빌리가 죽어버리면 어떡하지? 그리고 그때 내가 옆에 없으면?

우리는 차를 몰고 뒤따라갔다. 토머스는 차 앞으로 끼어들려는 모든 차량에 욕을 하고 손을 휘둘렀다. 나는 그가 그렇게 화가 난 모습을 본적이 없었다. 구급차는 빌리가 태어났던 병원의 응급병동에 멈췄다.

"제기랄." 토머스가 말했다. "여길 나온 지 얼마 되지도 않았다고."

응급실에서 빌리는 발가벗겨져서 뚜껑이 없는 금속 상자 안에 놓였다. 토머스와 내게 그것은 마치 작은 관처럼 보였다. 빌리는 추위에 떨었고 울부짖기 시작했다. 나는 담당의사에게 빌리를 안정시킬 수 있게 거기서 꺼내 품에 안게 해달라고 사정했다. 우는 것이 기침을 하고 숨 쉬기 어려워하는 아기에게 좋을 게 뭐가 있겠는가? 하지만 그 젊은 의사는 이를 허락하지 않는다. 빌리는 정맥 주사와 항생제를 맞아야 하며, 나는 아이에게 위험하니 가까이 가면 안 된다고 했다. 그는 마치 내가 중요한 과제를 부여받고는 그것을 망친 것처럼 말했다.

빌리의 몸은 수십 개의 튜브와 전선에 연결되어 있었다. 그녀는 숨이 찰 때까지 울었다. 나는 빌리가 1초도 더 고통 받는 것을 참을 수가 없었다. 그 의사가 다른 환자를 보러 자리를 떠났을 때, 빌리를 꺼내 내 누빔 재킷의 안쪽에 넣고 감싸 안았다. 젖을 먹이지는 않았지만 빌리는 즉시 울음을 멈추고 내 젖을 찾아 품 속을 파고들었다. 토머스는 빌리와 나를 애정과 두려움이 교차하는 표정으로 바라보았다. 이전에는 그의 얼굴에서 한 번도 볼 수 없었던 표정이었다.

폐렴이었다. 몇 시간 동안 토머스와 나는 빌리의 침대가 되어버린 플라스틱 박스 옆에 서서 그녀의 상태를 보여주는 모니터를 쳐다보고 있었다. 그 모니터는 빌리의 호흡과 영양 섭취, 심장 박동 수, 혈압, 혈액가스, 항생제 등을 조절하고 기록하고 있었다. 우리에게는 이 플라스틱 박스 이외의 다른 세상은 없는 것 같았다. 토머스와 나는 집중치료실에 있는 다른 부모들이 바깥에서 맥도날드 포장백과 피자헛 종이박스를 갖고 돌아오는 것을 보고 놀라워했다.

"이 상황에서 어떻게 음식이 입에 들어가지?" 토머스가 말했다.

그날 밤 토머스는 전화가 걸려왔다는 소리를 듣고 병실을 나갔다. 나는 독실한 신자는 아니었지만 그날만은 플라스틱 박스 옆에 서서 주기도문을 몇 번이고 반복해서 운율에 맞춰 암송했다. 나는 그 단어들이 내게 위안이 된다는 걸 깨달았다. 나는 그 기도문 자체가 빌리를 붙들어줄 거라고 확신했고, 기도문을 암송하는 동안에는 빌리가 죽지 않을 거라고 생각했다. 마치 그 단어들 자체가 부적이나 마법의 주문인 것처럼.

토머스가 방에 돌아왔을 때 나는 반사적으로 몸을 돌려 누가 전화한 건지 물었다. 그의 얼굴은 초췌했다. 눈 주위가 야위고 종이처럼 바싹 말라 있었다. 그는 마치 어두운 극장에서 밝은 태양이 있는 곳으로 막 빠져나온 사람처럼 눈을 껌벅였다.

토머스는 미국의 시인이라면 누구라도 탐낼만한 상의 이름을 말했다. 〈막달레나 연가〉에 대한 수상이었다. 그 시는 남편이 8

년에 걸쳐서 쓴 총 56개의 연작시였다. 우리 둘은 플라스틱 박스 옆에 있는 오렌지색 플라스틱 의자에 앉았다. 나는 한 손을 그의 손 위에 얹었다. 그리고 즉시 끔찍한 악마의 계약을 떠올렸다. 이렇게 멋진 소식을 얻게 되었는데 빌리까지 살아남을 수 있을까?

"실감이 나지 않아." 토머스가 말했다.

"맞아요."

"나중에 축하할 수 있을 거야. 나중에 축하하자."

"토머스, 지금 그게 가능하다면, 나 감격했을 거예요. 정말 기뻐했을 거예요."

"난 당신이 내가 시를 쓰기 위해서 당신과 함께 있는 거라고 생각할까봐 항상 걱정했었어. 내가 당신을 이용한다고 생각할까봐. 뮤즈 같은 걸로."

"토머스, 지금은 그런 이야기 하지 말아줘요."

"처음에 말이야."

"어쩌면, 처음 잠시는 그랬을지도 몰라."

"그건 사실이 아니에요."

나는 혼란스러움에 고개를 흔들었다. "어떻게 그게 지금 중요할 수 있겠어요?"

나는 지금 이 순간 빌리 외에는 다른 어떤 것도 생각하고 싶지 않았고 짜증이 밀려왔다.

"맞아, 중요하지 않아." 그가 말했다. "중요한 게 아니지."

하지만 물론 그건 중요했다. 중요한 일이었다.

그날 밤 나는 사랑하는 대상이 자신을 떠날까봐 두려울 때, 그 사랑이 더 맹렬해진다는 걸 깨달았다. 그래서 우리의 사랑은 때로 회상적으로 된다. 하지만 그날 밤 토머스와 나는 우리 딸이 죽을지도 모른다고 생각했다. 빌리를 둘러싼 기계들에서 나오는 삑삑거리는 소리, 웅웅거리는 진동음에 귀를 기울이고 있을 때, 우리는 빌리의 몸에 손도 대지 못한 채 서로의 손을 잡고 있었다. 우리는 그녀의 눈꺼풀과 속눈썹, 팔꿈치, 통통한 종아리를 찬찬히 살폈다. 우리는 단 6주 동안 모아진 놀라운 기억을 공유하고 있었다. 어떤 면에서 그날 밤 우리는 그 어느 때보다 빌리에 대해 잘 알고 있었다.

빌리는 1주 만에 회복하여 퇴원했다. 그녀는 다시 건강해졌다. 마침내 빌리가 우리를 짜증나게 할 수 있는 날도 왔고, 그럴 때면 우리는 그녀에게 신경질적으로 말을 할 수도 있었다. 결국 내가 빌리를 두고 밖으로 나가 사진을 찍을 수 있게 되는 때도 왔다. 토머스도 다시 시를 썼고, 마음에 들지 않으면 던져버릴 수도 있게 되었다. 그는 대학교에서 학생들을 가르쳤다. 무수한 시낭송회를 가졌으며, 인터뷰를 했다. 그러고는 이제는 자신에게서 쓸 수 있는 단어들이 동이 난 게 아닌지 의심하기 시작했다. 그는 술을 심하게 마셨다. 어떤 날에는 아침에 부엌에서 그를 발견할 때도 있었다. 그는 양 팔꿈치를 조리대에 대고서 의자에 앉아 있었고, 그의 옆에는 빈 와인 병이 널부러져 있었다. "이것은 당신과는 상관없는 일이야." 그는 손으로 내가 걸친 가운의 옷자락을 잡고 그렇게 말하곤 했다. "당신을 사랑해. 이건 당신 잘못이 아니야."

때로 나는 모든 것들, 미래의 모습은 아니더라도 과거에 일어난 모든 것들을 볼 수 있는 순간이 있다고 생각하곤 했다. 사람들은 죽음의 순간이 그러하다고 말한다. 한 순간, 또는 기껏해야 몇 초 동안 뇌가 과거에 일어난 모든 것들을 인식할 수 있었다. 자신의 지난 삶, 탄생에서부터 시작해 모든 것을 알고 있는 마지막 순간까지 삶 전체를 볼 수 있었다. 그 순간은 무한한 거울이 되어 삶을 몇 번이고 다시 반사시켜 보여주었다. 나는 그 순간이 닳은 전선을 만질 때 전기가 웅 하고 통하는 느낌일 거라고 상상했다. 물결이 몸을 관통하는 듯한 작은 충격. 아마도 치명적이지 않겠지만 정신이 번쩍 드는 충격일 것이다.

이 부두에 서 있다가 그 순간이 나를 덮쳤을 때, 나는 그와 비슷한 걸 느꼈다. 그때 나는 토머스와 내가 함께 보냈던 세월이 눈앞에 스쳐 지나는 것을 보았다. 금방이라도 깨져버릴 것 같은 삶이었다. 우리는 결혼을 했고 가족을 만들어냈다. 하지만 신의 뜻이었거나 운명이 아닌 우리가 의도적으로 그 일들이 일어나도록 만든 것이었다. 우리는 이것을 이루었고, 다음에 저것을 이루었다. 그리고 다른 것을 차례로 만들어나갔다. 내 눈에는 우리가 함께 한 시간들은 단단하게 짜인 어부의 그물 같았다. 완벽하게 만들어진 것은 아닐지라도, 꽤 잘 짜여서 절대 풀릴 수 없을 거라고 생각했었다.

포츠머스에서 돌아와 저녁식사를 하기 전까지 우리들은 각자 다른 일을 했다. 애덜린은 선실 앞쪽에 있는 방으로 들어가 문을 닫고 셀리아 택스터(19세기 쇼울 아일랜드에 살았던 시인이자 소설가로 스머티노즈 살인사건이 일어난 때와 동시대 인물)의 시집을 읽는다. 토머스는 콕핏에서 꾸벅꾸벅 졸고 있고, 빌리는 그의 옆에서 무릎을 꿇고 엎드려 색칠놀이를 했다. 리치는 기관실로 들어가 배 바닥의 오수배출 펌프를 고친다. 나는 빌리의 침대에 앉아 여행안내서와 메모들, 기사들을 내 주위에 펼쳐놓고 보고 있었다. 나는 살구색 상자를 열고 연필로 적힌 번역본을 살폈다. 그것을 곧 읽게 될 거라는 걸 알지만 아직은 준비가 되지 않았다. 나는 그 좁은 침대에서 은밀함을 느꼈다. 내 행동이 부끄럽다는 생각도 어렴풋이 들었다.

나는 스스로에게 이것을 훔친 이유는 단순한 것이라고 말했다. 난 그때의 상황이 어떠했는지를 알고 싶은 거야. 그 의문을 설명해줄 수 있는 숨어 있는 사실 한 조각을 찾고 싶을 뿐이야.

나는 그녀의 즉흥적인 행동, 사건이 일어난 후 자신의 가족을 버린 그 순간적인 행동의 결과를 알고 싶다. 나는 그 하룻밤의 행동보다는 그 이후 시간이 흐른 뒤에 나타났을 후유증에 대해서 생각했다. 그런 것들이 더 중요하지 않을까?

편지를 읽다가 마렌의 남편 존 혼트베트에 대한 이야기는 대부분 1873년 3월의 살인사건에 관련된 일들이지만, 단 하나 그 사건과 관련 없는 이야기가 있다는 것을 발견했다. 살인사건이 일어나기 3년 전이자 그가 미국에 도착한 지 2년 후인 1870년의 몹시 추운 어느 날, 존은 섬의 북서쪽 어장으로 항해를 나갔다. 그날은 콧수염과 방수포 의복, 낚싯줄에 고드름이 얼 정도로 유난히 매섭게 추운 날씨였다고 전한다. 심지어 혼트베트의 스쿠너(이 배의 이름은 알려지지 않았다)의 갑판에조차 얼음이 얼었다. 존은 스머티노즈 섬의 좁은 해변의 미끄러운 자갈밭에 서서 매서운 바람 속에서 진눈깨비를 맞으면서 배를 띄울 것인가 말 것인가를 고민했다. 그해 대서양 바다에서 맞을 수 있는 최악의 날씨라 할 정도로 날이 궂었다. 혼트베트가 왜 그런 험한 날에 바다에 나갔는지 정확히 알 수는 없다. 빈곤 때문이었을까? 배고픔 때문에? 사용하지 않으면 상해버릴 비싼 미끼 때문에? 아니면 가만히 있지 못하는 성미 때문에?

그는 결국 바다에 배를 띄웠다. 바다는 강풍과 눈보라로 거칠었다. 스머티노즈 섬이 시야에서 보이지 않게 되자 바다는 배를 위협했다. 존은 놀랐다. 시간이 지날수록 눈보라가 점차 심해져서 앞도 잘 보이지 않았을 것이다. 아마도 그는 후회했을 것이다. 배를 스머티노즈로 되돌리려 했겠지만 넘실거리는 파도는 너무 높았다. 앞을 거의 내다볼 수도 없어서 그는 전진할 수 없었다. 대신 그는 어둑어둑한 눈보라 속에서 정처 없이 떠내려가야만 했다. 배가 가라앉거나 암초나 바위에 부딪혀 배에 구멍이 생길 위험도 아주 컸다.

섬사람들은 존이 그날 바다에 나간 것을 보고 미친 짓이라고 생각했다. 그들은 존이 돌아오기를 기다리고 있었다. 그들의 우두머리는 에프라임 다운즈로 스머티노즈에 살았다. 나중에 살인 사건이 일어난 후에는 가족들과 함께 혼트베트의 집으로 이사 와 살게 된 사람이었다. 집주인은 그 집의 핏자국을 지워 없애버리지 못하게 했다. 그의 말에 따르면 방을 세놓는 것보다 관광지를 찾아다니는 사람들에게서 더 많은 돈을 벌 수 있기 때문이었다.

혼트베트의 배가 바다 속에서 길을 잃은 것이 분명해지자, 다운즈는 혼트베트의 스쿠너보다 더 커다란 자신의 배 '화이트 로버'(하얀 유랑자라는 뜻)라는 그럴듯한 이름이 붙은 배를 띄워 파도 속에 좌초된 배를 찾아 나섰다. 다운즈와 그의 선원들은 몇 시간이고 바다를 뒤졌다. 그러다가 폭풍 속에서 자신들의 방향마저 잃어버렸다. 몇 시간이 지난 후에 마침내 그들은 혼트베트가 타고 있는 작은 배를 발견할 수 있었다. 그들은 14피트 높이의 파도를 가로지르며 원을 그리며 돌았다. 다운즈가 존을 '화이트 로

버' 에 안전하게 오르게 하고난 후, 혼트베트의 스쿠너는 멀리 떠내려가서 다시 볼 수 없었다.

오랜 시간동안 '화이트 로버' 는 높이 일렁이는 파도를 헤치며 항해했다. 눈보라 속에서 배에 탄 남자들은 꽁꽁 얼어붙어 몸을 움직일 수도 없는 지경이었다. 마침내 배가 (어딘지 기록되지 않은) 해안에 다다랐을 때 팔도, 다리도 제대로 움직일 수 없었다. 선원들은 뱃머리 위로 자신들의 몸을 홱 던져서 모래 위로 뒹굴어 떨어졌다. '화이트 로버' 에 탔던 사람들 중 몇 명은 발까지 완전히 얼어붙어서 나중에 발을 절단해야만 했다. 존 혼트베트만이 아무 부상 없이 온전히 살아남았다.

"엄마, 나 수영하고 싶어요."

빌리는 내 소맷자락을 당기고는 얼굴을 내 겨드랑이 사이로 넣었다 뺐다 했다. 나는 책을 내려놓고, 그녀를 들어 내 무릎 위에 앉힌다. 조그만 크레용 껍질 조각이 그녀의 아랫입술에 붙어 있었다. 나는 그것을 떼어낸다. 빌리에게서 조개 냄새와 선크림 냄새가 난다.

"어떨까, 진." 토머스가 위쪽 콕핏에서 소리 지른다. "물이 꽤 많이 깊어. 내가 빌리한테 당신에게 물어봐야 한다고 그랬어. 난 특별히 바다에 다시 들어가고 싶지도 않고."

"구명조끼를 입으면 괜찮을 거예요." 리치가 기관실에서 모습을 드러내며 말했다. "어쨌거나 나도 수영을 좀 해야겠어요. 몸이 끔찍하게 더러워서요. 우리 둘이 같이 데리고 가면 빌리도 괜찮을 거예요."

"엄마, 제발."

나는 리치를 바라보았다. 그의 손은 기름으로 범벅이 되어 있었다. 그리고 빌리를 보았다. "좋아." 내가 말했다. "그러지 뭐."

나는 요트의 뱃전을 넘어 물속으로 뛰어들었다. 하지만 혼자서 다시 올라오는 건 불가능할 것이다. 리치는 요트 사다리를 내린다. 아까 부두에 세워둔 그의 밴에서 수리한 것이다. 빌리는 사다리로 내려가서 무릎을 안고 물속으로 다이빙을 했다. 곧장 물 위로 불쑥 떠오른다. 머리카락이 얼굴을 다 가렸다. 빌리는 입을 간신히 물 위로 유지하면서 팔을 마구 휘저었다. 나는 내 딸 곁에서 한 팔 거리 이상 떨어지지 않은 곳에서 수영을 했다. 처음에 들어갔을 때 물이 닿자 충격적으로 차가웠다. 하지만 몇 분이 지나자 곧 익숙해지기 시작했다. 해수면에서 배를 올려다보니 요트의 뱃머리가 마치 대양을 항해하는 대형 여객선처럼 거대해 보였다. 안경을 쓰지 않고 멀리서 바라보니 섬들이 갈색과 회색을 띠는 희미한 형태로 보였다.

나는 빌리를 리치가 있는 쪽으로 밀어 보낸다. 그녀는 삼촌과 나 사이에서 '수영 비슷한 몸짓'을 했다. 두려움 없이 파닥거리는 물고기 같다. 그녀의 입은 바닷물로 가득 찬다. 빌리는 입에

든 바닷물을 삼키고는 그 맛에 놀라는 것 같다. 빌리는 리치에게 등에 태워달라고 조른다. 빌리를 등에 태운 리치가 내 곁으로 헤엄을 쳐서 오자, 빌리는 삼촌의 등에서 미끄러져 내려와 내 목 주위를 꽉 끌어안았다. 리치의 다리가 잠시 미끄러져 내 다리에 닿는다. 나는 가라앉지 않으려고 그의 어깨를 붙잡았다.

"조심해, 빌리." 나는 내 목을 잡은 빌리의 손을 느슨하게 풀며 말했다. "엄마는 너처럼 구명조끼를 입지 않았잖니. 물에 빠지잖아."

보우 스피릿(제1사장: 배의 선수에 앞으로 길게 나온 원형의 나무 막대)에서 토머스가 우리를 내려다보았다. 그는 손에 술잔을 들고 있었다. 나는 그가 고개를 돌려 미소 짓는 것을 보았다. 그는 뭔가를 말하지만 내게는 들리지 않았다. 애덜린에게 하는 말일 것이다.

내가 리치를 놓아주자 그는 물속으로 깊게 잠수했다. 그는 내가 있는 위치에서 30피트 정도 떨어진 곳에서 모습을 다시 드러내고는 발차기 리듬에 맞춰서 팔을 움직이면서 열심히 헤엄치기 시작했다. 나는 빌리와 서로의 주위에서 첨벙거리며 물장구를 친다. 빌리가 지칠 때까지…. 우리가 수영을 마치자 토머스는 빌리를 배 위로 끌어올렸다. 빌리는 수건으로 몸을 감고 애덜린 옆에 몸을 떨며 앉았다. 내가 자리에서 일어나 안경을 쓰고 바다를 보니 리치가 멀리 스머티노즈 섬의 해변에 앉아 있는 것이 보였다. 헤엄쳐서 해변까지 간 것이다.

쇼울 아일랜드의 이름은 그 섬들을 둘러싸고 있는 쇼울(여울)에서 따온 것처럼 보이지만 사실은 고대 영어의 '스쿨'(떼 혹은 무리)이라는 말에서 나온 이름이었다. '물고기 떼'를 말할 때 쓰이는 말처럼 말이다.

미국 혁명기에 쇼울 아일랜드의 거주민들은 섬을 비워야만 했다. 뉴햄프셔와 메인 주의 지도자들은 쇼울 주민들의 영국과의 무역을 이유로 모든 거주민들이 섬에서 떠나도록 명령했다. 1776년 1월 5일, 80채의 집이 철거되었다. 거주민들은 대륙으로 옮겨와, 매사추세츠에서 메인에 이르는 해안선을 따라 마을을 재건했다. 이때 지은 많은 집들이 여전히 그 자리에 남아 있었다.

"상실. 포기. 거세. 쇼비니즘……."

"하지만, 톰 무어를 생각해봐요. 그의 매력 말이에요."

"멜랑콜리. 모든 게 다 우울해요." 토머스가 말했다. "카바노(미국의 신부이자 시인), 프로스트(자연을 노래한 미국의 시인), 맥니(영국의 시인이자 고전학자), 모두 다."

"당신은 예이츠를 잊고 있어요. 인간의 상상력을 최상으로 끌어올린 사람, 언어의 마술사요."

"도넬리, 하이드 도넬리. 그 사람을 알아요?" "어머니의 슬픔을 훔치는 회색 빛, 늘어선 관목 울타리 옆에서 훔치다!"

"당신은 전 인류에 대해 말하고 있군요." 애덜린이 대수롭지 않은 듯이 말했다.

토머스는 스카치를 길게 한 모금 마신다.

생선과 마늘 향이 짙게 풍겨 나와 애덜린과 토머스와 내가 앉아 있는 콕핏 위로 퍼져 가라앉았다. 리치는 이제 막 찐 홍합 한 접시를 들고왔다.

"내가 딴 거야." 빌리가 리치의 다리사이로 나오며 말했다. 빌리는 자신이 잡은 홍합을 맛있게 먹으려 했지만, 그녀의 입맛에 홍합이 맞지는 않았던 모양이다. 방금 전 도서관에서 가져온 문서를 가지러 선실로 내려갔을 때, 빌리가 반쯤 씹다버린 홍합이 냅킨에 쌓여 있었다. 빌리는 자신이 특별히 좋아하는 옷(포카혼타스가 앞에 그려진 파란색 티셔츠와 그에 어울리는 반바지)을 입고 있었다. 옷차림을 보건대 빌리는 이 작은 모임을 일종의 파티라고 여기고 있었다. 토머스가 그러는 것처럼. 빌리는 우리 곁에서 뭐라도 씹으려고 시리얼 과자가 든 비닐팩을 들고 왔다. 그녀는 내게로 와서 내 겨드랑이 사이로 고개를 비틀어 들이밀고는 내 품으로 바싹 파고들었다. 토머스와 애덜린은 내 건너편에 앉았다. 조만간 빌리가 콜라를 달라고 할 것이다.

"아들들은 떠나고." 토머스가 말했다.

리치는 콕핏 가운데에 임시로 세운 테이블 위에 홍합을 내려놓고, 자신은 선실 지붕 위에 자리 잡고 앉았다. 그는 선실 입구에서 다리를 흔들거렸다. 공기는 바닷바람에 씻겨 맑아진 듯했다. 멀리 보이는 스머티노즈 섬은 맑은 풍경 속에 날선 조각처럼 선명히 새겨져 있었다. 석양의 가느다란 금빛 햇살이 섬을 칠하고 있었다. 요트에서 바라보니 섬 위의 갈매기들은 푸른색 먼지 속에 그려진 검은 색 체크표시들처럼 보였다. 나는 이 순간이 어쩌면 여름날에 맞을 수 있는 가장 아름다운 저녁일 거라는 생각이 들었다.

나는 리치가 홍합요리를 하고 토머스가 술잔을 깨뜨렸던 그날 저녁에 우리 다섯 명이 모건의 콕핏에 모여 있는 사진을 찍었다. 나는 석양이 여전히 오렌지 빛깔을 띨 때 이 사진을 찍었다. 우리는 모두 심하게 햇볕에 그을린 것처럼 지나치게 건강해 보였다. 그 사진에서 빌리는 리치의 무릎에 앉아서 애덜린이 조금 전에 손에 건 금색 팔찌를 만지려 막 손을 뻗고 있었고, 리치는 카메라를 똑바로 바라보며 입을 크게 벌린 채 미소 짓고 있었다. 그는 노을빛을 받아 연어살색을 띠는 잇몸이 다 드러나도록 환하게 웃고 있었다. 그의 옆에 있는 애덜린은 사진이 찍힌 순간 물에 젖은 머리를 털었다. 카메라는 그녀의 턱이 살짝 치켜들어진 모습을 포착했다. 그녀는 가느다란 어깨끈이 달린 긴 검은색 여름 원피스를 입고 있었다. 그녀의 목에 걸린 십자가 목걸이가 햇살에 반짝인다. 낮게 뜬 태양은 우리의 눈을 찌르듯이 빛나고 있다. 토머스는 눈을 찡그리며 한 손을 이마 위로 들어 그림자를 지우고 있었다. 그의 얼굴에서 확실히 알아볼 수 있는 유일한 부분은 그의 입과 턱뿐이었다. 나는 카메라에 타이머를 맞추어 내가 사진 속으로 들어갈 수 있도록 했다. 나는 토머스의 옆에 앉아 있지만, 마치 그 구성원의 일원이 되려고 애쓰는 것처럼 몸을 살짝 기울이고 있었다. 나는 미소 지었지만 그 순간 눈을 깜박여 눈이 감겨 있었다. 토머스는 술잔을 들지 않은 쪽 손을 내 어깨에 두르려고 했지만, 그가 공중에서 팔을 구부리고 있는 상태로 사진이 찍혔다.

"정확히 어쩌다가 그 흉터가 생긴 거예요?" 애딜린이 물었다.

"우린 정말 빌리한테 뭘 먹여야 해요."

나는 다른 사람에게 말하듯 나 자신에게 말했다. 완전히 지쳐버린 하루였다. 빌리의 저녁밥을 챙겨주는 것까지 완전히 잊고 있었다. 나는 리치가 저녁거리로 랍스타를 산 걸 알고 있지만, 빌리는 랍스타를 먹지 않을 것이다.

"엄마, 나 콜라 먹어도 되요?"

"차 사고였어요." 토머스가 말했다. "내가 어렸을 때요. 운전사가 술에 취해 있었죠." 리치는 갑자기 고개를 들어 토머스를 보았다. 하지만 토머스는 고개를 돌려버린다.

"지금은 안돼요, 공주님. 저녁 먹을 시간 다됐어."

"참치가 좀 있는데." 리치가 말했다. "내가 샌드위치를 만들어줄게요."

"리치, 고마워요." 내가 말했다. "샌드위치는 내가 만들게요." 나는 자리에서 일어서려고 했다.

"난 참치 싫어." 빌리가 말했다. "난 랍스타 먹을 거야."

"빌리, 넌 랍스타 안 좋아할……." 내가 말하려고 하자, 리치는 고개를 살짝 저으며 내 말을 멈추게 했다.

"랍스타 한 번 먹어보는 거 어때?" 그가 빌리에게 물었다. "그리고 만약 마음에 안 들면, 그때 샌드위치 만들어줄게."

빌리는 입을 다물고 고개를 끄덕였다. 나는 빌리가 이 작은 경쟁에서 이기고 나서 살짝 걱정하는 걸 볼 수 있었다. 빌리가 정말로 랍스타를 먹고 싶어 하는지 의심스럽다.

"고향이 어디에요?" 애덜린이 내게 물었다. 그녀가 다리를 꼬자, 그녀의 검은색 원피스 치마의 갈라진 틈이 벌어져 햇볕에 탄 그녀의 긴 종아리가 드러났다. 토머스는 자신도 모르게 애덜린의 다리를 힐끔 봤다가 고개 돌려 다른 곳에 시선을 두었다. 나는 청바지에 두껍고 헐거운 스웨터를 입고 있었고, 토머스는 깨끗한 셔츠를 입었다. 가느다란 노란색 줄무늬가 나 있는 푸른색 셔츠다. 그는 아침에 면도를 한 듯 멀끔했다.

"원래는 인디애나 주에요." 내가 말했다. "부모님은 모두 돌아가셨어요. 나는 어머니가 마흔여덟 살에 낳은 늦둥이였죠."

"엄마, 바다 갈매기는 뭘 먹고 살아요?"

"물고기겠지." 내가 빌리에게 말했다. "갈매기들이 물고기를 잡으려고 바다 속으로 뛰어들잖니. 그들을 잘 관찰하면 볼 수 있을 거야." 나는 의식적으로 스머티노즈를 향해 고개를 돌려, 들쭉날쭉한 해안선 위로 원을 그리며 비행하는 갈매기들을 보았다.

"그리고 이런 일을 하는 군요?" 애덜린이 양손 펼치면서 요트와 섬과 항구를 가리킨다.

"네, 할 수 있을 때면요." 내가 말했다.

"그런데 엄마, 갈매기들은 어디서 자요?"

"좋은 질문인걸." 나는 토머스를 바라보며 도움을 청했다.

"내가 알 턱이 있나?" 토머스가 작게 말했다.

"바위 위에서 자는 게 틀림없어." 애덜린이 도와주었다. "내 생각에 그들은 머리를 날개 밑에 묻고 자는 것 같아."

"갈매기가 자는 걸 본 적 있어요?" 빌리가 그녀에게 물었다.

애덜린은 입술을 모으며 생각을 떠올리려고 했다. "본 것 같아." 그녀가 말했다. "그런데 어디서였는지는 잘 모르겠어."

"보스턴 항구 가운데에 있던 쓰레기 화물선 뒤쪽에서." 리치가 선실 주방에서 소리 지른다.

"바다의 쥐새끼들." 토머스가 투덜거린다.

빌리는 내 팔과 가슴 사이의 빈 곳으로 더 바짝 들어와서 내 흉곽에 대고 말했다. "애덜린은 예뻐요." 빌리는 그런 얘기를 크게 말해도 괜찮은 건지 확신하지 못한 듯 수줍게 말했다.

"그래, 그렇지." 나는 애딜린을 똑바로 바라보며 말했다. 그녀의 눈이 내 눈과 마주친다.

"사랑해요, 엄마." 빌리가 말했다.

"나도 사랑해." 내가 말했다.

초기에 나온 살인사건 기사들은 급하게 작성되어서 부정확한 내용들로 가득했다. 〈보스턴포스트〉의 첫 번째 기사는 다음과 같았다.

"두 명의 여인이 쇼울 아일랜드의 스머티노즈 섬에서 살해당하다. 참혹한 살육의 세부내용 — 살인용의자의 도주, 보스턴에서 체포됨 — 범행에 대한 부인 — 세 번째 사람을 죽이려는 시도 — 살인 시도 대상의 기적적인 탈출 — 추위 속에서의 끔찍한 고통 — 여성들이 살해된 집의 소름끼치는 참상 등등. — [보스턴포스트의 특별 긴급기사] 3월 6일 포츠머스 뉴햄프셔 지역. 시민들은 오늘 오후가 되고 얼마 지나지 않아 공포와 충격에 휩싸였다. 쇼울 아일랜드에 사는 헌트레스라는 어부가 뉴캐슬에 그의 배를 정박시키고 경찰에게 쇼울 아일랜드에서 흉악한 살인사건이 일어났다고 신고했다."

같은 기사에 따르면 어부 헌트레스가 '루이스 와그너라는 젊은 남자'가 전날 밤에 도끼를 들고 부두로 걸어가는 것을 목격했다. 다음날 아침 7시 정각에 와그너와 '헌트레스'는 포츠머스에서 '함께 아침식사를 했는데' 와 그녀는 이 불운한 남자 헌트레스에게 자신에게 어떤 일이 생길 거라는 의미심장한 말을 했다. 아넷과 캐런 크리스텐슨이 희생자였다. 세 번째 여성인 혼트베트 부인은 탈출했다. 당시 포츠머스 시 경찰관 존슨은 살인용의자를 체포하기 위해 보스턴에 급파됐다. 살인용의자는 그날 일찍 보스턴행 기차를 탄 것이 목격되었다.

나는 주방에 있는 리치를 돕기 위해 선실로 내려갔다. 그는 랍스타 냄비를 스토브 불 위에 올려놓고, 다른 하나는 콕핏에 둔 휴대용 그릴 위에 올려놓았다. 오븐에서는 빵이 데워지고 있었고 샐러드는 이미 만들어져 있었다.

나는 식탁을 차리기 시작했다. 리치와 나는 비좁은 공간에서 서로 부딪히거나 같은 도구에 동시에 손을 뻗지 않기 위해 어색하게 움직였다. 계단 위의 선실 입구를 통해 빌리가 보였다. 빌리는 내가 비워둔 자리에서 하늘을 바라보고 등을 대고 누워 있었다. 그녀는 자신의 손가락을 살펴보는 일에 열중하고 있는 것처럼 보였다. 선실 입구의 네모난 통로 사이로 빌리의 건너편에서 바지를 입은 토머스의 다리가 보였다. 그가 오른쪽 발 옆에 둔 와인 병으로 손을 뻗는 것이 보였다. 배는 파도의 리듬을 타며 넘실거렸다. 선실 벽 서쪽에 난 동그란 창으로 물결을 반사한 빛이 스멀스멀 스며들었다. 물결 모양 빛이 선실 내벽에서 가물거린다.

나는 랍스타를 부수는 기구와 랍스타 포크를 찾으며 은식기 서랍을 뒤진다. 그때 나는 가슴이 아프도록 강렬하고 귀에 익은 표현 세 개를 듣는다. '징두리벽판', '과거의 향기', '심장을 찌르는'. 애덜린의 목소리는 깊고, 아름답고, 정중하다. 그녀는 단어와 모음들을 완벽한 발음으로 만들어낸다. 그녀는 그 시를 잘 알고 있었다. 아니 완전히 외우고 있었다.

나는 몸을 살짝 기울여 선실 입구를 올려다보았다. 토머스의 얼굴을 보려고 했다. 그는 자신의 무릎을 보고 있었다. 그 자세로 가만히 있었다.

나는 그 술집과 그 시를 낭송하던 토머스의 모습을 기억할 수 있다. 토머스가 잠든 사이 창문에 서서 거리의 불빛으로 그 시를 읽었던 것도 기억한다.

"토머스." 내가 부른다. 내 목소리에 날이 서 있었다. 심지어 내 귀에도 그렇게 들린다. 빌리는 상체를 일으켜 팔꿈치로 몸을 지탱했다. 약간 어리둥절해 하는 것 같다. 애덜린은 암송을 멈춘다.

애덜린의 양손목이 그녀의 무릎에서 교차되어 있는 것이 보였다. 그녀의 한쪽 손의 기다란 손가락에는 와인 잔이 들려 있었다. 나는 문득 그녀가 술을 마시는 걸 처음 봤다는 것을 깨닫고 놀랐다.

"토머스, 이리 와 봐요." 나는 한 번 더 부르고는 몸을 돌린다.

나는 은식기 서랍에서 바쁘게 뭔가를 찾는 척했다. 그는 선실 안으로 고개를 내민다.

"무슨 일이야?" 그가 물었다.

"껍질 까는 기구를 찾을 수가 없어요. 그리고 당신이 우리가 저녁 식사에 쓸 와인을 어떻게 했는지 모르겠어요." 내 목소리에 짜증이 묻어났다. 그것은 오해의 여지없이 교묘하면서도 심술궂은 말투였다.

"와인은 여기 있어요." 리치가 조용히 내 옆에서 말했다. 그는 작은 냉장고 문을 열고 내게 보여주었다.

하지만 너무 늦었다. 토머스는 이미 몸을 돌려 가버렸다. 그는 바다를 내려다보며 서 있었다. 한 손에는 술잔을 들고 다른 한 손은 바지 주머니에 찔러 넣었다. 애덜린도 몸을 돌려 바다를 응시하고 있었다. 하지만 토머스와는 반대 방향이었다.

리치는 위로 올라가 콕핏에 놓인 그릴 위의 냄비에 옥수수를 넣는다. 그는 끓고 있는 냄비에 옥수수 이삭을 넣고 나서 행주로 손을 닦았다. 몸을 숙여서 콕핏 바닥에 있는 와인 병에서 한잔을 따른다. 토머스와 리치는 내게 등을 보인 채 서로 몇 마디 말을 나눈다. 그들은 마치 뒷마당의 바비큐파티에서 그릴 옆에 서 있는 남편들 같다.

나는 주방 조리대의 가장자리에 기대어 서서 와인을 홀짝인다.

빌리는 아빠의 얼굴을 본 다음 내 얼굴을 보았다. 그러고는 몸을 굴려 배를 바닥에 대고 누워서 양손으로 얼굴을 받친다. 마치 쿠션의 표면에 있는 아주 작은 뭔가를 자세히 들여다보는 것 같다. 리치는 몸을 돌려 애덜린에게 좀 더 가까이 오라고 손짓했다. 그는 그녀 옆에 앉아서 손을 그녀의 허벅지 위에 올려놓는다. 그리고 손가락들을 그녀의 스커트 벌어진 틈 아래로 넣는다. 그 검은 드레스 아래로.

그 순간 몸을 반쯤 돌려 말을 하려던 토머스는 리치가 애덜린의 몸을 만지는 것을 보았다. 그는 마치 자리에 못 박힌 듯 그 자리에 서 있었다. 마치 몸을 어디에 둘지 모르는 듯했다. 그는 어색하게 한 걸음 앞으로 내딛는다. 그의 발이 애덜린이 바닥에 내려놓은 와인 잔을 친다. 와인 잔은 넘어져 산산조각이 난다.

"제기랄" 하고 토머스가 말했다.

루이스 와그너는 살인사건이 일어난 다음날 저녁 8시 반, 포츠머스 경찰과 보스턴 경찰들에 의해 체포됐다. 당시 그는 보스턴 지인의 집에 있었다. 와그너는 살인사건에 대한 혐의를 듣고 얼이 빠진 것처럼 보였다. 자신은 지난해 11월 이후로 스머티노즈에 간 적이 없었다고 말했다. 그는 또 혼트베트 여자들이 자신에게 잘해줘서 그런 짓을 저지를 수는 없었다고 말했다. 그는 그날 아침 9시에 기차의 기적소리를 들었고, 포츠머스에서는 하는 일이 잘 되지 않아 보스턴에 가보는 게 낫지 않을까 해서 기차를 탔다고 했다.

경찰이 금요일 아침 10시에 포츠머스로 와그너를 데려온다는 소식이 마을을 들쑤셔 놓았다. 기차 길에는 분노에 차서 소리를 지르는 군중들이 줄지어 서 있었다. 경찰은 피의자의 안전을 염려하여 기차를 역에서 25마일 정도 전에 세워 와그너를 내리게 했다. 그럼에도 군중은 그를 발견했고, 그(그리고 경찰들)에게 돌멩이와 얼음 조각을 던지기 시작했다. 그들은 "그 놈을 죽여라! 목매달아 죽여!"라고 외쳤다. 해병대가 소집되었다. 경찰관들은 권총을 꺼내들었다. 와그너는 그날 밤을 포츠머스 감옥에서 보내고, 다음날 메인 주 사코로 이송되었다. 스머티노즈 섬은 사실상 뉴햄프셔 주가 아니라 메인 주에 속해 있었기 때문이었다. 경찰들은 또 다시 와그너에게 돌팔매질을 하려고 하는 수천 명의 군중과 맞닥뜨리게 되었다. 군중들 속에 있는 사람들 중에는 예전에 존 혼트베트의 생명을 구한 적이 있었던 에프라임 다운즈가 있었다.

와그너는 사우스베릭 감옥에 이송되었다. 그 다음에는 포트랜드 감옥에 있었다. 그는 1873년 6월 16일, '메인 주 루이스 H.F. 와그너 재판'이 열렸을 때 다시 메인 주 알프레드로 이송되었다. 루이스 와그너는 아넷 M. 크리스텐슨의 머리에 도끼로 치명적인 부상을 입히고 그 결과 그녀를 즉사시킨 혐의로 법정에 섰다.

나와 함께 깨진 유리 조각들을 치우고 난 후 리치는 솥에서 랍스타들을 꺼냈다. 우리는 모두 식탁에 둘러 앉아 식사를 하기 시작했다. 토머스는 평소보다 술을 훨씬 많이 마셨고, 식탁 주위에 하얀 키틴질 껍질 조각을 흩뿌리면서 랍스타와 힘겨운 싸움을 하고 있었다. 예상한대로 빌리는 내가 랍스타의 껍질을 깨뜨리고 반점이 있는 분홍색 살점을 쇠꼬챙이로 빼내는 것을 보고는 랍스타에 대한 식욕을 잃어버렸다. 애덜린은 랍스타 살을 손으로 집어 뜨거운 수프 국물에 적셨다가 포크로 찍어 먹는다. 녹인 버터에 찍어 먹지는 않았다.

　토머스는 랍스타 집게발에 엄지손가락을 베자 갑판 위로 올라갔다. 잠시 후 리치는 토머스에게 도움이 필요하겠다고 느꼈는지 그를 따라 위로 올라갔다. 빌리 역시 빨간 잔해와 집게 발 더미를 식탁에 놔둔 채 일어서 가버렸다. 랍스타의 껍질이 스테인리스 그릇 위에 쌓여가면서 점점 혐오감을 자아내고 있었다. 테이블 건너편에서 애덜린은 랍스타의 몸통에서 내가 못보고 지나친 작은 살점 조각들을 꺼내먹고 있었다. 나는 그녀를 보며 놀라워했다. 그녀는 랍스타의 가늘고 긴 다리들을 하나하나씩 빨고 씹으며 이로 얇은 껍질을 짓이긴다.

　"농장에서 자랐어요?" 그녀가 물었다. "부모님이 농부였나요?"

"네, 사실은 그랬어요." 내가 말했다. "아일랜드 어디라고 했나요?"

"코크요." 그녀가 말했다. "남쪽 지방에 있어요."

"그리고 더블린으로 대학을 갔군요."

"네." 그녀가 말했다. "빌리는 놀라운 아이에요. 그런 딸이 있다니 정말 좋으시겠어요."

"고마워요. 정말 운이 좋지요. 보스턴에는 어떻게 정착하게 되었나요?"

"남자가 있었어요." 그녀가 말했다. "런던에 있을 때 만난 사람이에요. 그는 보스턴에서 일을 했고 나는 그를 따라왔지요. 난 늘 보스턴을 좋아했어요."

"토머스의 시에 대해서 어떻게 그렇게 많이 알고 있죠?" 내가 물었다.

그녀는 이 질문에 놀란 듯이 보였다.

"토머스의 시를 예전부터 늘 읽었던 것 같아요." 그녀가 말했다. "더블린에 있을 때에도 나는 그의 시가 특별하다고 생각했어요. 그가 큰 상을 받은 이후에는 모든 사람들이 토머스의 시를 읽는 것 같아요. 그렇지 않나요? 상을 받으면 그렇게 되죠. 확실히 모든 사람들이 읽게 만들잖아요."

"그의 시를 외우고 있던데요."

"오, 그렇지 않아요."

비난하는 듯한 내 어조가 그녀를 방어적으로 만든 것 같다.

"내 생각에 토머스는 말이죠. 자신의 시가 소리 내어 읽혀지는 걸 원하는 것 같아요." 그녀가 말했다. "시를 완전히 이해하려면 거의 그래야만 하죠."

"그가 한 소녀를 죽인 걸 아나요?" 내가 말했다.

애덜린이 그녀의 입에서 천천히 랍스타 다리를 떼고 그것을 엄지손가락과 집게손가락 사이에 든 채 손을 테이블 모서리에 내려놓는다. 방수처리 된 파란색 체크무늬 테이블보는 버터가 흘러 응고된 노란 자국과 랍스타 살 조각으로 얼룩져 있었다.

"토머스가 소녀를 죽였다고요?" 그녀는 마치 그 문장 자체를 이해할 수 없는 것처럼 내 말을 반복해서 말했다.

나는 와인을 한 모금 홀짝인다. 그리고 마늘 빵 덩어리에서 한 조각을 떼어낸다. 나는 떨리는 손을 제어하려고 노력했다. 나는 방금 내뱉은 말에 그녀보다도 더 충격을 받았다. 나는 내가 그 말을 내뱉은 방식, 내가 사용한 단어들에 놀랐다.

"이해가 안돼요." 그녀가 말했다.

그녀는 가늘고 긴 랍스타 다리를 접시 위에 내려놓고, 무릎 위에 놓인 냅킨으로 손가락을 닦는다. 그녀의 한 손에는 구겨진 냅킨이 들려 있었다.

"차 사고였어요." 내가 설명했다. "토머스가 운전을 했죠."

그녀는 여전히 이해를 못하는 것처럼 보였다.

"한 소녀가 그와 함께 있었어요. 차 안에요. 토머스의 차가 도로에서 벗어나 뒷바퀴가 도랑에 빠졌고, 차가 뒤집혔어요."

애덜린은 손가락을 입으로 가져가 이 사이에 낀 랍스타 껍질 조각을 멍하니 빼낸다. 나는 식탁 아래를 내려다보다 청바지에 랍스타 국물을 흘린 것을 발견했다.

"그녀는 몇 살이었어요?"

"그와 같은 나이였어요. 열일곱 살이요."

"그가 술에 취해 있었나요?"

"네." 내가 말했다.

나는 기다렸다.

그리고 잠시 후 나는 그녀가 이해하는 순간을 목격했다. 그녀는 정보를 머릿속에 넣고, 문장들을 속으로 되새기고 나서 갑자기 이해했다. 그녀는 멍하니 스토브 쪽으로 바라보다가 다시 나를 쳐다보았다.

"〈막달레나 연가〉로군요." 그녀가 조용히 말했다.

나는 고개를 끄덕였다. "하지만 그 소녀의 이름은 막달레나가 아니었어요. 린다였죠."

애덜린은 '린다'라는 말에 살짝 움찔했다. 마치 그 소녀의 평범한 이름이 그 사건을 더 사실적으로 만드는 것처럼.

"그는 그녀를 사랑했군요." 그녀가 말했다.

"네." 내가 대답했다. "아주 많이요. 그가 그 사건에서 정말로 헤어나온 적이 있었는지 모르겠어요. 어떤 면에서 그의 모든 시들은 그 사건에 대한 거예요. 그렇지 않아 보일 때도요."

"하지만 그는 당신과 결혼했잖아요." 그녀가 말했다.

"그렇죠." 내가 말했다.

애덜린은 냅킨을 테이블 위에 내려놓고 자리에서 일어난다. 그리고 선실 앞쪽에 있는 방의 입구를 향해 몇 걸음 걷는다. 그녀는 팔짱을 낀 채 내게 등을 보이고 있었다.

리치가 몸을 숙여 선실 안으로 고개를 내민다. "진, 여기 나와 봐요." 그가 소리 지른다. "빛이 완벽해요."

그는 말을 멈춘다. 애덜린이 내게 등을 돌린 채 여전히 방의 입구 앞에 서 있었다. 그녀는 몸을 돌리지 않았다. 리치는 나를 흘깃 보았다.

"무슨 일이에요?" 그가 물었다.

나는 테이블 아래로 꼬았던 다리를 풀었다. "별일 아니에요." 내가 말했다.

나는 내가 저지른 배신에 망연자실한 채 두 손을 무릎 위에 겹쳐놓고 있었다. 내가 토머스와 함께 했던 세월동안 나는 이 이야기를 어느 누구에게도 한 적이 없었다. 내가 아는 한 토머스도 마찬가지였다. 그가 상을 타게 되었을 때 우리는 그의 과거가 탄로날까봐 두려워했지만, 그 사고의 기록들은 잘 감춰져 있었기 때문에 누구도 토머스의 어린 시절에 일어난 그 사건을 발견하지는 못했다. 하지만 이제 애덜린이 다른 사람들에게 말할 것이다. 그녀는 이 정보를 그녀 혼자 간직할 수는 없을 것이다. '내가 이런 짓을 하다니' 하고 생각했다.

"리치, 여기는 내버려둬요." 내가 어질러진 테이블 위를 손으로 가리키며 재빨리 말했다. "위에 올라가고 싶어요. 토머스랑 좋은 석양을 같이 보고 싶네요. 설거지는 내가 나중에 할게요." 나는 테이블을 밀며 일어난다. 리치는 사다리를 타고 내려와서 양손으로 머리 위의 문을 붙잡은 채 잠시 서 있었다. 그는 당황한 듯 보였다.

내 뒤에 서 있던 애덜린은 방으로 들어갔다. 그리고 문을 닫았다.

루이스 와그너의 변호를 맡은 변호사는 R. P. 태플리 변호사였고, 지방 검사는 조지 C 이튼 검사였다. 재판장은 윌리엄 G. 배로즈 판사였다. 배심원들은 노스베릭에서 온 아이작 이스톤, 샌플리의 조지 A. 트웜블리, 웰즈의 아이보리 C. 해치, 뉴필드의 호레스 파이퍼, 비드포드의 한슨, 비드포드의 나훔 타복스, 노스베릭의 베나자 홀, 비드포드의 찰스 휘트니, 리밍턴의 윌리엄 빈, 케네벙크의 로버트 리틀필드, 파슨필드의 아이작 리비, 웰즈의 캘빈 스티븐스였다.

비록 배심원들과 변호사, 검사, 판사 모두 초기의 미국 백인들,

즉 영국인 무리였지만, 혐의자도 희생자도 살인사건의 생존 여성도 심지어 대부분의 목격자들마저도 미국 시민이 아니었다.

콕핏에서 토머스는 내 옆에 와서 앉았다. 빌리는 토머스의 다리에 몸을 기댄다. 내 양손이 떨리기 시작했다. 나는 몸을 앞으로 숙여 머리를 무릎 사이에 넣고 싶은 충동을 느꼈다.

우리 셋은 뉴캐슬과 포츠머스로 넘어가는 석양을 보았다. 산호빛의 석양이 애플도어 섬과 스타 섬을 고르게 비추며 지나가고, 지난 자리에는 아무런 색도 남기지 않았다. 아래 선실에서는 리치가 야간 항해등을 켰다.

나는 토머스에게 내가 뭔가 끔찍한 일을 저질렀다고 말하고 싶다. 내가 왜 그랬는지 나도 알 수 없었다고. 하지만 그때 그 순간 애덜린이 토머스를 잘 알고 있다고, 어쩌면 어떤 면에서 나보다도 더 잘 알고 있다고 확신 하는 것을 참을 수 없었다는 말은 하고 싶지 않았다.

멀리 스타 섬에 있는 집들의 창문에 불이 켜지고 집 안 사람들이 깊은 노란색 불빛 속에서 걸어 다녔다.

"당신, 떨고 있어." 토머스가 말했다.

〈막달레나 연가〉는 열일곱 살짜리 소녀가 삶을 마치는 마지막 순간을 노래한 시였다. 그녀가 죽기 전 마지막 4초간을 그녀의 연인임에 분명한 열일곱 살짜리 소년이 곁에서 지키며 관찰한 모습을 그리고 있었다. 이 시들은 이루지 못한 사랑의 약속, 그

약속이 실현되지 못한 채 남아 있어야 하는 그 처절한 불가피성에 대해 말하고 있다. 한편 그 소녀는 어린 남자와 결혼을 한 중년의 여성으로 상상할 수도 있었다. 나이 많은 미망인과 문란한 열일곱 살 소년으로. 그 소녀의 이름은 막달레나였고 소년의 눈에 비친 그녀는 놀랍도록 아름다웠다. 그녀는 길고 날씬한 무용가의 몸을 가졌다. 갈색과 짙은 금색 등 다채로운 색이 섞인 풍성한 머리카락은 그녀의 목덜미 부근에서 복잡한 형태로 말아져 묶여 있었다. 또 그녀의 입술은 주름하나 없고 고르게 도톰하여 육감적이었다.

메인 주의 기록에 따르면, 1873년 3월에 스머티노즈 섬의 1층 반짜리 빨간색 오두막집에는 여섯 명의 사람들이 살고 있었다. 그해 겨울 그 섬 전체를 통틀어 다른 주민들은 없었다. 존 혼트베트와 마렌 혼트베트 부부는 1868년에 그곳으로 왔다. 마렌의 언니 캐런과 존의 남동생 매튜는 1871년에 따로따로 왔다. 캐런은 미국에 도착하자마자 애플도어 섬의 라이튼 호텔에 취직했다. 반면 매튜는 존의 고기잡이 배, '클라라 벨라'에 합류했다. 마렌의 오빠 에번과 그의 아내 아넷은 1872년, 살인사건이 일어나기 5개월 전에 섬에 도착했다.

3월 5일 동틀 무렵, 존과 매튜, 에번은 스머티노즈 섬을 떠나서 트롤망(바다 밑바닥으로 끌고 다니면서 바다 속의 물고기를 잡는 그물)으로 고기를 잡기 위해 북동쪽으로 배를 타고 항해를 갔다. 애플도어 섬의 잉거브레트슨가 남자들도 자신들의 배를 타고 그들과 합류했다. 그날의 일정은 아침에 고기를 잡고, 집으로 돌아와 점심을 먹은 다음 포츠머스로 가서 잡은 물고기를 팔고, 미끼를 구입하는 것이었다. 하지만 정오가 막 지났을 때 예상치 못한 돌풍이 불기 시작했다. 스머티노즈 섬으로 순항하는 것이 힘들었다. 그들은 미끼가 떨어졌기 때문에 미끼를 먼저 사러가기로 했다. 그리고 에밀 잉거브레트슨에게 스머티노즈 섬에 들러서 자신들이 저녁때까지 집에 못 간다고 말해달라고 부탁했다. 그 세 명의 여성들(마렌, 캐런, 아넷)은 저녁에 그들이 돌아오는 것을 대비해서 빵을 만들고 스튜를 끓였다.

  루이스 와그너는 포츠머스의 롤린스 부두에 서서 '클라라 벨라'가 부두로 들어오는 것을 보았다. 와그너는 그날 스웨터 두 개를 겹쳐 입고, 그 안에 하얀 셔츠를 입고 있었다. 그 위엔 멜빵 달린 작업바지를 입었다. 그는 존과 매튜와 에번이 배를 정박시키는 것을 도왔다. 루이스는 그들에게 미끼를 실은 보스턴발 열차가 지연되어서 자정이 되어도 오지 않을 거라고 말했다. 그러고는 존에게 돈을 빌려달라고 부탁했다. 존은 웃었다. 집에 먼저 들릴 계획이었기 때문에 그들 중 누구도 돈을 가져오지 않았고, 그들도 미끼를 파는 집주인 존슨 부인에게서 외상을 해야 한다고 와그너에게 말했다. 그러자 와그너는 존에게 고기를 많이 잡았는지 물었고, 존은 600달러 정도 벌었다고 말했다. 스머티노즈 섬의 세 남자는 루이스에게 작별인사를 하고 그를 부두에 남겨둔 채 저녁식사를 하러갔다.

트롤망에 미끼를 다는 일은 시간이 많이 걸리고 질척질척했다. 천개의 낚시 바늘마다 냄새가 고약한 청어 조각 미끼를 달아야 했고, 뒤엉켜 있는 낚시 바늘을 하나하나 풀어서 미끼를 달고 나면 통 속에 돌돌 말아 다음날 바다에 나갔을 때, 물속으로 한 번에 전부 던져질 수 있도록 해놓아야 했다. 트롤망에 미끼를 다는 일은 세 명의 남자가 달려들어도 꼬박 여섯 시간이나 걸리는 고된 작업이었다. 그 미끼는 둥근 통에 담겨져 기차로 운반되어 오는 것이었는데, 사실 그날 밤 포츠머스에 예상보다 훨씬 늦게 도착했다. 결국 남자들은 스머티노즈 섬으로 돌아가지 못했다.

루이스 와그너는 7년 전에 프로이센에서 미국으로 이민을 왔다. 나이는 28세였다. 그를 아는 사람들의 묘사에 따르면, 키가 크고 엄청나게 강인하며, 옅은 금발 머리에 '강철 같은 푸른 빛'을 띠는 눈을 갖고 있었다. 그의 눈이 부드럽고 순하다고 묘사하는 사람들도 있었다. 또 많은 여자들이 그를 잘생겼다고 생각했다. 그는 때때로 쇼울 아일랜드에서 짐을 싣고 내리는 일을 했다. 1872년 9월부터 11월까지 두 달간 '클라라 벨라'를 타고 존 혼트베트를 도와 일을 하기도 했다. 와그너는 그해 7개월 동안(4월부터 11월까지) 혼트베트네 집에서 하숙을 했다. 그 대부분의 시간동안 그는 류마티스 때문에 잘 움직이지 못했다. 혼트베트의 집을 떠난 뒤에는 '애디슨 길버트'라는 배에 일꾼으로 고용되었다. 하지만 그 배가 곧 가라앉아버려 그는 다시 무직 상태가 되었다. 그는 살인사건이 일어나기 얼마 전까지 일자리를 구하면서 포츠머스의 하숙집과 선창, 부두, 선술집을 떠돌아다녔다. 그는 네 명의 사람들에게 이렇게 말했다고 전해진다. "더 이상 이렇게 지내진 않을 거야. 살인을 저지르는 한이 있어도 석 달 안에 꼭 돈을 마련할 거야." 포츠머스에 있는 동안 그는 매튜 존슨과 그의 아내가 운영하는 남자 전용 하숙집에 묵었는데, 하숙비가 한참 밀려 있었다.

검찰 측에 따르면 루이스 와그너는 3월 5일 저녁 7시 반에 제임스 버크의 작은 고깃배를 훔쳤다. 그것은 피커링 거리의 끝에 있는 부둣가에 정박해 있었다. 버크는 바로 그날 배의 놋좆(배의 노를 끼우는 지주)을 비싼 새것으로 바꾸어놓았다고 했다. 와그너는 쇼울 아일랜드까지 배를 타고 노를 저어가서 존이 말했던 600달러를 훔치고 다시 노를 저어 돌아올 계획이었다. 그것은 25마일 거리였다. 최상의 환경에서조차도 그만큼 노를 젓는 것은 어떤 남자에게도 극도로 힘든 일일 것이었다. 그날 저녁 6시, 바다는 만조였고 자정에는 간조였다. 달은 하현달이었고 새벽 1시에 달이 졌다. 파도가 잔잔할 경우 피커링거리에서 피스카타쿠아 강(포츠머스를 가로질러 흐르고 있는 강)의 어귀까지는 노를 저

어 갔을 때 1시간 40분이 걸렸다. 거기서 스머티노즈 섬까지는 1
시간 15분이 걸렸다. 날씨와 다른 조건들이 좋다고 했을 때도 왕
복으로 6시간 조금 덜 걸리는 거리였다. 게다가 노를 젓는 사람
이 지치거나 장애물을 만나게 되거나 날씨가 아주 좋은 경우가
아니라면 쇼울 아일랜드까지 왕복으로 노를 저어가는 것은 9시
간 또는 10시간도 걸릴 수 있었다.

지방검사 이튼은 와그너의 계획을 다음과 같이 재구성했다.
와그너는 마렌이 남서쪽에 있는 침실에서 잠을 자고, 아넷은 위
층에 있을 거라고 생각했다. 그는 부엌 쪽에 붙어 있는 마렌의
침실 문 걸쇠에 랍스터 덫에서 가져온 얇은 널빤지를 끼워 빗장
을 열려고 했을 것이다. 돈은 부엌의 트렁크 안에 있을 것이니
돈을 훔치는 데 어렵지 않을 것이라고 생각했다. 하지만 그는 캐
런이 여전히 애플도어에 있어 집에 없을 거라고 잘못 판단했다.
그는 흉기는 가져가지 않았다.

와그너는 물살을 타고 재빨리 강을 내려가 포츠머스를 지났
다. 쇼울 아일랜드에 도착했을 때, 그는 조용히 섬을 맴돌며 혹
시라도 '클라라 벨라'가 돌아온 건 아닌지 확인했다. 섬에 남자
가 한 명도 없었다는 것을 확인하자 그는 만으로 노를 저어갔다.
이때가 밤 11시 경이었다. 그는 애플도어 섬과 스타 섬의 모든
집의 불빛이 꺼질 때까지 기다렸다.

쇼울 아일랜드의 모든 섬이 깜깜해졌을 때, 그는 오두막의 현

관문 쪽으로 걸어 올라갔다. 그때 그는 고무장화를 신고 있었다. 현관문 디딤돌에는 도끼 하나가 기대어 세워져 있었다. 그는 부엌으로 들어가서 그 침실의 문에 걸쇠를 걸었다.

개, 린지가 짖기 시작했다.

루이스는 급히 몸을 돌렸다. 어둠 속에서 한 여성이 침대에서 일어나 소리 질렀다. "존, 당신이에요?"

나는 빌리를 데리고 선실로 내려와 재울 준비를 했다. 그녀는 여전히 요트 안의 화장실을 신기해했다. 특히 요트에서 변기 물 내리는 복잡한 방법을 재미있어했다. 빌리는 이를 닦고 잠옷을 입는다. 나는 빌리를 침대에 눕히고 옆에 앉았다. 빌리는 이야기를 해달라고 했다. 그래서 나는 메인 주의 한 마을에서 엄마와 딸이 블루베리를 따는 내용의 그림책을 읽어주었다. 빌리는 침대에 누워 이야기를 듣는 것에 완전히 몰입했다. 그녀는 품에 갓난아기 때부터 갖고 있었던 닳아빠진 코카스패니얼 인형을 안고 있었다.

"이제 '우리 노래' 하자." 나는 책을 끝내면서 이렇게 말했다.

빌리가 말하는 법을 배우기 시작했을 때, 대부분의 아이들이 그러하듯 빌리도 내가 빌리에게 하는 말을 따라하며 말을 배웠다. 그러던 중 이 특별한 말따라하기 구절이 잠자리 기도처럼 몇 년 동안 계속되었다.

"예쁜 아가야." 내가 말했다.

"예쁜 엄마."

"잘 자요."

"잘 자요."

"아침에 보아요."

"아침에 보아요."

"빈대한테 물리지 말고."

"빈대한테 물리지 말고."

"좋은 꿈 꿔요."

"좋은 꿈 꿔요."

"사랑해요."

"사랑해요."

"굿나잇."

"굿나잇."

나는 빌리의 볼에 입술을 댄다. 빌리는 강아지를 내려놓고 두 팔을 뻗어 나를 꽉 안았다.

"사랑해요, 엄마." 그녀가 말했다.

그날 밤, 침대 역할을 하는 축축한 매트리스 위에서 토머스와 나는 몇 인치 떨어지지 않은 가까운 거리에서 서로를 마주보며 누웠다. 선실 안의 희미한 어둠 속에서 나는 그의 얼굴을 알아볼 수 있었다. 그의 머리가 이마 위로 떨어졌고 눈은 무표정해 보였다. 마치 검은 웅덩이 두 개처럼 보였다. 나는 하얀 바탕에 핑크색 면으로 테두리 장식이 된 헐렁한 원피스 잠옷을 입고 있었다. 토머스는 파란 바탕에 가느다란 노란 줄무늬가 있는 셔츠와 팬티만 입고 있었다.

그는 손을 뻗어 손가락 하나로 내 입술 윤곽을 만졌다. 그리고 그의 손등이 내 어깨를 살짝 스쳤다. 나는 그를 향해 살짝 앞으로 움직였다. 그러자 그는 팔을 내 허리에 둘렀다.

우리에겐 사랑을 나누는 방법, 우리만의 언어가 있다. 처음엔 이런 움직임, 다음엔 저런 움직임, 서로를 건드리는 작은 손길들, 이 모든 것들은 오랜 경험으로 체득했다. 매번 지난번과 약간씩만 달라졌다. 그의 손이 내 허벅지 안으로 미끄러지고 내 손이 그의 배에서 다리 사이로 내려갔다. 그를 자유롭게 해주는 작은 손길. 내 손바닥이 그의 셔츠 밑으로 들어갔다. 그날 밤 그는 미끄러지듯 내 위로 올라왔다. 내 얼굴은 그의 가슴과 팔 사이에서 살짝 숨이 막혔다.

순간 나는 얼어붙었다. 그의 옷에서 희미하지만 놓칠 수 없는 낯선 향기가 난다. 바다 냄새도 아니고, 랍스타 냄새도, 땀에 젖은 아이 냄새도 아니었다. 천 번, 이천 번 사랑을 나눈 두 사람 사이에서 어떤 메시지가 전달되는 것은 몇 초도 걸리지 않았다. 그는 내 위에서 내려갔다. 등을 대고 옆자리에 누웠다. 그의 눈은 선실의 천정을 응시하고 있었다.

나는 아무 말도 할 수 없었다. 천천히 폐 속으로 공기를 들이마시고 다시 내보냈다.

마침내 나는 토머스의 몸이 살짝 실룩이는 걸 알아차렸다. 한쪽 팔, 한쪽 다리가 움찔했다. 그것은 그가 잠이 들었다는 걸 의미했다.

야간에 풍경 사진을 찍기 위해서는 삼각대와 적절한 달빛이 필요했다. 자정 이후의 어느 시간, 배에 탄 모두가 잠이 들었을 때, 나는 '조디악'을 타고 스머티노즈 섬으로 갔다. 고무보트의 모터 소음으로 토머스나 리치를 깨우고 싶지는 않았다. 그래서 나는 노를 저어가기로 했다. 달이 물 위로 기다란 원뿔형의 빛을 던지고 있었다. 멀리서 보이는 섬은 달빛으로 윤곽이 드러나 있었다. 나는 '조디악'을 루이스 와그너가 그의 배를 두었던 곳까지 끌어올리고, 그가 그 집을 향해 걸었던 길을 되짚었다. 나는 그 집의 흔적이 남아 있는 자리에 서서 마음속으로 그 살인사건을 재현했다. 나는 항구를 내려다보고 이 섬에서의 삶을 상상해보았다. 어두운 밤, 정적, 그리고 끊임없이 부는 바람 속에 서서. 나는 벨비아 220 두 롤을 갖고 어둠 속에 있는 스머티노즈 섬의 사진을 72장 찍었다.

5.

1899년 9월 21일

오늘 아침에 나는 이야기를 하는 것과 그 이야기의 진실성에 대해서 생각해봤다. 자신의 경험담을 말하는 사람들의 이야기를 우리가 어디까지 신뢰하면서 듣게 되는지에 대해서도.

어머니가 돌아가시고 오래지 않아서 나는 병에서 회복했다. 앞서 말했듯 캐런이 집의 여주인이 되었고, 에번과 나는 밖으로 일을 하러 나가야 했다. 나는 이웃 농장에, 에번은 바다로 나갔다. 이것은 그 당시, 그 지역에서는 흔히 있는 일이었다.

아버지는 점점 나이가 들어 노쇠해졌다. 아내를 잃은 슬픔에 빠져 있었다. 그는 예전보다 바다에 나가는 날이 뜸해졌고, 이전처럼 오랫동안 나가 있지도 않았다. 이때 즈음 우리 주위에는 망해가는 집들이 넘쳐났다. 어떤 이들은 우리보다 훨씬 더 상황이 좋지 않았다. 아버지가 물에 빠져죽고 어머니와 큰 아들이 많은 어린 동생들을 먹여 살려야 하는 집들도 있었다. 또 당시에 우리 지역 전체는 경제적으로 어려움을 겪었다. 사실상 전 국가가 경제적으로 넉넉하지 못했다. 따라서 살림살이가 줄어든 집들이 많이 있었고, 헐벗고 집을 잃은 사람들도 많이 생겨났다. 그에 반해 우리 가족의 경우 실제로 식료품 저장실에 음식이 없었던 적은 없었던 것 같다. 물론 원피스 하나와 양말 한 켤레만으로 봄까지 겨울을 나야 하고, 다른 옷을 짤 수 있는 털실을 구할 수 없었던 겨울이 적어도 한번, 어쩌면 두 번 정도 있기는 했다.

에번을 일터로 보내기로 했다. 그것은 어렵지 않은 결정이었을 것이다. 에번은 키가 크고 건장한 열여섯의 소년이었다. 라르비크 지역에서는 그와 같은 또래의 많은 소년들이 이미 일을 하고 있다. 에번이 아버지와 함께 청어나 대구를 잡아서 파는 것보다는 다른 사람에게 고용되어 일을 하는 편이 더 많은 임금을 받을 수 있었다. 하지만 당시에 라르비크 만에서는 고기잡이 일이 많지 않았다. 따라서 에번은 라르비크에서 북쪽으로 20킬로미터 떨어진 톤스버그로 가야만 했다. 그곳에서 에번은 존 혼트베트라는 이름의 남자가 동료를 구한다는 소리를 들었다. 존 혼트베트는 여섯 명의 다른 어부들과 한 집에서 살고 있었고, 그 중 한 명은 자신의 동생 매튜였다. 에번은 1860년 10월 12일부터 존의 고기잡이 범선 '말라 플라든'에서 일하기 시작했다. 나중에 에번과 존이 공동 경영에 들어갈 때까지 그 일은 계속되었다. 그동안 에번은 그 집에서 일주일에 6일을 지냈다.

나는 학교를 1년 더 다닐 수 있었고, 그 후 요한슨 농장에 고용되어 일했다. 내가 일을 하러 나가게 된 시기는 우리 아버지의 삶에서 아주 심각한 순간이었다. 내 생각에 그는 가장 어린자식을 일터로 내보내는 결정을 내리면서 고통스러워했던 것 같다. 캐런은 집안일을 돌봐야 했기 때문이 더 이상 어부들의 하숙집으로 일을 하러 갈 수 없었다. 아버지는 내가 아직 열네 살밖에 되지 않았기 때문에 언니가 일하던 곳과 비슷한 환경에서 일하는 것은 적절하지 않다고 생각했다. 그래서 일이 덜 힘든 일자리를 수소문하셨다.

마침 공교롭게도 캐런이 일자리를 하나 제안 받았다. 그것은 최근에 홀아비가 된 크너드 요한슨네 집의 집안일이었다. 캐런은 나를 그곳에 보내라고 아버지를 설득했다. 크너드 요한슨의 낙농장은 해안에서 6킬로미터 내륙으로 들어간 곳에 위치하고 있었다. 아침에 일하러 가는 길은 오르막길이었다. 따라서 저녁에는 당연히 내리막길이었는데, 그것은 참 다행스러운 일이었다. 그때쯤이면 나는 너무 피곤해서 우리 집까지 나를 밀어줄 힘이 필요했다. 요한슨 농장에서 보내는 시간은 길고 고되었지만, 참기 힘들 정도는 아니었다. 나는 그 집안일을 2년 8개월 동안 계속했는데, 그 동안 에번과 나는 서로를 볼 수 있는 기회가 거의 없었다. 단둘이 있은 적은 더욱 없어져서 이것은 날 슬프게 했다. 하지만 에번은 열심히 일했고 돈을 많이 벌었다. 우리 집의 재산은 점차 늘어났고, 덕분에 나는 요한슨 씨네 집에서 일하는 것을 그만두고 학교를 다시 다닐 수 있었다. 나는 학교에서 1년 7개월을 더 공부했다. 대학공부를 대비한 준비코스에도 들어갔지만 안타깝게도 대학에 들어가지는 못했다. 하지만 운 좋게도 학교에 다니는 동안 전력을 기울여 공부한 결과, 학교 교장인 제슨 선생님의 관심을 얻을 수 있었다. 그는 직접 내 작문 공부를 도와주었고, 그 이후로 나는 수사학과 작문에 흥미를 느끼고 더욱 열심히 할 수 있었다.

나는 대학입학이라는 도전적인 과제를 이루기 위한 기본적인 소양이 부족하긴 했다. 다행히 제슨 선생님이 방과 후에도 나와 많은 시간을 보내며 가르쳐주셨다. 그래서 그런대로 통과할 수 있을 정도로 잘 준비한 것 같았다. 제슨 선생님은 내가 라르비크 고등학교에서 크리스티아나에 있는 대학에 들어가는 첫 번째 여학생이 될지도 모른다는 희망을 갖고 나를 지도해주셨다.

오빠는 자신의 임금에서 많은 부분을 정기적으로 우리에게 보내주었다. 하지만 내가 대학에 갈 수 있는 돈으로는 충분하지 않았기 때문에 나는 대학을 포기해야 했다. 그래서 나는 프리트조 제철소에 취직했고, 그곳에서 사무원으로 2년간 일했다. 그 이후 1865년 겨울에 존 혼트베트와 그의 동생 매튜가 고르비그에 이사를 왔다. 그리고 얼마 지나지 않아 내 삶의 방향은 매우 극적으로 변하고 말았다.

지난 몇 년 간 에번은 존 혼트베트에게 라르비크로 오라고 강력하게 권했다. 마침 요르긴 길에 있는 집 한 채가 비었고, 매우 낮은 가격에 세가 나와서 존 혼트베트는 그곳으로 이사를 온 것이다. 그는 근면하고 영리해서 혼자서 고기잡이를 성공적으로 해나갔다. 에번도 그와 함께 일을 하면서 저축을 할 수 있을 정도로 충분히 돈을 벌었다. 결국 이 두 남자는 존의 동생 매튜 혼트베트와 함께 공동으로 구입한 '아그네스 C. 네들랜드' 라는 배를 공동으로 경영하게 되었다.

우리 아버지나 에번은 키가 6피트가 넘는 장신이었다. 그들과 비교했을 때 존 호트베트는 특별히 키가 큰 남자는 아니었다. 하지만 그는 덩치가 컸고 강인한 인상을 주었다. 그는 계피색이 도는 길고 굵은 갈색머리를 이마 뒤로 빗어 넘겼고, 눈은 상냥해 보였다. 그의 눈은 담갈색이었던 것 같은데, 어쩌면 회색이었을지도 모른다. 지금은 기억이 잘 나지 않았다. 그의 얼굴은 에번의 얼굴처럼 좁다랗고 곱지는 않았다. 사각형에 가까운 모양에 잘생긴 턱을 하고 있었다. 그는 소년이었을 때는 왜소했지만, 어른이 되면서 몸이 얼굴처럼 남자답게 건장해진 것 같았다. 그의 가슴은 생선을 넣는 둥근 나무통처럼 넓게 떡 벌어졌다.

당시에 그는 전혀 뚱뚱하지 않았다. 혼트베트는 서 있을 때 양

손을 바지벨트에 걸고 있다가, 말을 할 때면 바지를 휙 끌어올리는 버릇을 갖고 있었다. 앉을 때면 여자들처럼 무릎 아래에서 다리를 교차시키곤 했지만, 다른 몸짓에서는 어떤 여성적인 면도 찾을 수 없었다. 때때로 그가 긴장하거나 걱정할 때면 한 손으로 다른 쪽 팔꿈치를 잡고는 잡힌 팔을 과장되게 휘둘렀다. 나는 늘 그것이 이상한 몸짓이라고 생각했는데, 나중에는 그것이 오직 존만의 개성이라고 받아들였다. 그는 권양기에 손가락이 잘려서 왼쪽 손가락 하나가 없었다.

내가 혼트베트를 처음 만났을 무렵, 아버지는 자신의 두 딸을 걱정하고 있었던 것 같다. 캐런은 나이가 이미 서른셋에 이르러 젊음을 잃어버렸고, 이제 남은 평생을 독신녀로 남아야 하는 운명인 것처럼 보였다. 그녀에 대해 아버지가 책임감을 느끼고 있는 것은 분명한 사실이었다. 지금도 그렇듯이, 그 시절에도 아버지들은 딸을 시집보내지 못하면 수치스러워했다. 많은 여자들이 단지 아버지가 받는 사회적 중압감을 덜어주기 위해서 당치도 않는 자리에 시집을 갔다. 결국 완전히 비참한 삶을 살아야 했던 것을 생각하면 몸서리쳐진다.

그렇다고 내 아버지를 비난하지 않았다. 사회적으로 인정받으려고 딸을 시집보내려 한다고 비난하고 싶지 않다. 그리고 사실 우리의 경우만 그러했다고 생각하지도 않았다. 아버지는 자신의 큰 딸이 노처녀가 되는 걸 지켜보면서 마음이 아팠던 나머지 내가 결혼을 잘했으면 하고 바랐다. 더구나 최근에 아버지가 본 사람들 중에서 존 혼트베트만큼 물고기를 잘 잡고, 그처럼 성공한 사람은 없었다. 그리고 아버지는 존 혼트베트가 에번을 고용해주었고, 그 결과 우리의 재산을 점차 늘리게 해준 것에 대해 고마워했다. 나는 충분히 그럴 만했다고 생각했다.

혼트베트가 우리 집에서 저녁식사를 같이 한 날이었다. 식사를 마친 후 그는 갑자기 나에게 산책을 나가자고 제안했다. 사실 나는 산책을 하고 싶은 생각이 전혀 없었다. 존 혼트베트와는 더더욱 가기 싫었지만, 그런 제안을 어떻게 거절해야 할지 몰랐다. 특히 아버지 앞에서 그가 말을 꺼냈기 때문에 더욱 거절할 수 없었다.

밖의 풍경들에는 짙은 그림자가 져서, 경치가 선명하게 드러나 있었다. 10월 초라 아직은 포근한 저녁이었다. 우리는 해안길을 따라 시내 방향으로 걸었다. 존은 양손을 바지 주머니에 넣었다. 나는 당시의 여성들에게 바람직하다고 여겨진 자세인 배 앞에 두 손을 모으고 있었다. 존은 대화를 이끌었다. 내가 기억하기론 힘들이지 않고 유창하게 이야기를 했다. 하지만 나는 그가 말한 내용을 전혀 기억하고 있지 않았다. 고백하건대 이런 일은 우리 둘 사이에서 종종 일어나곤 했다. 나는 그가 말을 하는 동안에 딴 생각에 빠져 있기 일쑤였다. 이상하게도 그는 좀처럼 내가 듣고 있지 않는 걸 알아차리지 못하는 것 같았다.

그날 저녁, 내가 그의 말에 주의를 기울이기 시작하였을 때 나는 우리가 집에서 꽤 멀리 왔다는 것을 알아차렸다. 우리는 라르비크 피오르드가 내려다보이는 절벽 끝에 서 있었다. 우리가 서 있는 땅은 가시금작화로 뒤덮여 있었다. 그 꽃들은 저녁노을을 받아서 환하게 이글거리고 있었다. 절벽 아래로 보이는 바다는 늦은 저녁에만 볼 수 있는 짙고 깊은 청록색을 띠었다. 우리는 이 광경을 바라보면서 경탄했다. 존이 두 사람 사이에서 편안하게 느낄 수 있는 거리보다 더 가까이 다가왔다. 내가 그것을 알아차렸을 때, 그는 내게 말을 걸고 있었던 것 같다. 그는 손을 내 허리 뒤쪽에 살짝 갖다 대었다. 오해의 여지가 없는 행동이었다. 그것은 마치 소유하는듯한 행동이었다. 그때 나는 그 행동의 의도를 확실히 알았다. 나는 그를 살짝 멀리 했던 것 같다. 하지만 존은 고집스럽게도 자신이 원하는 것을 놓지 않으려 했다. 나를 따라 움직였고, 자신의 손을 내 허리에서 뗄 필요가 없도록 했다. 나는 그의 손가락이 서서히 움직이기 시작해서 내 허리를 감쌀 수 있게 되었던 걸 기억한다. 그 순간 나는 내가 계속 가만히 있으면, 그가 내 소극적인 태도를 오해할 것 같았다. 더 은밀한 행동을 바라는 거라고 착각할까봐 나는 갑작스럽게 몸을 떼어냈다.

"마렌." 그가 말했다. "당신에게 할 말이 있어요."

"존, 난 아주 피곤해요. 집으로 돌아가야 할 것 같아요."

"알다시피." 존이 말했다. "나는 미국으로 이민을 가는 것에 대해 생각을 계속 해왔어요. 미국의 관습, 가치관들, 특히 계층 구분이 없었다는 등의 이야기를 듣고 많이 감동 받았죠. 사람들은 자신이 소유하는 땅에 대해서만 약간의 세금을 내면 된다고 해요. 빈둥거리며 지내는 게으른 주지들의 주머니를 채워줄 필요도 없다고 하고요."

"하지만 알고 지내는 모든 사람들을 떠나야만 하잖아요? 그리고 그곳에 가서도 돈이 없다면 지금 바닷가에 사는 것과 다를 바 없는 생활을 해야 할 텐데요?" 내가 물었다. "미국에 도착해서도 내륙으로 여행하려면 엄청난 경비가 든다는 이야기를 들었어요. 거기에 있는 땅도 이미 두 배 가격으로 팔리고 있어서 원래 주인이 엄청난 이익을 챙기고 있다죠. 그리고 가격이 싼 땅은 더 이상 새로 도착하는 이민자들이 가질 수 없었다고 하고요. 또 거기에는 일용품이 아주 비싸다고 들었어요. 소금 한 통이 거의 50오르트나 한다고요! 커피는 1파운드에 40스킬링이고요!"

"난 해안에 남을 생각이오." 그가 대답했다. "그러니 내륙으로 여행할 경비에 대한 걱정은 할 필요가 없어요. 하지만 당신이 말하려는 바는 이해해요, 마렌. 새로운 삶을 시작하려면 집이나 생활용품, 교통비 등을 준비할 밑천이 필요하죠."

"정말로 거기에 정착할 건가요? 미국의 해안에?" 내가 물었다.

"아내 될 사람을 찾게 되면, 그럴 겁니다." 존이 대답했다.

아내라는 말을 하면서 존은 나를 바라보았다. 그의 말에 암시되어 있는 뜻을 이해하기도 전에 내 눈은 그의 눈과 마주쳤다. 결혼이라는 주제가 내 앞에 그렇게 명백하게 드러난 적은 처음이었다. 고백하건대 그때 나는 엄청나게 충격을 받았다.

"미안해요, 마렌." 그가 말했다. "괴로워 보이는군요. 당신을 괴롭게 만들 생각은 전혀 없었어요. 사실 내 의도는 그와 정반대요. 나는 세상에서 당신보다 더 매력적인 여자를 만난 적이 없소, 마렌."

"정말인가요, 존? 정말 듣기 좋은 말이네요."

"어쨌든 내가 미국에 가든지 노르웨이에 남든지 간에, 나는 지금 나이가 찼고 다행히도 아내를 맞이할 충분한 재산이 있소. 그리고 내 인격도 충분히 청혼을 할 자격이 있다고……."

간혹 어떤 여자들은 끔찍하거나 놀라운 이야기를 듣고 나면 견딜 수 없다는 듯이 행동하거나, 과장되게 예민한 척을 하곤 했다. 나는 그런 행동을 한 번도 좋게 생각해본 적이 없었다. 하지만 고백하건대 절벽 위에 서 있던 그 순간 나는 기절하는 척하면서 그의 발아래 가시금작화 위로 쓰러지고 싶었다. 그의 말을 멈추게 하고, 나를 집에 데려다달라고 그를 설득하려고 했다. 하지만 그 대신 나는 존에게 약간 신경질적으로 이렇게 말했다. "난 돌아가고 싶어요. 그러지 않으면 병이 날 것 같아요, 존." 이렇게 해서 잠시나마 곤란한 상황을 모면할 수 있었다.

하지만 바로 다음날 아버지가 이 문제를 다시 거론했다. 에번은 잠자리에 들었고, 캐런은 집 뒤쪽에 있는 화장실에 가고 없었다. 아버지와 나는 단 둘이 있게 되었다. 아버지는 내가 가정을 꾸리는 것을 보길 원한다고 했다. 자신이 살날이 많이 남지 않아서 내가 자신에게 의존하는 것을 원하지 않는다고 했다. 나는 이 말에 비명을 질렀다. 아버지의 죽음을 생각하기 싫기도 했지만, 일주일에 두 번씩이나 혼트베트와 결혼 때문에 만나야 하는 것에도 화가 났다. 아버지는 내가 반발하자 손을 내저으며 무시해버리고 말을 계속해나갔다. 그는 먼저 존의 선한 인품과 뛰어난 경제적인 능력을 들면서 존을 칭찬했다. 마지막으로 존이 내게 애정을 보이고 있다는 사실을 덧붙였다. 우선순위가 잘못되었다는 생각이 들었지만 나는 잠자코 있었다. 그리고 아버지는 존의 애정이 때가 되면 더 깊고 지속적인 사랑으로 발전할 수 있을 거라고도 말했다.

나는 이런 문제들을 생각해야 한다는 것에 너무 짜증이 났다. 하지만 당시 노르웨이에서는 어린 딸이 자신의 아버지를 비난하는 일은 있을 수 없었다. 따라서 나는 아버지가 종국에 일어날 내 결혼에 대해 장황하게 이야기하는 것을 가만히 들어야만 했다. 나는 예의바르게, 그가 걱정해주는 것이 감사하지만 그렇게 크고 중대한 일을 맞이하기엔 아직 이르고, 엄청나게 주의를 기울이고 심사숙고를 한 후에야 결정을 내릴 수 있을 것이라고 진지하게 말했다.

나는 그 문제가 해결이 됐다고 생각했다. 아니면 적어도 잠시나마 보류되었다고 생각했다. 하지만 나 자신이 저지른 충동적인 행동 때문에 그 문제가 다시 수면 위로 올라오게 되었고, 마침내 결판이 나게 되었다. 나는 지금도 그 행동을 몹시 후회하고 있다.

처음 결혼 이야기가 나왔던 날 이후 4주가 지난 때였다. 11월 중순 무렵으로 추운 시기였지만 아주 매섭게 추웠다. 늦은 오후가 되면 만에 신비하고 놀라운 현상이 일어나곤 했다. 바닷물이 수면 위의 공기보다 상당히 따뜻했다. 목욕통의 뜨거운 물처럼 아지랑이가 일어나서 엄청난 소용돌이를 일으키며 바다에서 올라왔다. 이 소용돌이는 아름다운 연어살빛을 하고 있어서 지나는 사람들이 넋을 잃고 바라보게 했다. 그날도 그런 날이었다. 만은 보통 땐 어선들이 항구를 드나드느라 번잡했지만 그 일요일 저녁엔 완전히 환상적인 모습을 하고 있었다. 나는 그 경관이 지구상의 다른 어떤 곳에서도 볼 수 없는 특별한 것이라고 생각했다. 어렸을 적에 에번과 내가 해안길을 따라 걸어갈 때 이 자연 현상을 가끔씩 목격했다. 이 광경을 볼 때마다 발걸음을 멈추었고, 자연이 만들어내는 단순하지만 아름다운 현상에 완전히 넋이 나간 채 서 있곤 했다. 그날 오후 나는 에번에게 만의 아름다운 풍경을 더 잘 볼 수 있게 절벽에 같이 가자고 했다. 그 동안 우리는 좀처럼 단둘이 있는 경우가 없었다. 그래서 같이 산책을 나간다면 서로 대화를 나눌 수 있는 기회가 될 것 같았다. 처음에 에번은 주저했다. 한 주 동안 고된 일을 하느라 지쳐 있었던 것 같다. 추운 날씨에서는 어부들의 일이 더욱 힘들었다. 하지만 나는 같이 가자고 졸랐고, 아마도 그를 설득했던 것 같다.

우리는 아무 말도 하지 않은 채 꽤 먼 거리를 걸었다. 오빠는 그날 다른 생각에 정신이 팔려 있는 듯했다. 나는 대화를 어떻게 시작해야 좋을지 몰라 쩔쩔매고 있었다. 에번이 내 옆에서 걸었기 때문에 나는 그를 자세히 보지 않을 수 없었다. 나이 22살의 청년의 얼굴은 이미 바다의 거센 바람과 뜨거운 태양이 뱃사람으로 만들어버린 것일까. 눈가와 입가, 이마에 작은 주름이 보였다. 피부는 살갗이 벗겨지고, 거칠어져 있었다. 영락없는 뱃사람의 얼굴이었다. 로프를 잡느라 생긴 화상과 물집은 이미 굳은살이 되어버린 지 오래였다. 그의 손가락에는 낚싯바늘이 찢어놓은 흉터들이 많았다. 게다가 에번은 못 보던 사이에 완전히 자라서, 내 위로 높이 솟아 있다고 말할 정도로 커버렸다. 그는 엄청나게 강인해 보이는 인상을 주었다. 하지만 내가 옛날에 기억하던 것과 달랐다. 어깨가 벌어진 건장한 모습이 아니라, 근육이 붙은 마른 모습이었다. 아마도 그의 내성적인 성격과 경솔한 행동을 잘 하지 않는 그의 조용한 기질이 반영된 것이었으리라.

161

잠시 후 우리는 몇 마디 의례적인 인사를 나누었다. 심각한 이야기는 전혀 하지 않았다. 적어도 당장은 그랬다. 나는 그날 두꺼운 모직 망토를 걸쳤고, 크리스티아니아에서 주문한 고운 엷은 하늘색의 기다란 모직스카프를 얼굴에 감고 있었다.

"기억나?" 내가 말했다. 우리는 절벽 끝에 도달해서 만을 내려다보며, 산호색, 장미색, 분홍색들의 아지랑이가 어우러져 늪의 독기처럼 올라오는 것을 보고 있었다. "바로 이 해안길을 따라서 우리가 함께 걸었던 시간들 말이야."

그는 잠시 놀란 듯 보였지만 곧 이렇게 말했다. "그래, 기억해, 마렌."

"그리고 오빠가 나무 위로 올라갔던 날, 나는 내 옷을 다 벗고 오빠를 따라 올라갔잖아."

"정말 오래전 일 같아."

"그리고 오빠가 핸콕 연못에서 날 구해줬던 거."

"내가 아니었더라도 넌 괜찮았을 거야."

"아니, 난 물에 빠져죽었을 거야. 확실해."

"놀기엔 그리 안전한 곳이 아니었어." 그가 말했다. "지금 거기서 아이들이 노는 걸 보았다면, 아마 쫓아버렸을 거야."

"그때 우리는 안전 따위는 생각도 안했었지."

"그래, 안했어."

"정말 즐거운 시절이었는데." 내가 말했다.

에번은 잠시 말이 없었다. 나는 그가 나처럼 어린 시절의 좋은 기억에 잠겨서 흡족해하고 있는 거라고 생각했다. 하지만 갑자기 그에게서 커다란 한숨이 터져 나왔다. 그는 내게서 몸을 돌렸다.

"에번, 무슨 일이야?" 내가 물었다.

그는 대답하지 않았다. 나는 그에게 무슨 일인지 다시 물어보려고 했다. 하지만 그 순간 그의 눈에 눈물이 솟아나는 것이 보였다. 나는 입을 열 수가 없었다. 그는 머리를 난폭하게 흔들었고 머리카락이 이리저리 흩날렸다. 그는 머릿속에 있는 생각들을 털어버리고 싶은 것처럼 거칠게 머리를 흔들었다.

유감스럽게도 나는 그가 이렇게 갑자기 격한 감정을 드러내고, 자신을 향한 강렬한 분노를 표출하는 것을 보고 소름이 끼치고 공포에 질렸다. 나는 절박한 심정으로 소리를 질렀다. 바닥에 무릎을 꿇고 털썩 주저앉아 버렸다. 나는 오빠의 얼굴에 슬픔이나 비탄의 그림자가 드리워지는 걸 언제나 참을 수가 없었다. 게다가 그의 얼굴에 드러난 감정을 보자 어머니가 돌아가시던 날의 기억이 떠올라서 혼란스러웠다. 에번이 이성을 잃어버리고, 그래서 나 역시 정신을 차릴 수 없었던 그날 밤의 기억들이 나를 더욱 겁에 질리게 했다.

정신이 돌아오자, 나는 에번이 내 소매를 당겨서 나를 일으켜 세우려고 하는 것을 느꼈다.

"그렇게 호들갑떨지 마, 마렌." 그가 퉁명스럽게 말했다. "그러다 얼어 죽을 거야." 그는 바닥에 닿은 내 망토 위에서 작은 돌멩이들을 털어냈다.

그 후 우리 사이에는 더 이상의 말이 없었다. 그리고 갑자기 에번은 우리 집이 있는 남쪽을 향해 걸어가기 시작했다. 그는 빠르게 걸었다. 그는 내가 따라오는 걸 원하지 않는 게 분명했다.

에번이 그렇게 가혹하게 나를 버려두고 간 적은 한 번도 없었다. 물론 나는 금세 정신을 차렸다. 오빠가 내 앞에서 눈물을 보인 것을 보아 정말 많이 괴로웠던 게 틀림없었다고 생각했다. 그리고 그의 불안한 상태를 보며 진심으로 마음이 아팠다. 하지만 그 절벽 위에 혼자 남아 있을 때 나는 버려진 기분이 들었다. 또 정말 화가 났었다.

나는 분노로 가득차서 발을 쿵쾅거리며 집으로 걸어갔다. 하지만 결정적인 갈림길에서 방향을 틀었다. 이 순간을 나는 평생 후회했다. 나는 오르긴 길로 들어섰고 존 혼트베트의 오두막을 향해 동쪽으로 걸어갔다.

혼트베트의 집에 이르러 현관 계단을 오를 때, 내 손과 다리는 떨리고 있었다. 조금 전 절벽 위에서 느꼈던 마음의 동요 때문이었을 것이다. 아니면 이 방문 자체가 말도 안 될 정도로 부적절하다고 무의식적으로 느껴 그랬을 것이다. 상상할 수 있듯 존 혼트베트는 나의 등장에 굉장히 많이 놀랐다. 하지만 처음의 충격이 가시자 그는 기쁨을 감추지 못했다.

존 혼트베트는 나를 위해 차를 한 잔 탔다. 그의 집 응접실에서 그가 시내에서 구입한 비스킷과 함께 차를 대접했다. 그는 옷을 제대로 갖춰 입지 않은 상태였다. 차를 서둘러 준비하느라 웃옷을 입지 않고 내복만 입고 있었다. 나는 그의 집 응접실에 앉아 있으면서 그 상황이 아주 부적절하다는 것을 느꼈다. 그가 칼라 있는 셔츠를 입지 않아서 내복 위의 바지 멜빵이 다 보였다. 실제로 누군가 불시에 급습한다면, 내가 존 혼트베트의 집에 있는 이유를 쉽게 설명할 순 없을 것이었다. 일요일 저녁에 혼자 사는 남자의 생활공간에서 보호자도 없이 내가 뭘 하고 있단 말인가? 어쩌면 내 스스로 합당한 이유를 찾고 싶어서 존에게 이렇게 말했을지도 모른다.

"몇 주 전에 우리가 함께 산책을 했을 때, 어떤 문제들에 대해서 이야기 했던 것을 기억하시나요?" 내가 물었다.

그는 차가 담긴 머그잔을 내려놓았다. "네, 기억해요." 그의 턱수염이 이상하고 보기 흉했다. 아마도 그가 턱수염을 손질하고 있는 중에 내가 찾아가 그를 놀라게 했던 것 같다.

"그리고 제가 당신이 그 얘기를 하는 걸 멈추게 했던 것도요." 내가 물었다.

"네."

"당신이 꺼냈던 그 문제들에 대해 생각을 해봤는데요, 나중에 우리가 더 의논해볼 수 있는 주제라는 생각이 들어요. 그러니까, 앞으로 그 문제를 더 검토해볼 수도 있을 것 같단 말이죠."

"오, 마렌...."

"지금 그 생각을 받아들일 수 있다는 뜻은 전혀 아니에요. 나는 단지 앞으로 더 의논해볼만 하다는 것만을 말하는 거예요."

"당신은 내가 지금 얼마나 기쁜지……."

그는 자리에서 완전히 일어나서는 내 발밑으로 몸을 던졌다. 나는 공포에 질렸다. 나는 그에게 일어나라는 의미로 양손을 내밀었다. 하지만 그는 내 두 손을 그의 손 안에 꼭 쥐었다.

"마렌, 당신을 실망시키지 않을 거요." 그가 소리쳤다. "당신을 노르웨이에서 가장 행복한 여자로 만들어주겠소."

"아뇨, 존. 당신은 내 말을 오해……."

그는 앞으로 몸을 내밀어 나를 껴안았다. 그는 자신의 힘과 열정을 과소평가했던 것 같다. 그가 나를 껴안았을 때, 나는 거의 숨을 쉴 수 없었다. 다음 순간 그는 내 얼굴과 양손에 키스를 퍼붓고 그의 상체 전체로 내 무릎을 누르며 나를 끌어안았다. 나는 일어나려고 했지만, 그의 품에서 움직일 수가 없었다. 그 순간 나는 겁에 질렸다. 나보다 힘이 센 누군가에게 제압당하는 공포를 느꼈다. 또 한편으로는 내가 내린 결정 하나가 내 영혼의 뿌리까지 위협할 만큼 엄청나게 잘못되었다는 것을 깨닫고 가슴이 철렁 내려앉았다.

"존!" 내가 소리쳤다. "제발 그만해요!"

그러자 존은 몸을 세웠다. 나를 집으로 데려다 주겠다고 말했다. 나는 캐런과 아버지가 이렇게 흥분한 혼트베트의 모습을 보길 원치 않았다. 아버지와 존 사이에서 더 이상 어떤 대화가 진전되는 것을 원치 않아 그 호의를 강력히 거절했다.

"당신을 정말 행복하게 만들어줄게요." 그가 말했다.

"고마워요." 나는 그가 정말로 그럴 수 있을 거라는 생각이 들진 않았지만, 그렇게 대답했다.

이렇게 해서 존 혼트베트와 나는 결혼을 약속했다.

혼트베트와 나는 1867년 12월 22일에 결혼식을 올렸다. 동지가 막 지난 때였다. 앞서 말했듯 나는 밤색 실크 원피스를 입었고, 챙 가장자리에 가두리 장식이 된 보닛 모자의 리본 끈을 귀 뒤로 넘겨 턱 아래에 매어 썼다. 학교를 졸업한 후에도 친구로 남았던 제이슨 선생님은 혼트베트와 내게 라르비크에 있는 그의 집을 빌려주었다. 라르비크 교회에서 결혼식을 올린 후 우리는 그곳에서 작은 결혼 피로연 파티를 할 수 있었다. 피로연에서 존은 제이슨 선생님이 친절을 베풀어 제공해준 독한 술을 엄청 많이 마셨다. 그러나 나는 여느 신부들과 달리 그렇게 즐거워하지 않았다. 나는 존 혼트베트의 아내로서 내가 감내해야 하는 무거운 의무들을 다소 두려워하고 있었다. 또 내 오빠 에번이 기관지 질환으로 앓아누워서 결혼식에 오지 못해 존과 나는 둘 다 마음이 좋지 않았다.

피로연이 끝난 후 나는 사람들을 떠나 존과 함께 그의 집으로 가야 했다. 첫날밤을 보낼 집으로 남편과 함께 가는 것은 아내의 의무이니까.

남편과 아내로서의 우리의 첫날밤은 그다지 성공적이지 못했다. 존은 많이 취해 있었다. (이는 당시에 내가 감사 했던 점이다.) 또 존이 갑자기 내가 그를 속였다고 소리를 질러댔기 때문이다. 다행스럽게도 그것을 들을 사람은 나밖에 없었지만 나는 조금 혼란스러웠다. 나는 이런 일에 대해선 상상도 못했었다. 게다가 노처녀인 캐런은 결혼에 대해 내게 어떤 조언도 해줄 수 없었다. 그래서 나는 결혼생활에 대해 제대로 교육받지도 못했다. 그날 밤 존이 울부짖는 것을 보았을 때 나는 어찌할 바를 모르며 불안해했다. 하지만 다행히 앞서 말했듯 그는 술에 완전히 취해 있었다. 다음날 아침에도 그 일에 대해선 다시 언급하지 않았다. 오늘날까지도 나는 존 혼트베트가 우리 결혼식 밤의 그 일에 대해 조금이라도 기억하고 있는지, 아니면 당시 기억이 깨끗하게 지워졌는지 확신할 수 없었다.

토와드 홀드가 보낸 그 사악한 편지는 결혼식을 올린 지 얼마 되지 않았을 때 우리에게 도착했다. 결혼한 지 얼마 안 되었지만, 나는 그 긴 겨울 내내 어두운 집안에서 대서양 횡단을 위한 여러 가지 준비를 하느라 바쁘게 보내야 했다. 존은 이른 봄에 항해하기를 원했다. 그러면 미국에 도착한 후에 날씨가 온화한 몇 개월 동안 이민 사회에 적응을 하고, 지낼 곳을 찾고, 겨울을 날 음식을 비축할 수 있을 것이었다.

나는 이 여행을 전혀 하고 싶지 않았다. 하지만 미국에서 온 편지들에서 대양을 횡단할 때 식량을 충분히 준비해가야 한다는 이야기를 많이 들어서 그것이 얼마나 중요한지 잘 알고 있었다. 가끔은 캐런이 식량을 준비하는 것을 도와주었지만, 자주는 아니었다. 내가 더 이상 아버지의 집에서 살지 않았기 때문이다.

나는 그 긴 겨울 내내 어두운 집안에서 존과 내가 입을 옷을 털실로 짰다. 색깔 있는 깅엄(체크무늬 면직물)을 구하면 그것으로 옷을 만들기도 했다. 존은 청어나 소금에 절인 생선, 발효 우유, 맥주, 호밀 비스킷, 치즈, 완두콩, 곡물, 감자, 설탕 등을 담을 상자와 둥근 통을 만들었다. 나는 다른 상자에 수지 양초와 비누, 프라이팬, 커피 버너, 주전자 몇 개, 다리미, 양철 깔때기, 성냥, 린넨 시트, 속옷 등을 준비했다. 나는 여행 준비를 하는 데 너무 열중한 나머지, 마지막 날 에번과 부두에 선 그 순간까지 여행 자체에 대해서 생각하지 않을 수 있었다. 그 여행은 노르웨이를 영원히 떠나야 한다는 것을 의미했기 때문에 머릿속에 떠올리기조차 싫었다. 또 나는 가족들과 몇 안 되는 내 친구들에게도 마지막까지 작별인사조차 하지 않고 있었다. 작별 인사를 하면 여행에서 남편과 동행해야 하는 의무를 지키려는 내 결심이 흔들릴 것 같았다.

우리가 탈 선박은 돛대가 하나 있는 범선으로 시설이 완비되어 있고, 선실과 40개의 침상이 있었다. 2층 침대로 이루어진 각각의 침상은 두 사람이 머물 침실이자, 짐을 저장할 곳이기도 했다. 존과 나는 39일 동안 우리가 챙겨간 많은 식량들로 둘러싸인 그 좁고 초라한 잠자리를 공유했다. 나는 사람들로 가득한 선실에서 감히 겉옷을 벗지 못했다. 그리고 배가 끔찍할 정도로 흔들려서 그 기나긴 밤 동안 거의 잠을 잘 수 없었다. 나는 그 화물칸의 어둠 속에서 많은 사람들이 울고, 기도하고, 앓는 소리를 들으며 누워 있었다. 우리들은 북아메리카에 도착하거나 배가 가라앉기 전에는 이 배에서 해방될 수 없었다. 때로는 배가 가라앉기를 바랄 정도로 비참한 밤들도 있었다. 주님이 나를 용서하시길.

몇몇 대서양 횡단 여행에서, 특히 영국인이 소유한 선박에서는 승무원들의 대우가 아주 나빴다는 얘기를 들었지만 우리의 경우 승무원들에게 그렇게 나쁜 대우를 받지는 않았다. 하지만 물의 배급은 철저히 제한되었다. 하루에 1리터 정도의 물만으로 버텨야 하는 생활은 우리 대부분에게 견디기 힘든 일이었다. 그나마 존과 나는 갈증을 거의 참을 수 없게 될 정도면 마실 수 있는 맥주가 있었다.

나는 항해의 둘째 날부터 마지막 날까지 계속해서 배 멀미를 했다. 돌이킬 수 없는 치명적인 부상처럼 영혼까지 고문 받는 듯했다. 배 멀미보다 더 괴로운 육체적 고통은 없을 것이다. 나는 너무 괴로워서 아무것도 먹을 수 없었다. 그 때문에 심각한 병에 걸릴 수도 있었다. 그런 비참한 날들을 보냈음에도 나는 내 자신이 운이 좋은 편에 속한다고 생각했다. 배에 탄 사람들 중에는 배에 도는 열병이나 콜레라에 감염된 사람들도 있었다. 그런 끔찍한 전염병들이 우리 모두에게 퍼지지 않은 것은 신이 내린 놀라운 기적이라고 설명할 수밖에 없다. 항해를 한 지 4주가 되었을 무렵엔 전염병이 발발하여 매우 끔찍했다. 그때는 바다에서 많은 장례식을 올렸다. 그중에서 한 어린 소년의 장례식을 보는 것은 너무 괴로웠다. 그는 배에 승선할 당시엔 통통했지만, 죽었을 때는 너무 마른 상태였다. 그를 바다에 던졌을 때 물에 떠 있지 않도록 관에 모래를 담아 바다에 묻어야 했다. 배가 떠난 뒤에도 그의 시체가 바다에 떠있다면 그의 어머니는 정말로 참을 수 없이 고통스러울 것이다. 이것은 우리가 긴 여정에서 맞이한 최악의 순간이었다. 배에서 여전히 제정신이고 분별이 있는 사람들 중에서 이 비극에 충격을 받지 않은 사람은 단 한 명도 없었을 것이다.

내가 듣기로는, 그 여행에서 아프지 않았던 사람들은 뜨개질이나 바느질을 했다. 또 어떤 사람들은 플롯이나 바이올린을 연주했다고 한다. 길고 지루한 여행의 일상 속에서 누군가 즉흥적으로 악기를 연주하고 노래를 부르며 분위기를 띄우는 경우도 있었다고 했다. 존은 여행 내내 원기 왕성하고 건강한 몸으로 있었다. 어쩌면 그도 그런 즉흥적인 음악 활동에 참여했을지 모른다. 그 여정에서 14명을 병으로 잃었다. 그리고 여성 한 명이 쌍둥이를 낳느라 목숨을 잃었다. 나는 늘 이것이 죽음과 탄생이 만들어낸 달갑지 않은 기괴한 비율이라고 생각해왔다. 항해 도중에 걸릴 수 있는 치명적인 질병에 조금만 더 관심을 기울였더라면 나는 혼트베트가 아예 바다를 건너지 않도록 설득할 수 있었을지도 모른다. 하지만 다 쓸데없는 생각이다. 우리는 결국 대서양 횡단 여행을 마쳤다. 퀘벡에 도착해 그곳에서 2일간 검역소에 억류된 후 남쪽으로 더 내려가 메인 주의 포틀랜드 마을로 갔다. 다시 거기서 뉴햄프셔 주의 포츠머스로 갔다. 그곳에서 토와드 홀드를 만나 그의 스쿠너를 타고 스머티노즈 섬에 도착하였고 결국 그 섬에서 5년 동안 살았다.

나는 이 문서를 작성하기 위해선 생각하고 싶지 않은 과거의 순간들을 다시 떠올려야 했다. 괴로웠다. 대서양 횡단과 같은 끔찍했던 시간을 다시 떠올리자니 너무 우울했다. 게다가 지금 나는 건강이 좋지 않다. 그래서 스스로 자초한 이 숙제를 하는 일이 두 배로 어렵다. 하지만 끈질기게 참아내야만 완전하고 진실하게 이야기를 써서 다른 사람들 앞에 내놓을 수 있다고 생각했다.

우리가 섬에 살게 될 거라는 사실은 이미 들어 알고 있었다. 하지만 우리가 살게 될 그 특정한 섬의 열악한 환경을 담담히 받아들이는 것은 불가능했다.

쇼울 아일랜드라는 군도는 글로스터 위쪽 지역의 해안에서 동쪽으로 18킬로미터 떨어진 바다에 위치했다. 그 군도 전체의 환경은 상상을 초월할 정도로 열악했다. 우리가 포츠머스에서 배를 타고 처음으로 쇼울 아일랜드로 갔던 날은 안개가 심하게 껴있었다. 그래서 섬에 거의 다다르기 전까지는 쇼울 아일랜드의 섬들을 염탐할 수 없었다. 하지만 섬에 도착했을 때 나는 내 눈앞에 펼쳐진 광경을 믿을 수가 없어 기절할 것 같았다. 그렇게 쓸쓸하고 황량한 장소는 내 평생 본 적이 없었다! 당시 내 눈에는 그 섬들이 수면 위로 가까스로 올라온 바위들로만 보였다. 그날 이후로도 인간이 살만한 장소로 보이지는 않았다. 나무 한 그루도 없었고, 단지 아주 척박한 목조 건물들 몇 채만이 텅 빈 채 자리 잡고 있다. 특히나 스머티노즈 섬은 너무 낮은 돌섬이었다. 바위밖에 없는 불모지처럼 보여서 나는 존에게로 몸을 돌려 애원했다.

"이건 아니에요! 확실히 이건 아니에요!"

그때 존은 자신이 받은 상당한 충격을 극복하려고 애쓰느라 정신이 없어 내 말에 대답을 해줄 수가 없었다. 토와드 홀드(아마 기억할 것이다. 미국에서 우리에게 보내진 그 사악한 편지의 주인공 말이다. 나는 이후로도 그에게 친절하게 대할 수 없었다)는 다소 열정적으로 소리를 질렀다. "네, 혼트베트 부인, 여기가 쇼울 아일랜드입니다. 정말 멋지지 않나요?"

작은 항구에 배를 정박시키고 난 후, 나는 떨리는 몸을 이끌고 부축을 받아서 스머티노즈 섬에 올랐다. 속으로는 두려웠다. 동시에 기분이 깊숙이 가라앉았다. 대서양 한가운데에 있는 이 황량한 돌섬에서 어떻게 살 수 있단 말인가? 섬 주위로는 바닷물밖에 보이지 않았다. 안개에 덮인 그날은 가까운 육지의 모습조차 시야에 들어오지 않았다. 어떻게 이곳을 내 여생을 보낼 곳으로 받아들일 수 있단 말인가? 이곳에서 산다면 조만간 존 혼트베트를 제외한 모든 인간 무리에게서 버림받게 될 것이다. 말하기 부끄럽지만, 나는 내 남편에게 매달려 사정했다. 물론 이런 행동을 자주하지는 않았지만, 그때는 이것저것 가릴 처지가 아니었다. 나는 토와드 홀드가 보는 앞에서 포츠머스로 돌아가자고 애원했다. 적어도 거기에서는 땅 위에 세워진 집을 찾을 수 있을 것이고, 라르비크에서 알던 꽃이나 과실수들을 볼 수 있을 테니까.

하지만 존은 내가 애원하는 모습에 민망해하며 내 팔을 풀었다. 그러고는 우리가 살게 될 오두막집으로 토머스 홀드가 우리 짐을 옮기는 걸 도우러 갔다. 그 오두막집은 마치 섬에서 버림받은 듯한 모습을 하고 있었다. 한 번도 사랑받지 못한 불쌍한 아이처럼 보이기도 했다. 계절은 봄이었지만, 그 섬에는 한 사람도 살고 있지 않았다. 바위 사이의 갈라진 틈에서도 꽃 한 송이 볼 수 없었다. 몸을 숙여서 흙이 있는 부분을 만져봤지만 3인치 깊이도 되지 않았다. 이런 불모지에 아름다운 생물이 사는 게 어떻게 가능하겠는가? 주위에서는 존과 토와드 홀드가 짐을 옮기면서 내는 끙끙거리는 소리, 헉헉대는 소리 이외엔 어떤 사람의 소리도 들리지 않았다. 봄기운을 느낄 수 없는 3월 초의 추운 날이었고, 바람이 짜증스럽게 윙윙거리는 소리만이 멈추지 않고 들렸다. 나는 정신 나간 사람처럼 천천히 동쪽을 향해 걸었다. 범죄를 저지르고서 황량한 형 집행지로 유배생활을 온 것 같았다. 처량했다. 나는 수평선을 응시하며 내 사랑하는 조국 노르웨이가 내 눈앞에 있는 것을 상상했다. 우리는 지구의 반을 여행해온 것 같았다. 그런데 도대체 무엇을 위해 그랬단 말인가?

잠시 후 마음이 좀 진정되자 나는 향후 5년간 우리가 살게 될 그 목조건물 안으로 들어갔다. 오두막은 겉면이 물막이 판자로 덧대어져 있었고 어떤 장식도 없이 밋밋했다. 내게는 아주 낯선 모습의 집이었다. 이 건물 안에는 두 개의 분리된 주거공간이 있었다. 건물의 북서쪽에는 두 개의 현관이 따로따로 나 있었다. 애초에 두 가구가 살도록 지어진 것 같았다. 건물은 흐릿하고 칙칙한 붉은색으로 칠해졌고 창문에는 덧문이 없었다. 지붕 위로는 굴뚝 하나가 튀어 나와 있었는데 아마도 스토브와 연결되어 있는 것 같았다. 각각의 주거 공간에는 1층에 작은 방이 3개, 그리고 짧은 계단을 오르면 작은 다락방 하나가 더 있었다. 스토브는 첫 번째 집에서 가장 큰 방에 자리 잡고 있었다. 이후 우리는 그 방을 우리의 부엌 겸 거실로 쓰다가 겨울이 되면 침실로까지 썼다. 이전에 살던 사람들은 우리처럼 꽤 빈곤한 어민 가족들이었던 게 분명했다. 벽지는 이미 색이 노랗게 바랜 신문지가 대신하고 있었고, 그것마저도 어떤 부분은 찢겨져 있었다. 창문에는 커튼조차 달려 있지 않았고, 그림이 걸렸던 흔적도, 기분 좋은 환경을 만들려는 어떤 노력의 흔적도 보이지 않았다. 부엌에는 구석에 작은 창문 하나만이 있었고, 건물의 실내는 으스스하고 심지어 음울하기까지 했다. 곰팡이 냄새까지 나는 것으로 보아 건물이 꽤 오랫동안 비어 있었던 것 같았다.

존이 집안으로 의자 하나를 들고 들어왔고, 나는 거기에 앉았다. 그는 내 어깨에 손을 얹었지만, 아무 말도 하지 않았다. 잠시 후에 그는 다시 밖으로 나갔다.

나는 두 손을 무릎 위에 모으고 기도하는 자세로 앉았다. 하지만 신이 나를 버렸다고 생각해 기도는 할 수 없었다. 나는 내가 이 섬을 떠날 수 없으리라는 것을 알았다. 또 혼트베트와의 결혼을 돌이킬 수 없듯, 우리가 여기 도착한 것을 돌이킬 수 없다는 것도 알았다. 나는 눈물이 한 번 터져 버리면 영원히 멈추지 않을 것 같아서 입 안쪽을 깨물며 눈물을 삼켜야 했다.

그날 나는 절망에 빠져 그 자리에서 몸을 움직일 수조차 없었고, 인간에게서 볼 수 있는 가장 나약한 죄악에 굴복하고 있었다. 하지만 문득 나는 어떻게 해서든지 이 시련을 극복하여 언젠가 오빠와 재회할 수 있도록 해야 한다는 것을 깨달았다. 나는 이것이 신의 손길 덕분이었다고 믿는다. 어쩌면 신은 결국 그날 나를 버린 게 아니었을지 모른다.

나는 자리에서 일어나 창문으로 가서 바위섬을 내려다보았다. 그때 나는 나를 삼켜버릴 것 같은 강렬한 감정에 휩쓸리지 않도록 가능한 고요하고 침착한 상태를 갖기로 결심했다. 바닷물에 빠져서 간신히 뗏목에 매달려 있는 사람이라면 자신을 향해 한탄하거나, 울부짖거나, 가슴을 내리치는 사치를 부리를 여유가 없었다는 것을 알 것이다. 극도로 자제하는 것만이 구출될 때까지 물 위에 떠 있게 할 수 있을 테니까. 또한 남편에게 느끼는 커다란 상실감에 대해 계속해서 한탄만 해서는 안 된다는 것도 알았다. 존은 내가 비탄에 잠겨 있는 모습에 더 빨리 지쳐버릴 것이다. 게다가 그마저 슬픔을 느끼게 되면 자신이 선택한 삶을 감내하는 데 필요한 힘을 소진하게 된다. 나는 창문에서 몸을 돌려 오두막집의 내부를 한 번 더 살폈다. 난 이곳에서 가정을 이루게 될 거야. 나는 다짐했다. 다시는 동쪽을 쳐다보지 않겠노라고….

6.

아프리카에 갔을 때, 마사이족 사람들은 내가 사진을 찍기 위해 다가가면 자신들의 영혼을 훔쳐가는 거라고 생각했다. 때로 나는 사람이 아니라 장소를 사진으로 찍어도 그런 일이 생길 수 있지 않을까 생각했다. 나는 지금 스머티노즈 섬의 사진들을 보면서 내가 그 섬의 영혼을 붙잡아온 것이 아닐까 자문했다. 나는 스머티노즈 섬이 영혼을 갖고 있다고 생각했다. 그것은 애플도어 섬이나 런더너스 섬, 혹은 지구상의 그 어떤 장소와도 다른 영혼일 것이다. 그 영혼은 그 섬에 살았던 사람들과 그곳을 방문했던 사람들이 보냈던 누적된 순간들로 이루어져 있을 것이다. 그리고 사람들이 그 특정한 지리적 장소에 대해 떠드는 이야기들로도 채워져 있을 것이다. 스머티노즈 섬을 이루는 바위들, 등갈퀴나물, 도깨비바늘, 미나리아재비, 그리고 노르웨이에서 넘어온 양지꽃들은 물론, 섬 위를 유유히 날아다니는 바다제비들과 어두운 해변에 올라온 하얗고 끈적끈적한 배불뚝이 홍어들에도 말이다.

1846년 토머스 라이턴은 스머티노즈 섬에 '더 미드오션하우스'라는 호텔을 지었다. 이 호텔은 얇은 목조 건물이었다. 물막이 널로 벽을 덧대었고, 보통의 가정집보다 많이 크지는 않았다. 말뚝 위에 지어진 이 건물은 테라스가 건물의 삼면을 둘러싸고 있었으며, 테라스의 양철 지붕 위로는 손으로 그린 간판이 3층 창문에 걸려 있었다. 간판에는 호텔의 이름이 완벽하게 새겨지지 않았고, 단순히 '미드오션하우스'라고 적혔다. 호텔이 찍힌 사진들을 보면 건물 주위에 조경의 흔적을 거의 발견할 수 없었다. 하지만 기록에 따르면, 호텔의 전성기에는 몇 그루의 과실수와 잔디 볼링장이 있는 정원을 뽐냈었다고 한다. 나다니엘 호손('주홍글씨'의 작가), 헨리 데이비드 소로(19세기 미국의 철학가이자 수필가), 에드워드 에버렛 헤일(19세기 미국의 목사이자 작가), 리차드 헨리 다나(19세기 미국의 소설가 겸 변호사) 등이 미드오션하우스의 투숙객이었다.

신원을 알 수 없는 세 명의 사람들이 테라스에서 쉬고 있는 것이 보였다. 한 남자는 하얀 밀짚모자에 양복을 입고 있고, 한 여자는 긴팔에 목까지 올라오는 까만 원피스와 까만 실크 보닛을 쓰고 있었다. 휴가보다는 빅토리안 시대의 장례식에 더 어울릴

법한 차림이다. 두 번째 여성은 통통한 몸에 머리를 뒤로 말아 올리고 있다. 하얀 블라우스에 기다란 까만색 치마를 입고 그 위에 하얀 앞치마를 둘렀다. 요리사나 가정부로 봐도 무방한 차림이다. 1873년 3월, 호텔은 휴가철이 시작하는 6월까지 텅 비어 있었다. 미드오션하우스는 1911년에 불에 타 없어졌다.

나는 궁금했다. 마렌이 미드오션하우스 호텔에 간 적이 있었을까? 기분 좋은 여름날 저녁, 존이 그의 아내를 데리고 야생화가 쓰러져 나부끼는 바위들 사이로 100야드의 길을 걸어가서, 호텔의 테라스에 앉아 차 한 잔과 미국식 케이크 한 조각을 먹었을까? 퀘이킹 푸딩 한 접시? 아니면 윗포트 푸딩? 나뭇가지를 엮어 만든 오래된 흔들의자, 바닷바람에 이미 늘어지고 축축해진 그 의자에 등을 곧게 펴고 앉아서, 그들이 이미 다 기억하고 있는 풍경을 바라보았을까? 어쩌면 이 광경들, 이를테면 바위섬들과 물보라, 그리고 유람선 몇 대가 본토에서 오는 모습이 만들어내는 전경이 그들의 빨간 집 창문에서 보는 것과는 달라 보이진 않았을까? 바다에서 불어오는 가벼운 산들바람을 맞으며 나무로 된 테라스에 앉아 있을 때, 사람들은 노르웨이에서 가져온 옷을 입고 있던 마렌을 호기심 어린 눈으로 바라보았을까?

그들이 신은 신발, 이상한 말투, 어설픈 예절 등이 사람들의 눈에 띄게 했을까? 그곳에서 그림을 그리고 있는 차일드 하삼(Childe Hassam)이나 시를 끼적이는 셀리아 택스터(Celia Thaxter)와인사를 나눈 적은 없었을까? 존이 아내가 앉은 의자 팔걸이로 손을 뻗어 그녀의 손을 만진 적은 없을까? 그는 그녀를 진심으로 사랑했을까?

아니면 그들은 그 호텔 건물에서 일을 하지는 않았을까? 방수포 차림의 존이 요리사에게 랍스터를 가져가고, 집에서 만든 옷과 부츠를 신은 마렌이 부르튼 손으로 린넨 시트나 테이블보를 빨거나 호텔 바닥을 쓸지는 않았을까? 여름철 쇼울 아일랜드의 주민들에게 돈을 더 벌 수 있게 해주는 돈 많은 미국인들, 포츠머스에서 여기로 오는 여정에서 배 멀미를 하기도 하는 창백한 얼굴의 미국인들을 신기하게 바라봤을까?

나는 스머티노즈 섬에서 의사의 처방대로 바닷바람을 쐬고 있는 나다니엘 호손의 모습을 상상하는 걸 좋아했다. 그는 보스턴에서 증기선을 타고 왔을까? 태양을 가려줄 밀짚모자와 하얀 양복은 챙겨왔을까? 그가 쇼울 아일랜드의 적막함에 영감을 받지는 않았을까? 애플도어나 스타 섬과 스머티노즈 섬 사이의 엄청나게 깊은 물속에서 수영을 하고 싶어 했을까? 그는 셀리아 택스터가 데려온 지식인들과 예술가들과 대화를 나누며 즐거워했을까? 그는 자신 앞에 놓인 블루베리 그런트, 생선 수프, 플럭을 먹었을까? 그 앞에 음식을 놓은 사람은 누구였을까? 한 노르웨이 이민자가 그의 주위를 맴돌았을 가능성이 있을까? 이 여성이 나다니엘 호손이 누구인지 전혀 알지 못한 채, 그저 투숙객 중

한명이라고 생각하고, 귀여운 엉터리 영어로 그에게 유쾌한 질문을 던졌을까? 에브리씽, 텡큐, 브라더...

이젠 스머티노즈 섬을 바라보면서 여가를 즐기는 호손을 상상하는 것은 거의 불가능해졌다. 미드오션하우스는 이제 흔적도 남아 있지 않았다. 역사 속으로 들어가 버려서, 문장들과 사진의 감광유제가 없었다면 생명을 얻지 못했다. 만약 그 호텔에 관한 모든 글과 사진들이 파도에 휩쓸려 스머티노즈 섬을 둘러싼 깊은 바다 속으로 빠져버린다면, 미드오션 호텔은 더 이상 존재하기를 멈추게 될 것이다.

1867년 10월 2일, 스머티노즈 섬에서 복싱 경기가 열렸다. 1860년대에는 도박이 불법이었기 때문에 경찰의 간섭이 적은 고립된 섬들이 인기가 있었다. 쇼울 아일랜드, 특히 스머티노즈 섬은 도박에 아주 이상적인 장소였다. 두 명의 선수가 찰스 존슨의 집 앞마당에서 한 시간 반 동안 경기를 했다. 이 집은 이전엔 '빨간 집'이라고 알려져 있었고, 나중에는 혼트베트의 집이라고 알려지게 될 곳이었다. 구경꾼들은 보트를 타고 왔다. 다음 번 경기가 계획되었지만 경기가 취소되었다. 날씨가 좋지 않아서 관중들이 섬에 올 수 없었고 섬에 도착한 선수들은 배 멀미로 힘들어 했기 때문이다.

쇼울 아일랜드에서의 둘째 날. 동틀 무렵 나는 선실 앞쪽에서 들리는 반갑지 않은 익숙한 소리에 잠에서 깼다. 나는 거칠거칠하고 축축한 침대에서 빠져나와 주방에서 커피를 만들기 시작했다. 물을 트니 앞쪽 방에서 나오는 소리가 들리지 않았다. 나는 팔짱을 낀 채 필터로 커피가 내려오길 기다렸다. 천장으로 손을 뻗어 뚜껑 문을 열고 신선한 공기를 안으로 들이자 축축한 기운이 내 양말에 스며들었다. 난 그 즉시 하늘 색깔이 이상하다는 걸 알아차렸다. 마치 불이 난 것처럼 거무스름한 붉은 빛을 띠었다. 나는 선실 출입문을 활짝 열고 가운을 걸친 채 사다리를 타고 위로 올라갔다. 짙은 붉은색의 희뿌연 안개 띠가 쇼울 아일랜드의 섬들 위로 아치를 그리며 지났다. 남북 방향으로 뻗어 있는 이 붉은 안개 띠는 포틀랜드에서 그 멀리 보스턴까지 넘어가는 것 같다. 아치의 중앙에서 붉은색이 더욱 짙어지고 가장자리로 갈수록 점점 희미해졌다. 붉은 띠 아래로는 갈매기들이 날아다니며 비스듬히 비추는 태양빛을 받아 잠시 빛을 발했다. 자연이 평소와는 다른 기이한 모습을 보여줄 때면 사람들이 걱정하는 것처럼, 나도 내 눈앞의 놀라운 광경이 조금 걱정스러웠다. 그래도 빌리를 깨워서 태양이 바다 위에 만들어내는 이 기이한 현상을 보여주고 싶다. 하지만 빌리는 이미 내 뒤에 와 있었다.

"나 발 다쳤어요, 엄마." 라고 빌리가 말했다.

나는 뒤로 돌아선다. 빌리의 얼굴은 아직 잠이 묻어 있고, 끈적거려 보였다. 이제 막 상처의 아픔을 표현하려고 일그러지기 시작했다. 빌리는 여름 야구 잠옷을 입고 있었다. 레드삭스라고 적힌 티셔츠와 반바지 차림이었다. 하얗고 조그만 맨발이 드러나 있고, 오른쪽 발에 피가 묻어 있는 게 보였다. 빌리는 내게로 한 걸음 다가온다. 콕핏 바닥의 하얗게 닳은 표면에 핏자국이 남는다. 어제 밤에 깨진 유리잔의 파편이 선실 출구의 사다리 아래로 떨어진 게 틀림없었다. 오늘 아침 내가 선실 문을 여는 소리에 깬 빌리가 해적 블랙버드의 보물 중 하나인 열쇠고리를 찾으러 사다리 아래의 작은 공간으로 들어가다가 다친 것이었다.

나는 선실로 내려가서 구급상자에서 수건과 과산화수소와 반창고를 꺼내온다. 빌리 발의 상처를 물로 씻어내고 약을 바른 후 반창고를 붙여주었다. 그리고 품에 안아들었다. 그제야 나는 고개를 들고 하늘을 보지만 하늘에 떠 있던 빨간 띠는 이미 흔적도 없이 사라져버린 후였다.

리치는 갑판으로 올라와 양손을 허리에 올려놓은 채, 하늘의 색깔과 질감을 확인했다. 하늘은 어제처럼 맑지는 않았다. 동쪽에서 태양이 떠오르고 있고, 태양의 바로 아래쪽에 얇은 구름 층 하나가 보였다. 마치 누렇게 변색된 솜에서 올이 풀린 것처럼 수평선 위에 가늘게 흩어져 있었다. 리치는 약간 걱정스러운 표정을 하고서 라디오를 들으러 선실로 내려갔다. 그가 갑판에 돌아왔을 때 그의 손에는 커피가 든 머그컵이 들려 있었다. 그는 나와 빌리의 맞은 편 자리에 가 앉았다.

"어쩌다 다쳤어요?"

"유리조각에 베였어요."

"괜찮아요?"

"그런 것 같아요. 피는 이미 멎었어요."

"해양기상청에서는 오늘 오후 늦게 한랭전선이 온다고 하네요. 하지만 기상청을 완전히 믿을 수 있는 건 아니니까."

리치는 고개를 들어 내 어깨 너머로 바다를 보았다. 물결이 살짝 일고는 있지만 우리 배가 정박된 항구는 아직 안전해보였다. 우리 건너편에 정박한 케치(쌍돛대의 범선)위에서 누군가 움직이고 있었다. 하얀 폴로셔츠에 카키색 반바지를 입은 여자였다. 리치는 그녀에게 고개를 끄덕여 인사했다.

"저들은 떠나는 것 같네요." 그가 말했다.

"이렇게 빨리요? 저 사람들 겨우 어제 밤에 도착했잖아요."

갑작스런 돌풍이 불어와 내 가운 아래를 들춘다. 나는 가운을 내려 무릎을 덮는다. 아침에는 정말이지 몸이 드러나는 게 싫다. 마치 보호받지 못한 채 위험에 노출된 듯한 기분이 들었다. 리치는 깨끗한 하얀 티셔츠에 색이 바랜 남색 수영복을 입고 맨발로 있었다. 좀 전에 샤워를 한 것 같다. 머리 꼭대기가 젖어 있고 얼굴은 면도가 되어 말끔했다. 애덜린은 뭘 하고 있는지 궁금했다.

"잘 모르겠어요." 그는 폭풍의 낌새를 살폈다.

"얼마나 심할지 모르겠군요. 오늘 밤에 폭풍이 올지도 확실히 모르겠어요."

나는 빌리를 내 무릎에 앉힌다. 그리고 고개를 돌려 스머티노즈 섬을 바라보았다. 리치는 내 얼굴에서 망설임이 스치는 걸 본 게 분명했다.

"섬에 다시 가야 하는군요." 그가 말했다.

"네, 가야 해요."

"데려다줄게요."

"혼자 갈 수 있어요." 내가 재빨리 말했다. "어젯밤에도 혼자 다녀왔어요."

그가 놀랐다.

"다들 잠든 사이에요. 밤 사진을 찍고 싶었거든요."

리치는 들고 있던 커피 잔 너머로 나를 찬찬히 바라보았다. "날 깨웠어야죠." 그가 말했다. "혼자서 그렇게 가면 위험해요. 특히 밤에는."

"무서웠어요, 엄마?"

"아니, 사실은 아주 아름다웠단다. 달이 떠올랐고 아주 밝아서 전등 없이도 길을 볼 수 있었어."

리치는 말이 없었다. 나는 갑판 바닥에 내려놓았던 머그잔을 다시 집어 들었다. 커피는 이미 식어 있었다. 빌리가 갑자기 자리에서 일어나 내 팔을 잡고 흔들어 식은 커피가 내 하얀 가운에 쏟아졌다.

"엄마, 오늘밤에 나도 엄마랑 같이 가도 돼요? 섬에요. 어쩌면 거기에 귀신이 있을지 몰라요.”

"오늘밤은 안 돼." 리치가 말했다. "아무도 오늘 밤에는 거기
못가. 나중에 폭풍이 올 수 있거든. 안전하지 않아요.”

"오.” 그녀가 실망하여 어깨를 떨어뜨렸다.

"보트에서 바라본 섬의 전경과 밤 풍경 사진을 찍었고, 마렌의
바위도 찍었어요. 하지만 섬에서 바라보는 풍경도 필요해요. 애
플도어나 스타 섬, 그리고 동쪽 바다 사진도요. 또 섬의 세부적
인 모습도 필요해요.” 나는 리치에게 말한다.

"예를 들어서요?”

"버지니아 소나무, 들장미 열매, 헤일리하우스의 창문, 혼트베
트의 집 흔적 등이요. 어제 기회가 있을 때 찍었어야 했는데, 미
안해요.”

"괜찮아요.” 그가 말했다. "시간은 있어요.”

"나도 가요!” 빌리가 신이 나서 말했다.

리치는 고개를 젓는다. "빌리는 아빠랑 애덜린이랑 여기 남아
있어.” 그는 손을 뻗어서 내 무릎에서 빌리를 데려갔다. 그는 빌
리를 한 바퀴 빙그르르 돌리고는 옆구리를 간지럽힌다. 빌리는
특유의 주체할 수 없는 듯한 웃음을 터뜨렸다. 빌리는 몸부림을
쳐서 그의 손아귀에서 빠져나오려고 했다. 내게 도와달라고 소
리를 지른다. "엄마, 살려줘요! 살려줘요!” 하지만 리치가 갑자
기 간질이는 걸 멈추자, 빌리는 그를 향해 몸을 돌리고는, 인정

하듯이 한숨을 쉬고 그의 무릎 위에 앉았다.

"휴우." 빌리가 말했다. "간지럽지만 재밌어요."

애플도어 섬의 '호그 곶'에 살고 있는 노르웨이 출신의 이민자, 조지 E. 잉거브레트슨이 법정 증인석에 섰다. 그는 법정에 출두한 다른 많은 사람들처럼 불완전한 영어로 더듬거리며 말했다. 그의 말은 해석하기 어려울 때도 많이 있었다. 지방검사는 그에게 1873년 3월 6일 아침 7시에서 8시 사이에 그가 목격한 것이 무엇이었는지 물었다. 그는 자신에게 어린 아들 두 명이 있으며, 아이들이 집으로 와서 "사람들이 스머티노즈 섬을 향해서 소리를 지르고 있어요!"라고 외쳤다고 대답했다. 그 다음에 검사는 그에게 그 섬에 도착했을 때 무엇을 봤는지를 물었다.

"나는 피투성이 도끼를 봤습니다. 혼트베트의 집 부엌 문 앞에 있는 돌 위에 있었습니다. 나는 그의 집 주위를 한 바퀴 둘러보다가 창문이 깨져서 떨어진 유리 조각들을 발견했습니다. 그리고 나는 존이 오는 것을 보고 멈춰 서서 그를 기다렸습니다. 나는 창문 안을 보지는 않았습니다. 단지 피 묻은 도끼와 주위에 있는 핏자국만 봤습니다."

존 혼트베트가 집에 도착했을 때, 잉거브레트슨은 다른 남자들 몇 명과 함께 집 안으로 들어갔다.

"에번 크리스텐슨이 바로 내 앞에 들어갔습니다. 그는 문을 열었습니다. 에번은 아넷의 남편입니다."

"그때 당신과 같이 들어간 사람은 또 누구였나요?" 이튼 검사
가 물었다.

"존 혼트베트와 루이스 넬슨, 제임스 리 외에는 없었습니다.
존의 동생인 매튜도 있었지만, 그가 집으로 들어갔는지는 모르
겠습니다."

"당신이 본 것만을 진술하세요."

"아넷이 등을 바닥에 대고 머리를 문 쪽으로 둔 채 누워 있었
습니다. 제가 보기에 누군가 그녀의 발을 잡고 집 안으로 끌고
들어간 것처럼 보였습니다. 나는 그 흔적을 봤습니다."

"어떤 흔적이었죠?"

"집 밖 마당의 남서쪽 구석에서 문 안으로요."

"무엇의 흔적이었나요?"

"핏자국이요."

"거기에 다른 시체도 있었나요?"

"네. 그리고 우리는 밖으로 나와서 건물의 북동쪽 집, 북쪽에
있는 다른 집으로 들어갔습니다. 우리가 들어갔을 때, 집 안에
피가 조금 묻어 있는 게 보였고, 침실에는 또 다른 죽은 사람이
있었습니다."

"그건 누구의 시체였나요?"

"캐런 크리스텐슨의 시체였습니다."

"당신은 아넷의 몸에서 상처를 본 게 있나요?"

"네, 머리에 상처가 좀 있었습니다."

"머리의 어느 부분이었나요?"

"대부분 귀 부근에 있었습니다. 오른쪽 귀 바로 근처요. 귀 부근에 심한 상처가 나 있었습니다."

"머리 꼭대기의 상처는요?"

"거기 말고는 제대로 보지 못했습니다."

이튼 검사는 잉거브레트슨에게 그 집 옆에 있는 우물과 집의 거리에 대해 질문했다. 그리고 그가 시체를 건드렸는지 물었다. 잉거브레트슨은 건드리지 않았다고 대답했다. 마지막으로 이튼은 그날 아침 스머티노즈 섬에 도착했을 때, 그 섬에 살아 있는 사람이 있었는지 물었다.

"네." 그 어부가 대답했다.

"누구였나요?"

"혼트베트 부인과 작은 개 한 마리였습니다."

"당신이 그녀를 발견했을 때의 상황을 진술하세요."

"아주 나쁜 상황이었습니다. 그녀는 잠옷을 입은 채 울부짖고 있었고, 옷에는 피가 잔뜩 묻어 있었습니다. 혼트베트 부인의 옷에요. 나는 그녀를 배에 태웠습니다."

"그녀의 발이 어떤 상태였는지 아나요? 얼어 있었나요?"

"네, 나는 당장 그녀의 발을 살폈고, 발은 꽁꽁 얼어 있었습니다. 나는 그녀를 우리 집으로 데리고 왔습니다."

나는 늘 사진을 찍기 전에 필름과 배터리를 확인하고, 렌즈를
닦는 둥 카메라 점검을 했다. 나는 콕핏에서 이 작업들을 하기
시작했다. 빌리는 토머스를 깨우러 아래로 내려갔다. 잠시 후 침
대 위에서 웃고 떠들고 뒹굴며 노는 소리를 들을 수 있었다. 끊
임없이 윙윙거리는 바람 소리에 그들의 소리가 묻혀서 무슨 말
을 하는지는 알 수 없지만.

애덜린이 선실 입구에서 모습을 드러냈다. 그녀는 미소를 지
으며 인사를 건넸다. "좋은 아침이에요." 그녀는 긴 다리를 드러
낸 채, 마치 방금 샤워를 하고 나온 것처럼 수건으로 몸을 두르
고 있었다. 하지만 그녀의 몸은 젖은 것 같지 않았다. 그녀의 머
리카락은 등 뒤에 늘어뜨려져 있었다. 헝클어지고 꼬인 머리가
풀리지 않은 게 그대로 보였다. 애덜린이 몸에 두른 수건 아래에
서 작은 빨간색 천 조각이 보였다. 그녀가 수영복을 입고 있다는
것을 알 수 있었다. 그녀는 왜 몸에 수건을 둘렀을까. 여자들이
란 날이 밝으면 창피함을 느끼게 되는 이상한 동물들이다. 이제
야 몸을 가리고 싶어 하는 저 정숙함이라니. 애덜린은 내게 등을
돌린 채 발 하나를 콕핏의 벤치에 올려놓고 발가락을 살폈다.

"빌리가 다쳤다면서요." 그녀가 말했다.

"네, 그랬어요."

"심해요?"

"심하진 않아요."

"난 수영을 하려고요.

그녀는 수건을 바닥에 떨어뜨렸다. 나는 그녀의 뒷모습을 보며 이전에는 보지 못했던 것들을 발견했다. 그녀의 허벅지 안쪽으로 살짝 들어간 곡선과 길고 가느다란 허리, 그리고 오른쪽 허벅지 안쪽에 그녀가 놓치고 뽑지 않은 털이 남아 있는 부분을 보았다. 나는 그녀의 피부 감촉이 어떨지 궁금했다. 괴로운 호기심이었다. 애덜린은 고물의 끝에 올라서서 다이빙할 자세를 했다. 그녀는 갈매기처럼 물 위를 미끄러지듯 다이빙했다.

나라면 차가운 바닷물에 닿는 충격으로 소리를 지르거나 식식거렸을 것이다. 하지만 그녀는 태연했다. 애덜린은 물속에서 우아하게 몸을 빙그르 돌리고는 절제된 동작으로 수영을 하기 시작했다. 발을 거의 움직이지도 않았다. 바다의 넘실대는 물결 사이로 빨간 천 조각들이 보였다. 그녀는 요트에서 멀어졌다가 다시 돌아왔다 하면서 10분 정도 수영을 했다. 수영을 마친 그녀는 내가 내민 손을 거절하고 혼자서 쉽게 갑판 위로 올라온다. 그리고는 콕핏에서 내 건너편에 앉아 몸을 말리려고 수건을 집어 들었다. 살짝 숨이 찬 듯했다. 그 모습이 어쩐지 내게 위안이 되었다.

"처녀 시절 성을 그대로 쓰고 있으시잖아요." 그녀가 말했다.

"진 제인즈라는 이름이 이상한 것 같아서요." 내가 설명했다.

그녀의 피부에 물방울이 맺혀 있는 것이 눈에 들어온다.

"그럼 직업적인 이유는 아니군요?"

"예, 꼭 그런 건 아니에요."

그녀는 수건을 옆에 내려놓고 머리를 빗기 시작했다.

"리치가 폭풍이 올 수 있다고 했던 것 같은데요." 그녀가 물었다.

"오후가 되기 전에 떠나야 할지도 몰라요." 이 항구를 떠난다는 생각을 하자, 순간 진한 아쉬움이 밀려왔다. 마치 아주 중대한 어떤 일을 마치지 않고 남겨두는 것처럼.

"그럼 우린 어디로 가는 거죠?"

"모르겠어요. 아마도 포츠머스, 아니면 아니스콤이겠죠."

그녀는 고개를 무릎까지 숙이고 머리카락이 바닥으로 떨어지게 했다. 그리고 목덜미에서부터 거꾸로 머리를 빗었다. 그 다음 고개를 들어 머리를 다시 뒤로 넘기고, 얼굴 옆면에서 빗질하기 시작했다. 내 카메라 가방에는 테스트 사진을 찍을 때 쓰는 폴라로이드 카메라가 들어 있었다. 마음에 드는 장면이 있을 때면 나는 종종 폴라로이드로 먼저 찍어서 구조나 빛을 살피고 본격적으로 사진을 찍기 전에 카메라를 조절하기도 했다. 나는 폴라로이드 카메라를 가방에서 꺼내서 애덜린에게 초점을 맞췄다. 그리고 재빨리 사진을 찍었다. 그녀는 찰칵하는 동시에 눈을 깜박였다. 나는 사진을 빼내서 손에 들고 이미지가 나타나기를 기다렸다. 사진 속에서 애덜린은 브러시 빗을 손에 들고 머리에 대고 있었다. 햇볕으로 말린 그녀의 머리에 밝은 금빛의 줄무늬가 나 있었다. 어쩌면 사진이 만들어낸 속임수일지도 모른다. 그녀의 피부는 머리색과 대조를 이루며 선탠을 한 듯이 진한 갈색을 띤다. 나는 사진을 그녀에게 건넸다.

그녀는 사진을 손에 들고 유심히 살펴보았다.

"방금 전의 내 모습에서 결점만 모였네요." 그녀는 이렇게 말하며 웃는다.

헤일리 만의 방파제에는 기다란 창고와 생선 가공공장이 있었다. 스머티노즈의 남자들은 더닝이라고 불리는 특별하게 생선을 말리는 과정을 만들어냈다. 당시에는 거대한 선박이 부두 안으로 들어와 생선과 물건들을 싣거나 내리고, 내려진 것들은 롱하우스라고 불리는 창고에 저장되었다. 스머티노즈 섬에서 부두, 롱하우스, 헤일리하우스, 그리고 혼트베트의 집터가 차지하는 면적은 교외에 있는 소박한 가정집의 뒷마당보다 그리 크지 않았다.

더닝 처리를 한 생선은 보통 생선보다 서너 배 더 비싼 값에 팔렸다. 당시엔 쇼울 아일랜드의 주민들이 잡는 물고기 양이 아주 많았기 때문에 1822년의 생선기준가격은 보스턴이 아니라 쇼울 아일랜드에서 정해졌다.

토머스가 사다리를 타고 올라오자, 베이컨과 펜케이크 냄새가 따라왔다.

"빌리와 함께 아침을 준비했어." 그가 말했다. "그리고 애덜린이 식탁을 차리고 있어."

나는 여행안내서 한 권을 다시 읽고 있었다. 스머티노즈 섬에 다시 갔을 때 빠뜨리지 말아야 하는 중요한 장소나 인공물을 잊은 건 없는지 확인고자 했다. 내 무릎 위에는 마렌 혼트베트의 문서와 번역본, 그리고 살인사건에 대한 설명이 있는 얇은 팸플릿이 함께 놓여 있었다.

"그건 뭐야?" 그가 물었다. 화해하려는 행동이었다. 내 일에 관심을 가지는 것.

"이거요?" 나는 가이드북을 들어 보이며 물었다.

"아니, 저거."

나는 마치 그것들을 보호하려는 것처럼, 갈색잉크로 쓴 글씨로 가득한 종이 위에 손을 얹는다. "도서관에서 가져온 거예요."

"그래? 봐도 돼?"

나는 여행안내서에서 눈을 떼지 않은 채 토머스에게 종이를 건넸다. 고개를 들지 않아도 내게 다가오는 그를 느낄 수 있었다. 그가 입은 옷의 색깔과 그의 체온이 느껴졌다.

"영어가 아니네." 그가 말했다.

"번역본이 있어요."

"이건 원본이잖아." 그가 약간 놀란 듯했다. "이런 것을 빌려주다니 놀라운데."

침묵이 흐른다.

"빌려준 게 아니에요." 내가 말했다. 나는 흘러내린 머리를 귀 뒤로 넘겼다.

"빌려준 게 아니라고." 그는 내 말을 되풀이 했다.

"그들이 빌려주지 않을 거란 걸 알았어요. 그래서 그냥 가져왔어요. 나중에 갖다놓을 거예요."

"그게 뭔데?"

"회고록. 마렌 혼트베트가 쓴 거예요."

"그게 누군데?"

"살인사건에서 살아남은 여자."

"1899년의 일이잖아."

"그렇죠."

그는 문서를 내게 다시 건넸다. 나는 처음으로 고개를 들어 그를 보았다. 손가락으로 빗어 내린 그의 머리는 마치 수확을 마친 밭처럼 가느다란 이랑들이 나 있었다. 그의 눈은 붉게 충혈이 되어 있었고, 피부는 노골적으로 비추는 강렬한 햇빛 아래 표백된 것처럼 하얗게 보였다.

"당신 일에 그런 것까지 필요하진 않잖아." 그가 말했다.

"그렇죠."

그는 몸을 돌려 주방으로 내려가려다 입구에서 잠시 머뭇거린다. "당신 대체 무슨 일이 있는 거야?" 그가 물었다.

나는 한 손을 이마에 대고 얼굴에 그림자를 드리운다. "당신은 대체 무슨 일이 있는 거예요?" 내가 물었다.

쇼울 아일랜드에서 어부들은 해덕(대구과의 바닷물고기)과 헤이크(대구과의 바닷물고기), 도미, 청어들을 잡아 올렸다. 1614년 존 스미스 선장이 처음 이 섬들을 지도에 올렸을 때, 그는 이 군도를 스미스 아일랜드라고 부르고 그것들을 '섬 무리'라고 썼다.

마룻줄이 돛대를 내리치는 소리가 멈추지 않았다. 선실 아래에서도 줄이 돛대를 때리는 소리가 들렸다. 우리는 선실 중앙에 있던 침대 위에 식탁보를 깔고 식탁을 만들어 둘러앉았다. 토머스와 빌리가 팬케이크를 만들었다. 기름이 번들거리는 콩팥 모양의 팬케이크가 하얀 접시 위에 높이 쌓여 있다. 베이컨도 있다. 하지만 애덜린은 거절했다. 대신 그녀는 토스트와 오렌지 주스를 택했다. 나는 벌거벗은 거나 다름없는 애덜린을 바라보았다. 그녀는 디카페인 커피가 든 그녀의 머그잔을 입술로 가져가서 뜨거운 커피를 입으로 불었다. 나는 이제 내가 수영복만 입은 채로 아침식사 테이블에 앉을 수 있을지 모르겠다. 좀 더 어렸더라면 할 수 있었을 테지만, 지금은 쉽지 않다. 어쩐지 경솔해보였다.

빌리는 내 옆에 앉아 있었다. 여전히 레드삭스 잠옷 차림이었다. 잠기운이 느껴졌다. 빌리는 자신이 만든 이상한 모양의 팬케이크를 자랑스러워하면서 다섯 개나 먹는다. 나는 이것이 빌리가 밥을 먹게 할 확실한 방법이라고 생각했다. 스스로 요리를 하게 하는 것 말이다.

나는 실내가운을 걸치고 있었다. 리치는 수영복을 차려 입었고, 토머스는 그가 입고 잤던 셔츠를 그대로 입고 있었다. 우리의 단정치 못한 복장 때문일까? 오늘 아침 식탁에서 나는 긴장감을 느꼈다. 너무 확연해서 삼켜버리기 힘들다. 리치의 얼굴은 일기예보에 대한 생각으로 가득했다. 우리는 음식과 빌리에게 지나치게 집중하고 있는 듯했다. 마치 어른들이 대화를 시작할 주제를 찾지 못할 때 그러는 것처럼. 혹은 대화 중 갑자기 말하는 게 조심스러워진 사람들 같기도 했다. "이것들은 정말 놀랍구나, 빌리. 이건 곰처럼 보이는데." "이건 무슨 커피죠? 아몬드 향이 나네." "나는 베이컨이 좋아요. 솔직히 캠핑 여행에서 베이컨 샌드위치만한 게 어디 있나요?"

가끔씩 나는 토머스가 나를 쳐다보는 걸 느꼈다. 내가 그에게로 눈을 돌리면 그는 눈길을 아주 우아하게 돌려버려서 나는 그가 나를 보고 있었는지 확신하지 못했다.

그저 익숙해져버린 두 몸이 반응하는 것일까? 모르겠다. 나는 더 이상 그가 무슨 생각을 하는지 전혀 알 수 없었다.

"일기 쓰세요?" 애덜린이 토머스에게 물었다.

나는 그녀의 질문에 놀랐다. 지금 무슨 토크쇼를 진행하려는 건가?

토머스는 고개를 젓는다. "편지나 일기장에 단어를 낭비할 정도로 그렇게 쓸 게 많은 사람이 있나요?"

리치가 고개를 끄덕였다. "톰은 편지를 정말 못 써요."

나는 그의 애칭을 몇 년 만에 처음 듣는다.

"토머스의 유작 관리자는 일하는 게 쉬울 거예요." 리치가 덧붙여 말했다. "남아 있는 게 없을 테니까."

"시를 제외하고는요." 내가 조용히 말했다. "시는 정말 많이 있죠."

"처음부터 잘못 쓴 것들 투성이야." 토머스가 말했다. "특히 최근엔 더 그렇지."

나는 토머스를 바라보았다. 지금 내가 보고 있는 얼굴이 15년 전에 내가 알았던 그 얼굴인가? 똑같은가? 피부가 변했나? 그때와 얼굴 표정이 달라져서 근육이 새로 자리를 잡았나? 그래서 옛날의 그 모습을 알아보기 힘들게 되었나?

"그 남자가 한 게 확실한 거예요?"

애덜린의 갑작스런 질문에 우리는 모두 놀랐다. 하지만 나는 곧장 알아들었다. "루이스 와그너요?" 내가 물었다.

"정말 확실한 거예요?"

"어떤 사람들은 그렇다고 확신해요." 내가 천천히 말했다. "또 어떤 사람들은 아니라고 생각하고요. 당시에 와그너는 무죄를 주장했어요. 하지만 그 범죄 때문에 엄청난 집단 히스테리가 일어났어요. 주민들이 들고 일어났고, 그의 목숨을 위협하는 사람들이 있었어요. 그들은 재판을 서둘러야 했죠.'

애덜린이 고개를 끄덕였다.

"심지어 지금도 의문을 제기하는 사람들이 있어요." 내가 덧붙여 말했다. "예를 들어 그는 충분한 살해동기가 없었으니까요. 또 포츠머스에서 스머티노즈 섬까지 노를 저어 가는 것은 엄청나게 혹독한 일이었을 거예요. 어둠 속에서 거의 30마일을 배를 저어가야 했으니까요. 그리고 그 땐 3월의 첫째 주였죠. 아직 추운 날씨였을 거예요."

"가능할 것 같지 않아요." 리치가 말했다. "나라면 못했을 거야. 바다가 잔잔하다고 해도 할 수 있었을지 모르겠는데요."

"게다가, 재판 기록을 보면." 내가 말했다. "검찰이 수사를 왜 그렇게 대충했는지 이해가 가지 않아요. 마렌 혼트베트의 옷이 피에 흠뻑 젖어 있었지만, 피고측 변호사는 이 점을 제대로 따지지도 않았어요. 그리고 검시관은 살인 흉기를 너무 부주의하게 다루었어요. 그들은 무기를 포츠머스로 갖고 오면서 무기에 있는 지문과 핏자국이 물보라에 다 씻겨버리도록 그냥 내버려두었어요."

"그 시절엔 분명 지문감식 기술이 있었을 텐데요." 리치가 말했다.

"반면에," 내가 말했다. "와그너는 그날 밤 알리바이가 하나도 없었던 것 같아요. 그리고 다음 날 아침에는 와그너가 살인을 저지를 거라는 말을 들었다는 사람들이 나왔고요."

"치정살인일지도 몰라." 리치가 말했다.

"치정살인?" 애딜린이 눈을 가늘게 뜬다. "치정살인도 결국은 추악한 범죄 아닌가요? 근본적으론 범죄에 불과하죠. 사람들은 치정 범죄에는 나름의 정당성이 있다고 생각하죠. 옛날부터 그렇게 생각해왔잖아요. 역사적으로 치정 범죄를 용서하는 판결들이 넘쳤고요. 하지만 사실 치정 범죄를 정당화할 수 있는 이유는 없어요. 그건 사랑하는 사람을 소유하려는 이기심에 불과해요. 단순히 원하는 것을 갖고 싶은 거죠."

"내 생각에, 칼을 이용해서 범죄를 저지른 것을 보면 더욱 치정살인 같아 보이기도 해." 토머스가 말했다.

"칼이었지? 흉기가?"

"도끼요."

"마찬가지야. 날이 있는 무기를 사용했다는 건 친밀한 관계라는 것을 의미해. 총을 사용한다면, 사람을 먼 거리에서 죽일 수 있어. 하지만 칼이라면 희생자를 만져야 하지. 단순히 손을 대는 것 이상이야. 거칠게 다루어야 해. 제압해야 하지. 그렇게 살인을 하려면 적어도 몇 초 이상 광기나 격렬한 감정이 지속되어야

해."

　"아니면 엄청난 돈을 지불한 청부살인일지도 모르지." 리치가
말했다.

　"하지만 그런 경우라 해도." 토머스가 말했다. "희생자에게 어
떤 감정도 갖고 있지 않다면 칼을 사용하지는 못하지. 희생자를
손으로 만지려고 하고, 칼이 살을 찌르는 것을 느끼고 싶은 충동
같은 것. 그 특정한 도구를 사용하고 싶게 만드는 어떤 감정이
있어야 해."

　"토머스." 나는 빌리에게 고개를 끄덕이며 말했다.

　"엄마, 팬케이크 사진 찍어줘요." 빌리가 말했다. "다 없어져
버리기 전에."

　나는 뒤편에 두었던 카메라 가방에 손을 뻗어 폴라로이드 카
메라를 꺼낸다. 나는 팬케이크가 몇 개 남지 않은 접시를 찍었
다. 그리고 사진을 빼내 빌리에게 들고 있으라고 주었다. 빌리는
이 일에 능숙했다. 그녀는 사진의 귀퉁이를 조심스럽게 잡았다.

　"마사이족 사람들은." 내가 나른한 목소리로 말했다. "사진을
찍으면 그 사람의 영혼을 훔치는 거라고 믿어요. 그래서 사진을
찍을 때마다 돈을 받아요."

　"그럼 영혼을 판다는 거예요?" 애덜린이 물었다.

　"오, 내 생각에 마사이족은 그보다는 더 영리한 사람들 같은
데."

"보여요, 애덜린 이모? 이것 봐요!"

빌리는 선실 안의 벤치의자 위에 올라서서 애덜린에게 폴라로이드 사진을 건넸다. 그러다가 선반의 날카로운 모서리에 머리를 꽝 하고 부딪힌다. 빌리의 얼굴이 하얗게 질리며 입이 벌어진다. 하지만 나는 내 딸이 이 동행자들 앞에서 울지 않기로 마음먹은 것을 알아챘다.

나는 손을 뻗어서 빌리를 내 품으로 감싸 안았다. 사진이 테이블 위로 팔랑거리며 떨어진다. 빌리는 얼굴을 내 가슴에 묻었다. 내 품 속에서 그녀가 숨 쉬는 게 느껴졌다. 애덜린은 폴라로이드 사진을 집어 들었다. "멋진 사진이구나, 빌리."

나는 빌리의 이마에 키스를 했다. 빌리는 내 품에서 나와 자기 자리로 가면서 용감하게 미소를 지으려고 애썼다. 애덜린은 빌리에게 사진을 건넸다.

"아주 용감한 아이네요." 애덜린이 내게 말했다.

"네. 고마워요."

"당신이 부러워요."

나는 고개를 번쩍 들고 그녀를 바라보았다. 그녀와 눈이 마주친다. 그녀는 빌리를 말하는 걸까? 아니면 내가 딸과 떨어져 있지 않고 함께 지내는 걸 부러워하는 걸까? 아니면 빌리와 토머스를 말하는 걸까? 그들을 하나로 묶어서?

"가끔 나는 카메라로 인간의 영혼 같은 걸 찍을 수 있다고 상상하곤 해요." 나는 조심스럽게 말했다. "사진 속에서 그런 것들이 보일 때가 있잖아요. 우리가 생각하는 그 사람의 진짜 성격이랄까? 하지만 물론 그건 영혼이라기보다, 영혼 비슷한 것일 뿐이죠. 그리고 종이 위의 영상일 뿐이고."

"영상들을 갖고 장난칠 수도 있잖아요." 그녀가 말했다. "어디서 읽었던 것 같은데요. 이미지를 조작할 수 있지 않나요?"

"네, 지금은 할 수 있죠." 내가 말했다. "컴퓨터로 감쪽같이 조작할 수 있죠."

"그럼, 이론상 또 다른 성격이나 또 다른 영혼을 만들어낼 수도 있겠네요."

"애초에 카메라가 영혼을 담아낼 수 있다고 믿는다는 걸 가정해야만 하죠." 내가 말했다.

"애초에 당신이 영혼이라는 것 자체가 존재한다고 믿는다는 걸 먼저 가정해야 하는 거지." 토머스가 말했다. "눈앞에 보이는 것들이 단순한 유기적 입자의 배열이 아니라는 가정 말이야."

"하지만 사람들은 영혼이 있다는 걸 확실히 믿지 않나요?" 애덜린이 거의 방어적인 태도로 되받아친다. "모든 사람들이 그렇게 믿지 않나요?"

토머스는 말이 없었다.

"시에도 영혼이 담겨 있잖아요." 그녀가 말했다.

나는 이날 팬케이크로 아침 식사를 한 후에 빌리와 토머스가 같이 있는 모습을 사진으로 몇 장 남겼다. 나는 옷을 다 입고 카메라 장비들을 챙기며 스머티노즈 섬으로 갈 준비를 하고 있었다. 흑백필름을 넣어둔 해슬블라드 카메라를 꺼내들었다. 테이블 곁에서는 토머스와 빌리가 어슬렁거렸다. 나는 재빨리 카메라 셔터를 눌렀다. 찰칵, 찰칵, 찰칵, 찰칵. 첫 번째 사진에서 빌리는 쿠션이 깔린 기다란 의자 위에 올라서서 토머스의 치아를 관찰하고 있었다. 아빠의 치아를 세고 있는 것 같다. 두 번째 사진에서 빌리는 몸을 구부려서 머리로 토머스의 배를 받았다. 토머스 역시 살짝 몸을 구부린 채 양팔로 빌리를 감싼다. 세 번째 사진에서는 그들 둘 다 테이블 위에 팔꿈치를 댄 채 서로를 마주 보며 얘기를 했다. 꽤 심각한 대화처럼 보였다. 빌리의 머리가 옆으로 살짝 기울었고, 입술은 대화에 열중한 듯 오므라져 있었다. 네 번째 사진에서 토머스는 한 손을 셔츠의 칼라 안쪽으로 넣고 어깨를 긁고 있었다. 그의 몸은 나를 향하고 있지만, 나를 바라보거나 카메라를 보지는 않았다. 빌리는 마치 선실 앞쪽 방에서 누군가 자신을 부른 것처럼 고개를 돌렸다.

우리가 탄 고무보트가 방파제를 도는 순간, 마주쳐 오는 파도가 거세다. 잔파도들이 조디악에 부딪히면서 보트 안으로 물보라를 흩뿌린다. 리치는 한 손을 방향 제어장치에 두고 다른 한손으로 내게 판초를 건넸다. 나는 판초를 카메라 가방을 덮는데 사용했다. 짠 바닷물로부터 장비를 보호하기 위해서였다. 다시 고개를 들었을 땐 물보라 때문에 앞이 거의 보이지 않았다. 얼굴과 머리, 안경이 마치 빗속에 있는 것처럼 흠뻑 젖었다. 바보같이 반바지를 입고 오다니. 다리가 찬 바닷물에 젖어 덜덜 떨리고 소름이 쫙 돋았다.

리치는 조디악의 방향을 돌린다. 그는 방파제가 없는 곳에서 바다의 상태를 관찰하고 싶어 했다. 충분히 살핀 후에 그는 조디악을 잘 조정하여 방파제로 돌아와서 스머티노즈의 좁고 어두운 해변에 갖다 댄다. 내가 어젯밤에 왔던 곳이었다. 나는 스웨터의 안쪽 면으로 안경을 닦고 카메라 가방을 살펴보며 젖은 곳이 없나 확인했다.

"어떻게 했으면 좋겠어요?" 그가 보트를 매어 놓으면서 말했다. 물에 젖은 그의 티셔츠가 반투명해져서 복숭아 색을 띤다. "같이 갈까요? 아니면 그냥 여기서 기다릴까요?"

"여기서 기다려줘요." 내가 말했다. "햇볕 아래에 앉아서 몸을 좀 말려요, 리치. 이렇게 오게 해서 정말 미안해요. 당신 정말 춥겠어요."

"난 괜찮아요." 그가 말했다. "젖는 거야 익숙해요. 진, 당신은 당신이 할 일만 신경 써요." 그가 미소 짓는다. "믿기 힘들겠지만," 그가 말했다. "사실 난 지금 즐거워요. 사실은…." 그는 눈앞에 펼쳐진 바다를 가리키면서 약간은 자조적인 목소리로 말했다. "휴가 때에도 좀처럼 이렇게 바다에 나오는 일이 쉽지 않거든요."

"되도록 빨리할게요. 길어봐야 삼사십 분일 거예요. 너무 추워지면……." 내가 말했다. "날 불러요. 그때까지만 할게요. 부대끼면서까지 할 정도의 일은 아니에요."

나는 몸을 숙여서 카메라 가방들을 챙긴다. 내가 다시 몸을 세우고 보니 리치는 그의 하얀색 티셔츠와 씨름하고 있었다. 리치는 티셔츠를 벗어 그걸로 머리 위를 털어내고는 젖은 셔츠를 비틀어 물기를 짜낸다. 나는 그가 햇살 아래 있는 바위로 가는 것을 보았다. 사실 햇살은 거의 없지만 그나마 그림자가 지지 않은 바위다. 그는 티셔츠를 말리려고 바위 위에 조심스럽게 펴 놓는다. 나는 아프리카에서 여자들이 빨래를 그와 비슷한 방식으로 말리는 것을 보았다. 그들은 넓은 들판을 뒤덮고 있는 높이 자란 풀들 위에 빨래를 납작하게 펴서 널었다. 그래서 나는 종종 들판에 널려진 색색의 옷들이 만들어내는 진기한 풍경을 마주치곤했다. 리치는 내 쪽을 힐끗 보았다. 머리카락이 없어서인지 그의 가슴에 있는 짙은 색깔의 풍성한 가슴털이 시선을 끈다. 나는 몸을 돌려서 스머티노즈 섬 안쪽으로 걸어갔다.

피고 측 변호사는 잉거브레트슨을 반대 심문할 권리를 포기했다. 다음에 검사측은 에번 크리스텐슨을 증인석에 세웠다. 크리스텐슨은 "자신의 신원을 밝히고, 스머티노즈 섬 사람들과 자신의 관계에 대해 말하라"는 요청을 받았다.

"작년 3월, 나는 스머티노즈 섬의 존 혼트베트 가족의 집에서 살았습니다. 나는 거기서 약 5개월을 지냈습니다. 아넷 크리스텐슨은 내 아내였습니다. 나는 노르웨이에서 태어났습니다. 아넷도 노르웨이에서 태어났습니다. 나는 그녀와 결혼을 한 후에 함께 이 나라로 왔습니다."

이튼은 크리스텐슨에게 살인사건이 일어난 날 무엇을 하고 있었는지 물었다. 크리스텐슨은 다음과 같이 대답했다.

"내 아내가 살해되던 날 밤에 나는 포츠머스에 있었습니다. 나는 포츠머스에 전날 4시경에 도착했습니다."

"그날 오후 4시경에 포츠머스에 도착했을 때, 당신은 누구와 함께 있었나요?"

"존 혼트베트와 매튜 혼트베트입니다. 나는 존을 도와 일을 하고 있었습니다."

"그날 밤 같이 있었던 사람이 또 있었나요?"

"아니오. 없었습니다."

"포츠머스에서는 어디에서 밤을 보냈나요?"

"나는 12시가 될 때까지 배 위에 있었고, 그 뒤에 존슨의 집으로 가서 트롤망에 미끼를 달았습니다."

"밤새도록 그물에 미끼를 달았나요?"

"네, 아침 6시나 7시까지요. 내가 트롤망에 미끼를 달 때 존 혼트베트는 나와 함께 있었습니다."

"스머티노즈에서 일어난 일에 대해서는 언제 처음 들었나요?"

"애플도어 섬사람들에게서 들었습니다."

"그때 당신은 어디에 있었습니까?"

"혼트베트의 스쿠너를 타고 있었습니다."

"그때는 누구와 같이 있었나요?"

"매튜 혼트베트와 존 혼트베트요. 그때가 아침 8시와 9시 사이였습니다."

"육지로 올라갔나요?"

"네. 작은 보트를 배에서 내려서 애플도어 섬 해안으로 갔습니다."

"애플도어 섬 어디로 갔나요?"

"나는 처음에 잉거브레트슨의 집으로 올라갔습니다. 그곳을 떠난 뒤에는 스머티노즈로 갔습니다. 스머티노즈에 도착했을 때, 나는 집으로 곧장 가서 바로 안으로 들어갔습니다."

"거기서 무엇을 봤나요?"

"내 아내가 바닥에 누워 있는 것을 봤습니다."

"죽었었나요? 살아 있었나요?"

"죽어 있었습니다."

"당신은 무엇을 했나요?"

"곧장 밖으로 다시 나왔습니다."

사진을 찍기에는 빛이 밋밋하고 약했다. 풍경은 흐릿해 보였다. 동쪽으로는 태양이 떠오르고 있고, 태양 위로 흐릿하고 가느다란 구름이 미끄러져 갔다. 나는 전날 스머티노즈 섬에 왔을 때 마렌의 바위를 찍기 전에 시간을 너무 많이 허비해버린 것에 짜증났다. 나는 혼트베트의 집이 서 있던 자리로 걸어갔다. 공기가 으스스했다. 어쩌면 스웨터와 반바지가 젖어서 오한이 나는 걸지도 모른다. 리치가 빌리를 데려가지 말자고 말린 것이 얼마나 다행인지 모른다. 나는 집터에 서서 집의 경계를 표시한 것들을 살펴보았다. 여기에는 멋진 사진이 나올만한 게 없었다. 이 사진은 순전히 기록용이 될 것이다. 아니, 어쩌면 이 건물 토대만을 보고도 느껴지는 폐소공포감을 담을 수도 있겠다.

집을 위에서 내려다보면 놀라울 정도로 작아 보인다는 사실을 나는 잘 안다. 벽과 가구와 창문이 있으면 공간은 더 넓어 보인다. 하지만 그렇더라도 존 혼트베트의 집은 너무 작았다. 내가 토머스를 처음 만났을 때 토머스가 살고 있던 케임브리지의 방 하나짜리 스튜디오보다 그리 크지 않은 공간이었다. 그만한 공간에서 6명의 남자와 여자가 살았다는 건 상상하기 힘들다. 마렌과 존, 에번과 아넷, 거기에 매튜까지 함께 생활한데다가 심지어 일곱 달간은 루이스 와그너까지 얹혀살았다. 그렇게 작은 한

210

조각의 공간에 그 많은 열정과 격정이 숨 쉬었다.

　나는 혼트베트 집 두 개의 현관 중 하나로 보이는 흔적을 발견했다. 나는 그 문턱에 서서 애플도어 섬을 바라보았다. 아마도 5년 동안 이 섬에 살았던 마렌은 이 자리에 천 번은 넘게 서 있었을 것이다. 나는 카메라와 렌즈들을 각각의 주머니에서 꺼내고 노출계를 점검했다. 흑백필름을 사용해서 내 눈앞에 펼쳐진 풍경을 파노라마로 연속적으로 찍었다. 서쪽으로는 고스포크 항구가 보이고, 그 너머로 10마일 정도 만 안으로 더 들어가면 포츠머스가 있었다. 북쪽으로는 애플도어 섬이, 남쪽에는 스타 섬이 보였다. 내 뒤편 동쪽으로는 대서양이 펼쳐져 있었다. 나는 문턱에서 물러나서 이 건물 터의 한 가운데로 갔다. 이 오래된 집터는 이미 엉겅퀴와 세이지 풀에 자리를 내준 지 오래였다. 나는 무성한 풀 사이에서 땅이 드러난 부분을 발견하고 그곳에 앉았다. 머리 위 구름들은 마치 하늘을 덮었던 얇은 막이 씻겨 나간 것처럼 점점 더 번들거리기 시작했다. 축축한 스웨터가 등에 달라붙었다. 나는 추위에 몸을 떤다.

　나는 덤불 아래를 파서 흙을 만져 보았다. 그리고 흙을 한줌 손에 쥐고 손가락으로 문지른다. 내가 앉아 있는 이 자리에서 두 명의 여자가 죽었다. 한 사람은 젊었고, 다른 한 사람은 젊지 않았다. 한 사람은 아름다웠고, 다른 한 사람은 그렇지 않았다. 나는 마렌의 목소리를 들을 수 있을 것만 같다.

7.

1899년 9월 22일

　남편 존과 내가 스머티노즈 섬에 도착한 다음 날이었다. 존은 살림도 장만하고 어선도 좀 싸게 구입할 겸해서, 잉거브레트슨 씨와 함께 포츠머스로 향했다. 이곳 스머티노즈 섬에는 고등어, 대구, 도다리, 청어 등 온갖 해산물이 넘쳐난다. 이 섬에서 생계를 꾸려가려면 작은 어선과 낚시용품을 장만해둬야 할 것이다. 아마도 가진 돈을 다 써야 할 만큼 꽤 많은 돈이 들어갈지도 모른다. 하지만 돈을 쓰지 않는다면 소득은 없을 테고 생계조차 꾸려가기 막막할 것이다.

　존이 자리를 비운 동안, 나는 마땅히 할 일도 없고 해서, 누렇게 변해버린 신문지로 발라둔 벽지를 벗겨냈다. 나는 잠깐 동안만이라도 온기를 느껴보고 싶어서 난로에 돌돌 만 신문지를 넣어 태웠다. 사실 처음 이곳에 왔을 때 집안에는 온통 냉기뿐이었다. 그런데 존이 나무로 벽을 만들고, 보온을 위해 벽 뒤에 단열재로 염소 털을 넣어두어 그런지 한결 온화해졌다. 나는 불을 피운 뒤 창고로 가서 푸른 체크무늬 천으로 커튼으로 만들었다. 커튼을 만든 다음 먹을 것이 얼마나 남아 있는지 살펴보았다. 존이 돌아오면 시장해할 게 뻔했기 때문이다.

오늘은 종일 바빠서 노르웨이에 남겨 두고 온 사람들이나 고향집에 대한 그리움도 느낄 겨를이 없다. 결혼 후부터 나는 자주 울적해지곤 했다. 이런 기분을 풀어주는 데는 분주하게 움직이는 게 최고였다. 존과 나는 한 동안 집밖으로 한발 짝도 나가지 않았었다. 나는 몹시 아파 겨울 내내 아무 것도 할 수 없었다. 아무런 의욕도 없었다. 그러다 이 섬에 도착한 날부터는 눈코 뜰 새 없이 바빴다. 존은 포츠머스에 갔다 돌아와서 달라진 집을 보고 무척 기뻐했다. 노르웨이를 떠난 후 처음으로 남편의 얼굴에 미소가 떠오른 것이다. 존은 늘 내 건강을 염려하느라 한동안 미소를 잃고 있었다. 그 밝은 표정을 참으로 오랜만에 볼 수 있었다.

섬 생활은 여러 가지 면에서 참 단순했다. 존과 나는 아침 일찍 일어나는 편이었다. 나는 눈을 뜨자마자 곧바로 꺼져버린 난로 불을 살려야만 한다. 존은 전날 밤에 물고기를 잡으려고 바다 밑에 저인망 그물을 쳐두었다. 존은 그물을 걷으러 가려고 부엌에 걸어둔 작업복을 입고 아침을 먹는다. 나는 존에게 수프 한 그릇과 커피 한 잔을 챙겨준다. 우리는 딱히 할 말이 없을 때는 이렇게 별다른 대화를 나누지 않았다. 섬 생활을 하면서부터 우리는 서로 마주보고 대화하는 일이 거의 없었다. 왜냐하면 신경이 쓰이는 질문을 하거나 상처를 주고 싶지 않기 때문이었다. 게다가 다른 사람들의 애정 문제에 대해서는 더욱 언급하지 않는 게 좋다고 생각했기 때문이다.

존은 식사를 마치고 나면 바닷가로 가서 배를 타고 일을 나간다.

나는 날씨가 좋을 때면 빨래를 해서 볕이 잘 드는 바위 위에 널었다. 빨래를 마치고나면 부엌으로 가서 점심을 준비한다. 존이 잡아온 생선을 손질해서 말리는 일도 했다. 남편이 포츠머스에 가서 옷감을 사오면 그걸로 옷을 만들기도 했다. 물레로 실을 만들어 니트를 짜기도 했다. 날씨가 좋은 날, 할 일이 없을 때는 강아지와 산책을 나가곤 했다. 섬 생활을 하면서 울적해하는 나를 위해 남편이 사다준 강아지였다. 강아지에게는 린지라는 멋진 이름을 지어주었다. 린지는 내가 물가에 막대기를 던지면 다시 물어오곤 했다. 이렇게 우리는 섬 주변을 거닐었다. 얼마 뒤에는 존이 닭장을 만들고는 포츠머스에서 암탉 네 마리를 사다주었다. 네 마리 모두 알을 잘 낳아서 나는 항상 신선한 달걀을 얻을 수 있었다.

존은 일을 마치고 집으로 돌아와 싱크대 앞에서 샤워를 했다. 나는 그의 작업복을 치우고 갈아입을 속옷을 준비해두었다. 그리고 간단한 식사를 준비했다. 남편은 옷을 갈아입고 밥을 먹었다. 식사를 마친 후에 우리는 난로 옆에 앉아 가끔 파이프 담배를 피우곤 했다. 흡연은 지친 일상에서 유일한 위안거리였다. 옆에서 바라본 남편의 얼굴은 지쳐 있었고 주름살은 깊어갔다.

가끔 내가 난로 옆에 앉아 있으면 남편이 다가와 내 무릎 위에 손을 올리고 어루만졌다. 이것은 부부관계를 하자는 신호였다. 추위에 아랑곳하지 않고 그는 입고 있던 옷을 모두 벗었다. 침대 옆 탁자 위에 촛불을 켜두었기 때문에 나는 남편의 벗은 몸을 볼 수 있었다. 사실 나는 어두컴컴한 곳에서 부부관계를 갖는 게 편했지만 존은 아니었다. 나는 부부관계를 할 때도 옷을 다 벗지 않았다. 적어도 잠옷은 걸쳤다. 너무 추울 때는 옷을 모두 챙겨 입고 잤다. 목욕할 때와 같은 경우를 제외하면 남편은 내 알몸을 거의 본 적이 없을 것이다. 시간이 지나면서 남편과 신체적으로 접촉하는 불쾌감은 사라졌고 밤마다 일어나는 이 관계를 잘 참아냈다. 그러나 이 행위는 내게 어떤 기쁨도 주지 못했다. 내가 아이를 가질 수 없다는 사실을 확인시켜주는 것만 같았다.

스머티노즈 섬의 생활은 평범한 일상의 반복이었다. 그 섬에서 보내는 겨울이 지독히 추웠다는 사실을 빼면 말이다. 겨울 얘기를 빼놓고는 이 섬에 대해 제대로 설명할 말이 없다. 섬의 혹독한 추위 때문에 나는 제대로 글을 쓸 수도 없었다. 사실 글로써 한겨울의 절망을 모두 표현해낼 수 있을지는 모르겠다. 끝을 모르는 추위와 폭풍우로 섬은 늘 축축했고 음침했다. 배가 전복되거나 뭍까지 파도가 올라오기도 했다. 바다와 육지를 가릴 것 없이 많은 이들이 죽었다. 살아남은 사람들마저도 절망과 좌절 속에 오랫동안 갇혀 있었다. 제정신인 것만으로도 놀라운 일이었다. 그 당시 사람들은 그저 지푸라기라도 잡는 심정으로 버텨내고 있었다. 버티는 것만도 대단해 보일 정도였다. 그들은 바람에 지붕이 날아가지 않은 것만 해도 다행이라고 여기며 살아왔을 것이다. 존도 바다로 나가지 못했다. 어떤 이는 스머티노즈 섬으로 들어올 수 없었을 만큼 날씨가 안 좋았던 날도 있었다. 혹시 비바람이 들어올까 우리는 문 앞으로 침대를 옮겨놓고 문이란 문은 모두 닫았다. 그리고 난로 옆에 웅크리고 꼼짝도 하지 않았다. 우리 둘 사이에는 어떤 대화도 없었다. 바람 소리만이 멈출 줄 모르고 들려왔다. 집안은 난로연기와 담배연기로 가득해 나는 항상 두통에 시달려야만 했다.

섬에 사는 사람들에게 고립감이란 늘 함께하는 것이었다. 하지만 스머티노즈 섬에서의 고립감은 견딜 수 없을 만큼 지독했다. 북대서양의 독특한 지리적 특성 때문에 나는 감금된 느낌마저 들었다. 사실 우리에게 중요한 것은 날씨가 아니라 하루하루를 살아내는 것이었다. 파도는 거세지만 하늘은 맑은 날이 있었고, 파도는 잔잔해도 흐린 날이 있었다. 한치 앞도 볼 수 없이 짙은 안개와 엄청난 폭풍우로 집 전체가 바다로 떠밀려갈 뻔한 적도 있었다. 지독한 비바람소리가 집주변에서 회오리치듯 들려왔다. 우리는 신과 자연이 우리에게 어떤 고난을 줄지 늘 걱정했다. 하늘이 맑아지고 따뜻한 햇살이 드는 날이면 신께 한없이 감사할 정도였다.

존은 계절마다 일주일씩은 바다로 나가 일을 해야 했다. 겨울동안에는 집안에만 있어서 우리는 친구는커녕 왕래를 하며 지내는 이웃도 거의 없었다. 하지만 잉거브레트슨 씨는 우리 부부를 무척 친근하게 대해주었다. 그의 가족들과 함께 노르웨이 제헌절인 5월 17일과 성탄절 이브를 기념하기도 했다. 함께 모인 날에는 주로 노르웨이 전통 음식을 해먹었다. 얇고 바삭바삭한 노르웨이 전통쿠키를 만들기도 하고, 소금에 절여 건조시킨 대구를 열흘가량 잿물에 담가두었다가 찬물로 우려낸 루테피스크(Lutefisk)를 함께 즐기곤 했다. 다만 잉거브레트슨 씨 가족이 애플도어 섬에 살았기 때문에 그들이 떠나면 다시 외로운 생활이 시작되었다.

그러나 지금 이 시점에서 스머티노즈 섬에서의 생활이 아주 우울하지만은 않았다는 사실을 독자들에게 말해주고 싶다. 한겨울, 어둠속에 벌거벗은 나무도 멋질 때가 있듯이 스머티노즈 섬에도 독특한 매력이 있었다. 특히 요즘같이 날씨가 좋을 때는 화강암이 은빛으로 반짝반짝 빛이 났다. 바다 속은 커다랗고 맑은 수족관 같았다. 또 정신이 사나울 때면 바위에 앉아 포츠머스에서 빌려온 책을 읽기도 했다. 린지와 산책을 하기도 했다. 돌 틈에 피어난 야생화를 꺾어 식탁을 꾸미는 일도 이 섬에서 누리는 기쁨 중 하나였다.

나는 스머티노즈 섬에서 5년이나 살았지만 포츠머스에 간 적은 고작 네 번뿐이었다. 영어로 의사소통을 하는 데 무척 애를 먹었기 때문이다. 영어로 묻고 대답하는 일은 내게 고역이었다. 사람들은 이렇게 언어능력이 부족한 나를 모자란 사람으로 보거나 제대로 교육받지 못했다고 생각하는 것 같았다. 이런 상황이 정말 짜증스러웠다. 노르웨이어는 모국어라서 어떤 상황에서도 유창하게 말할 자신이 있었지만 영어로 내가 원하는 것을 말하려고 할 때는 버벅거려 바보가 된 느낌이었다.

이쯤에서 나는 노르웨이 발음을 모르는 미국인들이 많았다는 말을 하고 싶다. 유독 노르웨이 사람들의 이름이 미국인들에게는 어색하게 들리는 모양이었다. 그래서 이민자들 대부분이 미국식 이름으로 바꾸곤 했다. 존도 예외는 아니었다. 그의 성을 미국인들이 발음하기 수월하게 바꾸었다. 나도 '마렌(Maren)'이라는 이름 대신 '메리(Mary)' 혼트베트라는 이름을 썼다. 나는 그 '메리'라는 이름으로 고스포트(Gosport)에 있는 교회에도 다녔다.

언어장벽을 빼면 포츠머스는 참 재미있는 곳이라고 생각했다. 특별한 것이라고는 전혀 없는 스머티노즈 섬에서 벗어나 모든 게 바삐 돌아가는 포츠머스를 보면 마음이 설레기도 했다. 특히나 포츠머스 여자들의 옷차림과 보닛(챙이 넓은 모자)은 인상 깊었다. 우리는 먹을 것과 필요한 약도 좀 사며 포츠머스 거리를 돌아다녔다. 포츠머스에는 진귀한 구경거리가 많았다. 그 당시 포츠머스의 주된 산업은 조선업이어서 도시 뒤편에서는 항상 뚝딱거리는 망치 소리로 가득했다. 게다가 항구에는 각국에서 온 배들로 가득했기 때문에 상인들도 참 많았다. 포츠머스를 둘러보는 동안 우리는 존슨 씨 집에 머물며 밤새도록 대화를 나누었다. 존슨 씨 가족은 우리보다 먼저 이민 온 노르웨이 사람들이었다. 고향사람들이라 그런지 그들과 나누는 대화는 언제나 즐거웠고 유쾌했다. 이따금씩 노르웨이 소식을 접하는 것은 특히나 기뻤다. 주로 포츠머스에 사는 노르웨이 이민자들이 고향에서 온 편지를 받았다. 우리는 모두 탁자에 빙 둘러 앉아 큰소리로 편지를 읽었다. 라르비크에 관한 내용도 담겨 있었다. 그런 날이면 우리는 오랫동안 라르비크에 대해 이야기꽃을 피웠다.

얼마 뒤 나는 언니인 캐런에게 편지 한 통을 받았다. 편지에는 노환으로 돌아가신 아버지 소식이 담겨 있었다. 언제나 그렇듯 캐런의 불평불만도 더해져 있었다. 내가 궁금해했던 오빠 에번에 대한 소식은 별로 없었다. 스머티노즈 섬에서 지낸 2년 동안 에번에게는 편지 한 통 없었다. 그리고 1871년 3월, 캐런에게서 네 번째 편지가 왔다. 언니가 5월에 미국으로 오겠다는 내용이었다.

그 말에 존과 나는 깜짝 놀랐다. 캐런이 왜 갑자기 노르웨이를 떠나 미국으로 오겠다는 건지 확실히 언급하지 않아서, 도무지 감을 잡을 수 없었다. 단지 아버지도 돌아가셨으니 더 이상 집에 남아 있을 이유가 없다는 말 뿐이었다.

존과 나는 캐런을 맞이할 준비를 서둘렀다. 존은 포츠머스에서 침대를 사와 위층 침실에 옮겨두었다. 나는 방 창문에 커튼을 만들어 달았다. 별무늬를 수놓은 이불도 만들었고, 먹을 것도 준비해두었다. 시간이 촉박하여 손가락 감각이 무뎌질 정도로 이불을 만드는 일에만 계속 매달려 있어 힘이 들기도 했지만 완성된 이불을 보니 만족스러웠다. 방안에 전에 없던 생기가 감돌았다. 존은 캐런을 마중하기 위해 하루 일찍 포츠머스로 떠났다. 존이 캐런을 배에 태우고 오던 5월 4일, 나는 그날 아침을 생생히 기억하고 있다. 내 눈 앞에 언니가 존의 어선을 타고 오는 모습이 보였다. 구름 한 점 없이 맑은 날씨였지만 지독히도 추웠다. 솔직히 한편으로 나는 언니가 오는 게 좀 부담스럽기도 했다. 독자들이 의아해하겠지만 존과 내가 함께해온 3년간의 습관을 바꾸고 싶지 않았을 뿐더러 제3자의 존재를 인정하기가 싫었다. 가족이긴 하지만, 언니인 캐런에 대한 내 감정은 항상 애증이 엇갈렸다.

　캐런의 모습이 점차 가까워지자 나는 언니의 얼굴을 하나씩
살펴보았다. 캐런이 서른일곱 살인 걸 알고는 있었지만, 겉으로
보기엔 그보다 더 들어보였다. 얼굴에는 살이 없었고 머리숱도
별로 없었다. 캐런의 얇은 입술은 굳게 닫혀 있었다. 그녀는 장
식 없이 밋밋한 검은 원피스 차림이었다. 캐런이 배에서 내려 치
마를 살짝 올렸다. 그녀는 그녀가 가장 좋아하던 구두를 신고 있
었다.

　이쯤에서 내 외모에 대해서도 언급을 해야 할 것 같다. 섬에서
는 내가 좋아하고, 아끼는 옷을 입을 수 없었다. 실크와 면소재
의 옷은 매서운 바닷바람을 막아주기엔 역부족이었다. 그래서
나는 늘 여러 겹을 껴입었다. 그 위엔 내가 직접 짠 숄을 번갈아
걸치고 다녔다. 겨울부터 봄까지 나는 열병에 걸리지 않기 위해
양모로 만든 모자를 썼다. 열병으로 죽는 섬사람들이 많았다. 나
는 바람이 심한 날이면 양모목도리까지 둘렀다. 예전에는 날씬
한 몸을 유지했지만 섬으로 온 뒤로는 살이 찌고 있었다. 이런
내 변화에 남편은 아주 흡족해했다. 모자를 쓰지 않는 날이면 나
는 머리를 땋아 어깨 앞쪽으로 내리는 머리스타일을 즐겨했다.
살이 찌는 것보다 더욱 스트레스를 받는 부분은 바로 내 얼굴이
었다. 섬에 내리쬐는 뜨거운 태양과 겨우내 매서운 날씨 때문에
나는 처녀시절 생기어린 혈색을 잃어가고 있었다. 그때 내 나이

는 고작 스물다섯 살이었는데 말이다.

캐런은 가슴께를 가리며 배에서 내렸다. 그녀는 기운 없는 얼굴로 우리 집을 쳐다보았다. 나는 언니에게 다가가 볼에 가볍게 키스하며 환영했다. 하지만 그녀는 우두커니 서 있을 뿐이었다. 언니의 볼은 메말랐고 차가웠다. 나의 환영에도 언니의 반응은 싸늘했다. 마치 마지못해 이런 곳까지 친히 행차해주셨다는 표정이었다. 언니는 힘없이 손을 내저으며 커피와 빵을 준비해달라고 했다. 배 멀미를 심하게 해서 그런지 그녀는 쉽게 안정을 찾지 못했다.

나는 캐런과 같이 집으로 들어갔다. 존은 캐런의 짐 가방과 마호가니 색 바느질함을 옮겼다. 바느질함은 어머니의 유품이었다. 캐런은 곧장 식탁에 앉아 보닛을 풀고는 깊은 한숨을 쉬었다. 가까이서 보니 캐런의 머리가 하얗게 새어 있었다. 아버지의 죽음에 대한 충격 때문일 것이다. 사랑하는 사람을 떠나보내는 일은 언제나 힘들고 슬프다.

나는 미리 준비해둔 커피와 빵을 내놓았다. 그러나 캐런은 식사를 하기 전에 방을 살피며 말했다.

"마렌, 네가 보낸 편지를 이해할 수 없었어. 너희 부부가 이렇게 험한 곳에서 지낼 줄은 몰랐다." 실망스러운 목소리였다.

"우리는 여기서 최선을 다하고 있어. 존은 벽을 튼튼하게 해서 최대한 따뜻한 방을 만들려고 애썼어." 내가 대답했다.

"마렌, 그래도 그렇지…" 캐런이 언성을 높였다. "어떻게 제대로 된 가구 하나, 벽지도 없이… 벽에 그림도 하나 안 걸려 있구나."

"배가 작아서 그런 물건을 가져올 수 없었어." 내가 말을 이었다. "사치 부릴만한 여유는 더더욱 없었고."

캐런이 나를 흘겨보았다. "아주 급하게 커튼을 만들었구나." 캐런은 집안을 이리저리 살펴보았다.

"알만하다, 미국에 와서도 네 못된 버릇은 여전하구나. 공을 들여 하지 않으면 아예 안한 것만 못하다고 항상 네게 말했지. 사랑하는 내 동생 마렌… 커튼 모양도 제대로 잡히질 않았잖니."

나는 잠자코 있었다. 오자마자 언니와 다투고 싶진 않았다.

"걸레도 안 빨았구나. 그건 그렇고 이 요상한 음식은 대체 뭐니? 이런 걸 먹으라고 내놓은 거니?" 캐런은 포크로 음식을 찍어 올리더니 다시 내려놓고는 계속 쳐다보았다.

"간을 해둬서 그래. 대구로 만든 거야."

"대구라고?" 캐런이 좀 놀란 듯 말했다. "그런데 색깔이 왜 이래! 마호가니 색인데."

"그래, 맞아" 내가 말했다. "여기 섬사람들은 내다팔려고 기발한 방법으로 생선을 보관하고 건조시켜. 간을 해서 보관하고 있어."

"나는 도저히 못 먹겠다." 접시를 밀어내며 캐런이 말했다.

"배고픈데 빵에 발라먹을 꿀은 좀 있니? 꿀이라도 있으면 빵이라도 좀 먹어야겠다."

"꿀은 없어." 내가 대답했다.

"그런데도 그렇게 살이 쪘니?" 캐런이 찬찬히 나를 보며 말했다.

나는 캐런의 말에 마음이 상해서 입을 다물고 있었다. 캐런이 한숨을 쉬더니 커피 잔을 쥐었다. 커피를 홀짝이는 순간 캐런이 아픈 듯 얼굴을 찡그리며 턱에 손을 얹었다.

"왜 그래?" 내가 물었다.

"치통이 있어서." 캐런이 대답했다. "치아에 구멍이 생겨서 몇 년 동안 고생하고 있어. 제대로 된 치과치료 한번 못 받아서…"

"우리랑 포츠머스에 같이 가자." 내가 말했다.

"치과에 갈 돈은 있니?" 캐런이 날카롭게 물었다. "벽지 한 장 살 돈도 없다면서? 집에 있을 땐 에번이 돈을 좀 줬는데 라르비크 주변엔 유명한 치과가 없어서 어쩔 수 없었어."

"오빠는 어떻게 지내?"

나는 잔에 담긴 커피를 마시며 물었다.

캐런은 고개를 들고 내 눈을 똑바로 쳐다보았다. 나는 얼굴을 붉혔고, 이렇게 약해빠진 나를 원망했다.

"에번한테 편지 못 받았어?" 캐런이 다정히 물었다.

"딱 한 통 왔어." 내가 말했다. 이마에 열이 나더니 이내 땀이 맺혔다. 나는 난로 옆으로 갔다.

"달랑 한 통? 뜻밖인데. 에번이 네게 특별한 애정을 쏟은 줄
알았는데."

"오빠가 너무 바빠서 편지를 못 썼나봐." 내가 재빨리 대답했
다. 이제 이 얘기는 그만하고 싶었다.

"그렇게 바쁜 것 같지는 않던데." 캐런이 말했다.

캐런은 입을 벌려 어금니를 문질렀다. 캐런의 치아가 많이 썩
은 게 보였다. (독자들의 비위를 상하게 하고 싶지 않지만 사실이었다.)
뿐만 아니라 치아에 생긴 구멍에서 악취가 났다. 가장 자극적인
대화를 나누며 캐런이 말을 이어갔다.

"에번과 함께 작년 부활절에 기차타고 크리스티아니아로 간
거 알지? 정말 재밌었어. 에번이 극장도 데려가고 근사한 저녁
도 사줬어."

"오빠가?"

"에번이 크게 성공해서 돈을 좀 모았거든. 그리고 거기서 젊고
어여쁜 여자를 만나겠지. 이제 에번도 정착해야지. 그렇지, 마
렌?"

나는 난로 위에 올려둔 수프를 저으면서 진정하려고 애를 썼
다. "혹시 미국으로 오지는 않을까?" 나는 되도록 자연스럽게
물었다.

"바보 같은 생각 하지 마. 성공한 사람이 고향을 떠날 일이 있

겠니? 그런 일은 없을 거야, 마렌. 나도 에번을 떠나 미국으로 오는 건 힘든 결정이었어."

"그런데 갑자기 왜 온 거야?" 나는 순간 짜증이 나 날카롭게 물었다.

"그 얘긴 나중에 하자."

캐런은 고개를 돌려 집을 살폈다. "창문 청소 좀 제대로 해."

"물보라 때문에 그래. 언니가 왜 여기로 왔는지 알고 싶어." 내가 말했다.

"물론, 이유가 어찌됐건 언니를 정말 환영해. 그렇지만 우리 부부가 알 권리가 있다고 생각해. 다른 큰 일 때문은 아니길 바라."

"그런 건 절대 아니야."

캐런은 일어나서 창가 쪽으로 왔다. 캐런은 팔짱을 끼고 잠시 북서쪽 풍경을 바라보았다. 나는 언니의 이야기를 기다렸다. 캐런의 말에 따르면 라르비크에서 남자를 만났다고 했다. 그는 54살 먹은 홀아비였는데 7개월 동안 캐런에게 구애를 했고 둘 다 나이가 있어서 빠른 시일 내 약혼을 하자고 약속했다. 그러던 어느 날 갑자기 둘 사이에 말도 안 되는 다툼으로 관계가 틀어졌고 더 이상 결혼에 대한 이야기는 오가지 않았다. 그의 사랑이 너무 가벼워 캐런은 수치심을 느꼈다. 무성한 소문 때문에 더는 동네를 돌아다닐 수도 없었다. 교회조차 갈 수 없었다. 그래서 우리 부부가 있는 미국으로 떠나야겠다고 생각한 것이었다.

　나는 언니의 사연에 가슴이 뭉클했다. 캐런이 그 남자를 피하기 위해 최선을 다했다고 생각할 수밖에 없었다. 캐런이 퇴짜를 맞고 우리 집으로 온 걸 알게 됐지만 어쩐지 고소한 기분도 들지 않았다. 다만 어떤 손님이라도 환영해주는 것이 옳다고 생각했다. 특히 언니인 캐런이 마음 편히 지내도록 노력했다. 나는 캐런을 위층 침실로 안내했다. 캐런은 방이 우중충하다고 말했다. 게다가 내가 수놓은 이불에는 눈길조차 주지 않았다. 나는 캐런이 배를 타고 먼 길을 오느라 아직 모든 것이 귀찮고 피곤한 상태라서 그런 것일 거라고 생각하며 그녀를 이해하기로 했다.

　"그런데 왜 싸운 거야?" 캐런이 침대에 자리를 잡고 앉자 내가 물었다.

　"날이 갈수록 뚱뚱해져서 내가 그에게 그렇게 말했어."

　"그랬구나." 내가 답했다. 나는 캐런의 말에 웃음이 나왔지만 혹시 들킬지 몰라 고개를 돌렸다.

　"그런 일이 있었다니 정말 유감이야. 언니는 이제 여기서 새 출발하면 돼. 슬픔을 이겨내리라 믿어." 나는 그녀에게 위로의 말을 건넸다.

　"내가 이런 섬에 오리라고는 생각도 못했는데 말이야."

　"난 언니가 올 거라고 생각했는데."

　"넌 너무도 긍정적이구나."

캐런은 손을 휘 내저었다. 그만 침실에서 나가달라는 말이었다.

존이 바다로 나가는 날이면 캐런은 내 말동무가 되어주었다. 비록 다정한 자매들의 관계처럼은 아니었지만 말이다. 캐런은 점점 기운을 잃었고, 따분하고 재미없는 사람이 되어갔다. 내가 집안일을 하는 동안 캐런은 물레에 앉아 구슬프게 노래했다. 오빠 소식이 무척 궁금했지만 그것을 물으면 캐런이 신경을 곤두세워 더는 묻지 않았다. 나는 에번의 소식을 귀동냥이라도 하려고 몇 시간동안 언니 옆에 앉아 있을 때도 있었다. 하지만 언니는 극도로 말을 아꼈다. 나는 캐런이 일부러 에번의 소식을 전해주지 않는다고 생각했다. 가끔 자기만 에번의 소식을 안다는 것에 은근히 우쭐해하는 것처럼 보이기도 했다. 어느 날 밤, 더 이상은 참을 수 없었던 나는 결국 에번이 우리 부부와 미국에서 함께 지낼 거라고, 마음속에 있는 말을 캐런에게 뱉어버렸다. 내 말에 캐런은 한참을 웃더니 나와 떨어져 지낸 지난 3년 동안 에번은 내 이름은 언급조차 하지 않았다고 말했다. 오빠는 정말 내 생각은 하지 않는 걸까. 나는 언니의 말에 너무도 화가 났다. 캐런은 내 약점을 잘 알고 있었다. 나는 방으로 들어가 하루 종일 나오지 않았다. 결국 존이 나를 달래 부엌으로 나오게 했다. 존은 집안에서 분란이 일어나는 것은 참을 수 없다고 했다. 캐런과 나는 하는 수 없이 사과를 했다. 사실 나는 이런 상황이 너무 황당했다. 이 일을 모두 잊고 싶었다.

예전에는 캐런과 이렇게 자주 다투지는 않았다. 결국 언니는 한 달도 채 되기 전에 스머티노즈 섬을 떠났다. 존은 캐런을 직접 애플도어 섬으로 데려다 주었다. 그곳에서 캐런은 간단한 면접을 보고 엘리자 레이튼의 가정부로 취직했다. 여름에는 레이튼가문의 호텔 내 작은 다락방에서 지내며 일했고, 겨울에는 엘리자의 가정부로 일했다. 이듬해 2년간 우리 부부는 일요일마다 정기적으로 캐런을 보러갔다. 존은 생선을 잡다가 캐런이 쉬는 오후에 가져다주었다. 가끔 우리와 함께 식사를 하기도 했다. 가정부라는 직업은 캐런의 타고난 성격을 바꿔놓은 것 같았다. 몇 달 후부터 캐런은 점점 우울해져 갔다. 캐런이 어떻게 그곳에서 오래 버티고 있는지 놀라울 정도였다.

캐런은 떠났지만 존과 나는 외롭지 않았다. 캐런이 떠나고 얼마 지나지 않아 존의 동생인 매튜가 집으로 왔다. 매튜는 성격이 차분했다. 까다로운 스타일도 아니었다. 매튜는 북동쪽에 있는 작은 방에서 생활했다. 존을 도와 뱃일도 아주 잘 했다. 그리고 1872년 4월 12일, 존은 우리 집에서 하숙할 남자를 한 명 데리고 왔다. 새 배를 사려면 돈이 좀 더 필요했기 때문에 그를 받아들였다. 그 남자의 이름은 루이스 와그너였다.

돌이켜 생각해보면, 나는 루이스 와그너의 푸른빛으로 번뜩이는 눈동자에 끌렸던 것 같다. 그의 눈빛은 매우 총명해 보였다.

그냥 무시해버리기 힘든 눈빛이었다. 조금은 불편했는데도 나는 그에게서 눈을 뗄 수 없었다. 그는 프러시아에서 온 이민자였다. 그에게는 프러시아인 특유의 오만함이 깃들어 있었다. 그리고 그는 체격이 좋은 편이었다. 굵은 머리카락은 풍파에 바랜 듯 옅은 빛을 띠어 금발인지 갈색머리인지 정확히 구분하기 어려웠다. 하지만 선명한 구릿빛의 턱수염은 단연 눈에 띄었다. 피부색은 바닷사람이라곤 믿기 힘들 정도로 희었다. 영어 실력은 형편없었지만 와그너의 미소는 중독성이 있었다. 치열도 상당히 좋은 편이었다. 말하는 걸 가만히 들어보면 유머감각도 뛰어난 사람이었다. 그리고 가끔 매튜와 존 사이의 서먹함을 완화시켜주는 능력이 있었다.

루이스는 매튜와 함께 북동쪽에 있는 쪽방에 묵었다. 처음에 루이스가 존의 조수 일을 할 때, 나는 그를 거의 보지 못했다. 루이스는 눈 깜짝 할 사이에 밥을 먹었고, 체력을 보충하려는지 바로 잠자리에 들었기 때문이었다. 그러나 얼마 지나지 않아 와그너는 만성적 관절염이 도졌다. 그 정도가 심해 거의 반불구가 될 정도였다. 어쩔 수 없이 가만히 침대에 누워 있어야만 했다. 루이스의 상태는 나보다 심했다.

내가 누군가를 간호한다는 것은 상상도 해본 적 없는 일이었다. 그래서 처음에는 너무 서툴고 불편했다. 루이스는 침대에서 일어나는 것조차 고통스러워서 하는 수 없이 직접 식사를 가져다주었다. 식사 후 뒷정리도 해야 했고 방청소도 해주어야 했다.

루이스는 몇 주 동안이나 몸져누워 있었다. 그러던 어느 날 아침, 나는 문밖에서 들려오는 노크소리에 깜짝 놀랐다. 문을 열자 루이스가 흐트러진 모습으로 현관 앞에 서 있었다. 셔츠는 바지 밖으로 삐져나와 지저분해 보였지만 그가 똑바로 서 있는 모습을 보는 것만으로도 기뻤다. 나는 그에게 좀 들어와 앉으라고 말했다.

와그너는 한숨을 크게 쉬더니 절름거리며 의자에 앉았다. 아프지 않았을 때는 장난치듯이 돛을 올리곤 했다. 하지만 그때 그는 탁자에 자기 팔 하나 올리기 힘들어 보였다. 살이 많이 빠졌고 머리는 부스스했다. 깨끗이 씻어야 될 것 같았다. 내가 커피를 내오자 그는 환하게 미소를 지어보였다.

"정말 친절하시네요." 커피를 마시며 그가 영어로 말했다.

"별말씀을요." 우리는 서로의 언어를 몰랐기 때문에 대화를 하기 위해서는 영어로 말해야 했다.

"우리 부부는 와그너 씨가 얼른 쾌차하시기를 바라고 있어요."

"다시 일을 하려면 꼭 그래야죠. 제가 짐만 되고 있네요."

"그런 말씀 마세요." 그가 미안해하지 않도록 나는 얼른 대답했다.

그러나 그는 고개를 흔들었다.

"여기 와서 남에게 부담만 주고 있어요. 운도 지지리 없고 쓸

모없는 인간이죠. 사람들한테 빚만 지고 일자리도 잃게 생겼으니 말이에요."

"우리 남편과 같이 일하면 돼요." 내가 강조했다.

"그렇지만 지금은 일도 못하고 이 모양 이 꼴이네요. 집세도 제대로 못 내구요."

"그런 건 신경 쓰지 마세요. 지금은 얼른 나을 생각만 하세요."

"나을 수 있겠죠?" 그가 화색을 띠며 말을 이었다. "제 병을 고쳐주실 수 있죠, 혼트베트 씨?"

"노력해봐야죠." 나는 좀 당황스러웠다. "시장하시죠? 식사 좀 챙겨드릴게요."

"네, 혼트베트 씨. 직접 먹여주세요."

내가 그 말을 듣고 뒤를 돌아보자 그가 웃고 있었다. 순간 나는 그가 나를 놀리려 했다고 생각했지만 금방 잊고 수프를 저어 그릇에 담았다. 생선을 넣은 수프였는데 아주 맛있는 냄새가 났다. 미리 구워둔 크래커도 준비했다.

루이스는 거북한 소리를 내며 수프를 먹었다. 나는 그가 매너 없는 사람이라고 생각했다. 수프를 먹을 때 보니 그의 구릿빛 턱수염은 정리를 안 한 지 오래된 듯 지저분해 보였다. 나는 부지런히 루이스의 빨래를 했다. 병상에 오래 누워 있어 셔츠의 목 부분이며 팔 부분 할 것 없이 더러웠다. 그러나 새 셔츠를 만들어주려니 적당한 옷감이 없었다.

"요리솜씨가 정말 끝내주시네요," 수프를 먹으며 루이스가 말했다.

"감사해요. 생선수프는 아무나 만들 수 있는 걸요."

"저는 요리에는 소질이 없어요." 숟가락을 내려놓으며 루이스가 말했다. "섬 생활이 외롭지 않나요?"

그런 사적인 질문은 받아본 일이 거의 없어서 얼굴이 붉어졌다.

"린지가 있어서 괜찮아요." 내가 말했다.

"강아지 말이군요. 충분한가요?" 나를 바라보며 그가 말했다.

"음, 남편도 있으니까요…."

"존은 하루 종일 밖에만 있잖아요."

"저는 일도 해야 돼요. 여기선 항상 할 일이 산더미죠. 당신도 봐서 알잖아요."

"너무 일만 하는 건 지루하죠." 그는 환하게 미소 지으며 손으로 머리를 빗어 넘겼다. 머리는 오랫동안 자르지 않아 덥수룩했고 기름졌다.

"혹시 파이프 담배 있나요?" 그가 물었다.

나는 그의 갑작스러운 요구에 당황했다. 존이 와그너와 담배 파이프를 공유하는 것을 좋아할지 싫어할지 잘 몰랐다. 그러나 나는 루이스 와그너의 요청을 거절할 수 없었다.

"남편은 저녁 때 가끔 담배를 펴요." 내가 말했다.

루이스는 내 쪽으로 고개를 기울였다. "그렇지만 낮에는 안 들어오잖아요. 그렇죠?"

"담배파이프가 있어요." 나는 머뭇거리며 말했다.

루이스는 그저 미소를 지으며 기다리고 있었다.

내가 파이프를 꺼내기 위해 상자가 있는 쪽으로 가는 동안 그의 예리한 시선이 계속 나를 좇았다. 내가 파이프를 꺼내 루이스에게 건네자 루이스는 파이프 안에 담배를 채웠다. 날씨는 청명했고 바다는 고요했다. 창문에 붙어 있는 소금가루에 햇빛이 비추어 얼음결정처럼 보였다.

나는 남편이 없을 때나 이른 아침에는 담배를 잘 피우지 않았지만 담배를 피우는 루이스를 보고 있으니 나도 피우고 싶은 마음이 생겼다. 잠시 후에 나는 파이프를 꺼내 루이스처럼 담배를 채워 넣었다. 좀 긴장한 감이 있었는데 담배 한 모금을 마시니 마음이 진정되었다. 너무나 황홀했다.

루이스는 담배를 피우는 내 모습에 꽤나 놀란 듯 했다.

"우리나라에선 여자들은 담배를 안 피워요." 그가 말했다.

"결혼 후에 남편이 담배를 가르쳐주었죠." 내가 말했다.

"남편이 다른 건 안 가르쳐주던가요?" 그가 웃으며 답을 재촉했다.

나는 그 질문에 대답하기 싫었다. 그런데 루이스는 머뭇거리는 내 모습을 보고 나를 놀리기로 작정한 것 같았다.

"당신은 결혼하기엔 너무 어려 보이네요."

"결혼한 여자들을 별로 못 보셨나 봐요." 내가 말했다.

"맘에 드는 여자를 만나서 저도 결혼하고 싶은데 아직 능력이 없네요."

그 말이 무엇을 뜻하는지 알 것 같았다. 나는 얼굴이 빨개져서 고개를 돌렸다.

"존 혼트베트 씨는 정말 행운아인가 봐요. 이토록 아름다운 와이프를 데리고 살다니 말이에요." 그는 끈질기게 찜찜한 대화를 이어갔다,

"참 이상한 사람이군요. 그런 말이라면 더는 듣기 싫어요." 내가 말했다.

"사실을 말한 것뿐이에요. 11년 동안 여기서 수많은 여자들을 봤지만 당신만큼 아름다운 여인은 없었어요."

그 말을 듣고 기분이 좋았던 것은 사실이다. 루이스 와그너가 나를 어떻게 한번 해보겠다는 심산이었다는 걸 나도 알고 있었다. 그래선 안 되는 일이지만 말이다. 나 역시 정확히 선을 긋고 불쾌함을 표현해야 했지만 그를 쉽게 내칠 수 없었다. 결국 그 사람은 위험한 사람이 아니라고 스스로 주문을 걸었다. 정말로 난 살면서 한 번도 남자에게 예쁘다는 말을 들어보지 못했다. 남편도 내게 그런 말은 해준 적이 없었다. 낯선 남자의 관심이 위험해질 줄은 그땐 몰랐다.

"콘펙케이크를 만들었는데 좀 드셔보시겠어요?" 화제를 돌리고자 내가 말했다.

"그게 뭔데요?" 그가 물었다.

"노르웨이 전통 간식이에요. 좋아하실 것 같아서요."

나는 와그너에게 케이크 한 조각을 주었다. 루이스는 담배를 끄고 파이프를 탁자 위에 올려놨다. 그리고 케이크를 먹기 시작했다. 그의 표정을 보니 케이크가 입에 맞는 모양이었다. 그는 천천히 음미하며 케이크를 먹었다. 루이스는 소매로 입에 묻은 초콜릿을 닦아냈다.

"담배와 케이크로 나를 유혹하는 건가요?" 서툰 노르웨이어로 그가 웃으며 말했다.

나는 그의 말에 깜짝 놀라 일어났다. "이제 그만 가주세요." 내가 재촉했다.

"혼트베트 씨, 부디 저를 내쫓지 마세요. 우리 서로 잘 통한 거 아니었나요? 좀 장난친 것뿐인데. 요즘에 누가 이렇게 관심 가져준 적 없죠? 그렇죠?"

"어서 가세요." 내가 재차 말했다.

그는 천천히 일어나 내게 다가왔다. 뒤에 난로가 있었기 때문에 나는 뒷걸음 칠 수 없었다. 루이스는 아주 부드러운 손길로 내 뺨을 어루만졌다. 나는 너무 수치스러웠다. 생각지도 못한 눈물이 터져 나왔다.

"혼트베트 씨…?" 놀란 듯 그가 말했다.

내 뺨을 만지는 와그너의 손길을 뿌리쳤다. 어떤 말도 할 수 없었다. 나도 나를 이해할 수 없었다. 그가 쉽게 갈 것 같지 않아서 나는 옷을 챙겨 집 밖으로 나갔다.

한번 터진 눈물은 그칠 줄 몰랐다. 시야가 흐려졌다. 나는 울면서 섬 끝으로 걸어갔다. 화가 나서 주먹을 불끈 쥐고 괜히 바다를 향해 주먹질을 했다.

루이스 와그너가 왔단 말을 존에게 하지 않았다. 사실 말할 시간도 없었다. 그러나 존은 와그너가 회복하고 있다는 걸 알고 있었다. 그 후로 혼자 있을 때는 와그너를 방으로 부르지 않았다. 하지만 그를 간호해야 했기 때문에 어쩔 수 없이 그를 자주 봐야 했다. 그는 아침저녁으로 우리와 함께 식사를 했다. 와그너가 완전히 회복을 하고나서는 존과 나, 매튜 그리고 와그너까지 모두 함께 있을 때가 많았다. 남자들끼리 가끔 대화를 나누기도 했지만 주로 조용히 담배만 피웠다. 나는 와그너 앞에서 평정심을 잃지 않으려 노력했지만 와그너의 시선이 계속 나를 좇았다. 그날 이후 와그너가 내게 말장난을 거는 일은 없었다. 가끔 눈빛으로 나를 놀리고 있다는 생각은 들었다.

하지만 루이스 와그너의 의도에 대해 심각하게 생각한 다른 사건이 있었다. 늦여름의 어느 오후였다. 루이스가 건강해진 후였다. 루이스 방에서 큰 소리가 들렸다. 뭔가 꽝하고 부딪히는 소리였다. 마구 폭언을 하는 소리에 나는 갑자기 무서워졌다.

"루이스?" 나는 조심스럽게 그를 불렀다, "루이스 씨 계세요?"

그러나 아무런 대답이 없었다. 여전히 옆방에서는 요란한 소리가 들려왔다. 걱정이 돼서 밖으로 나가 창 너머로 와그너를 살펴보았다. 아직 그 방엔 커튼을 달지 못한 상태였다. 나는 창 너머로 너무도 놀라운 광경을 목격했다. 루이스 와그너는 정신이 반은 나간 사람처럼 선반 위에 있는 물건은 죄다 때려 부수고 있었다. 방은 난장판이 되어 있었다. 그는 분노한 얼굴로 알아듣지 못할 말을 계속했다. 그 화살이 나에게 쏠릴까 두려워 나는 선뜻 그를 부를 수가 없었다. 그러면서도 나는 그의 건강이 염려되었다. 그런데 갑자기 그가 난폭한 행동을 멈추고 침대에 털썩 주저앉아 히스테릭하게 울면서 웃기 시작했다. 그리고 얼마나 지났을까, 그는 잠을 자는 것 같았다. 그가 잠든 것을 확인하고 나는 부엌으로 가서 그의 이해할 수 없는 기괴한 감정표현에 대해 곰곰이 생각해봤다.

루이스 와그너는 건강을 점차 회복했다. 그리고 다시 존과 일을 할 수 있었다. 존이 나가고 없을 때는 익숙한 듯 루이스가 애플도어 섬에서 캐런을 데리고 오기도 했다. 대개 일요일 오후였다. 루이스는 옷을 쫙 빼입고 목욕도 하고 머리도 손질해 다시 깔끔한 용모를 되찾았다. 캐런은 와그너에게 다정히 대해주었다. 캐런은 아마도 와그너가 자신의 구혼자가 될지도 모른다고 생각한 것 같다. 캐런의 우울함도 점점 사라지는 것 같았다. 캐런은 얼굴을 좀 꾸며보려고 노력했지만 호박에 줄긋는다고 수박이 되지 않는 것처럼 별 소용이 없었다. 언젠가 캐런은 내게 루이스 와그너는 정말 미남이고, 자기한테 관심을 보이는 것 같다고 말했다. 셋이 같이 있을 때 언니를 대하는 와그너의 태도를 살펴보니 아주 다정하게 대해준 건 맞았다. 그러나 그 이상은 아니었다. 내 생각에 캐런은 절망 속의 노처녀에게 찾아온 묘한 환상에서 헤어나지 못한 것 같다.

일요일 오후 어느 날 캐런은 존과 함께 우리 집으로 왔다. 초가을쯤이었던 것 같다. 날씨는 선선했지만 지루하기 짝이 없었다. 며칠 동안이나 해가 구름 뒤에 숨어 있었고 섬에 있는 모든 것은 안개로 뒤덮였다. 존이 캐런을 데려왔을 때 존의 머리에는 이슬이 맺혀 있었다.

그러나 내 관심사는 캐런의 표정이었다. 마치 혼자만 비밀을 알고 있는 표정 같았다. 그 얼굴로 나를 뚫어지게 쳐다보는 바람에 나는 고개를 돌릴 수 없었다. 캐런이 내게로 다가와 미소 지었다. 도대체 뭐가 그렇게 즐겁냐고 묻자 캐런이 말했다. 인내심을 좀 가지라고, 다 때가 있는 거라고. 캐런은 내가 궁금해 죽는 꼴을 보려고 작정한 듯했다. 캐런은 대화를 주도하여 일요일 저녁식사에 대해 말했다. 내가 잘 알지도 못하는 유명인을 언급하면서 말이다. 캐런은 내가 원하는 내용은 쏙 빼고 계속 쓸데없는 이야기만 해댔다.

캐런은 그날 오후에 있던 어떤 것도 말하지 않았다. 단지 내가 추측하길 바라는 듯했다. 캐런이 갈 준비를 하며 외투를 챙기기 시작하자 나는 초조해졌다. 결국 참지 못하고 캐런을 재촉했다.

"캐런, 얼른 말해줘. 궁금해 죽겠어." 애원하면서 말했다.

"별 거 아니야, 마렌. 에번한테 편지가 온 것뿐인데 뭘." 캐런이 대수롭지 않게 말했다.

"오빠가? 편지 가져왔어?" 나는 숨을 고르며 말했다."미안해. 방에 깜빡하고 두고 왔어."

"그럼 오빠가 뭐라고 썼어?"

캐런은 거들먹거리며 웃었다.

"10월에 여기로 오겠대."

"정말이야?"

"한창 배 타고 오고 있겠다. 10월 중순이면 도착할 거야. 너희 부부와 함께 지내고 싶대. 자리를 잡을 때까지는 말이야."

드디어 오빠가 미국으로 오는구나! 나는 존의 팔을 붙잡으며 주체할 수 없는 기쁨을 감춰야만 했다.

"캐런이 하는 말 들었죠? 오빠가 온데요! 한 달이면 도착한대요!"

나는 린지를 안아 올렸다. 린지도 기분이 좋은지 이리저리 날

뛰었다.

오빠를 기다리는 시간은 그 어떤 일보다 즐거웠다. 에번이 보낸 편지도 꼭 읽어보고 싶었지만 짜증나게도 캐런은 번번이 에번의 편지를 깜빡했다. 나는 이렇게 부지런을 떨며 집안 청소를 한 적이 있었나 싶을 정도로 초가을부터 집안 정리며 청소에 열중했다. 오빠가 오기로 한 날이 가까워지자, 나는 오빠가 특히 좋아하던 노르웨이 음식을 준비했다. 오빠는 노르웨이 음식을 여기서 먹을 수 있을 거라고는 생각지도 못할 것이다. 존은 식구한 명이 더 느는 것에는 신경 쓰지 않고 오랜만에 활기찬 나를 보며 기뻐했다. 존은 내가 즐거워한다면 그 기쁨이 다른 사람들에게 전해질 것이고 스머티노즈 섬의 분위기까지도 밝아질 거라 믿는 듯했다. 그래서 존은 그런 기쁨의 원천을 흔쾌히 받아들였다. 연일 맑은 날씨가 이어졌다. 날씨마저 운이 따르는 것 같았다. 바다의 물결도 적당히 힘차서 보기 좋았다. 조금만 산책해도 상쾌한 공기를 만끽할 수 있었다.

할 일은 많은데 시간이 부족해서 정신이 없었다. 배에서 내려 집으로 걸어오는 에번의 모습을 놓치지 않기 위해 종일 창밖만 쳐다보고 싶었지만 나머지 일을 마무리해야 했다. 그래서 존이 바닷가로 내려가 소리치는 것을 듣기 전까지는 오빠가 섬에 도착한지도 몰랐다.

하필이면 오늘은 날씨가 말썽을 부렸다. 북동쪽에서 불어오는 강풍이 섬 전체를 휩쓸었다. 걷기도 힘든 날이었다. 그럼에도 불구하고 나는 집에서 뛰어나와 바다로 갔다. 사람들 무리 속에 번쩍이는 금발머리가 보였다.

"에번!" 나는 울며 그를 맞이하러 뛰어갔다.

곧장 오빠에게로 가서 오빠의 얼굴을 하나하나 뜯어보았다. 오빠의 목에 팔을 감고 오빠의 얼굴을 당겨 얼굴을 비볐다. 에번은 두 팔을 벌려 크게 외쳤다. "미국이여 내가 왔도다!" 그러자 사람들이 웃음을 터뜨렸다. 존은 에번 뒤에 서서 활짝 웃고 있었다. 알고는 있었지만 존은 나를 진심으로 사랑했고 내가 기뻐하는 일엔 그도 기뻐했다. 들뜬 마음으로 오빠를 안고 반겨주다가 고개를 돌리자 낯선 여인이 보였다. 깨끗한 피부에 녹색 눈을 가진 예쁜 여인이었다. 머리칼은 굵었다. 오빠처럼 금발은 아니었다. 하지만 햇살을 받아 포근한 색처럼 보였다. 그녀의 머리가 바람에 흩날렸다. 사랑스러운 이미지였다. 궂은 날씨에도 피부에선 빛이 났다. 오빠가 품에 안긴 나를 떼어내고 여인을 소개했다.

"마렌, 여기는 내 아내 아넷이야." 에번이 말했다.

8.

　나는 아무 이유도 없이 시간만 낭비하며 가만히 앉아 있었다. 일어나자 다리에 쥐가 난 것 같았다. 몸은 아직도 오들오들 떨렸다. 갈아입을 옷이 없어 트레이닝복을 벗을 수 없었다. 구명조끼도 보이지 않았다. 100년 전 쯤에 노르웨이 이민자인 여인 2명이 잔인하게 살해를 당한 스머티노즈°섬 곳곳을 둘러보았다. 그리고 카메라를 챙겨서 사진을 찍기 시작했다. 사진을 찍지 않을 때는 바람을 피해 몸을 움츠리고 섬 구석구석을 꼼꼼히 살펴보았다. 한때 미드오션하우스가 있었던 곳에는 이제 스페인 선원들의 무덤이 있었다. 나는 여섯 롤의 필름을 썼다. 삼각대를 사용해 매크로렌즈로 사진을 찍었다. 시간이 얼마나 지났는지 알 수 없었다. 만으로 돌아가 나를 기다리고 있을 리치의 모습을 볼 생각을 하니 기분이 좋았다. 그러나 리치는 보이지 않았고 나는 실망했다.

나는 모래사장에 앉아 팔로 다리를 감싸려고 했다. 그게 성에 차지 않아 아예 모래사장에 뒹굴었다. 모래에는 햇살의 온기가 남아 있었다. 맨다리에 모래가 닿는 느낌이 좋았다. 안경을 벗어 한쪽에 두고 나는 바다에 사는 작은 생물처럼 양 손으로 얼굴을 가리고 모래 속으로 파고들었다. 조금이나마 떨리는 몸을 진정시킬 수 있었다.

리치가 다가오는 소리는 듣지 못했다. 발목에서 무릎까지 그리고 허벅지 뒤까지 조금씩 모래가 날렸다. 나는 그가 다가오고 있다는 걸 알 수 있었다.

고개를 살짝 돌리자 내 어깨를 잡으려는 듯 리치가 손을 뻗고 있는 게 보였다. 리치는 무릎을 꿇고 내 옆에 앉았다.

"괜찮아요?"

"아니요."

"완전히 물에 빠졌군요."

나는 대답하지 않았다.

"많이 추운가요?" 그가 물었다.

내 이마에는 모래가 묻어 있었다. 나는 그에게서 살짝 고개를 돌렸다. 바닷가 바위에는 기름이 묻어 번뜩였다. 게 한 마리가 바닷가를 이리저리 기어 다니다가 다시 구멍 속으로 쏙 들어갔다. 속삭이는 듯 바람이 불었다. 나는 모래 위에 기절한 듯 누워 움직이지 않았다. 불현듯 이 섬에 계속 살다가는 바람 때문에 미쳐버릴 수도 있겠다는 생각이 들었다.

리치는 떨리는 내 등을 어루만졌다. 그의 손에서 열기가 느껴졌다.

"얼른 배에 타세요. 아무래도 따뜻한 물로 좀 씻어야 되겠네요."

"못 움직이겠어요."

"내가 도와줄게요."

"꼼짝도 하기 싫어요."

솔직한 심정이었다. 다시는 움직이고 싶지 않았다. 다시 보트를 타고가 토머스와 애덜린의 얼굴을 본다는 게 싫었다. 둘 사이에 무슨 일이 있었는지 어떤 대화를 나눴는지 궁금해질 것 같아 싫었다. 이 여행은 나에게 매우 중요했다. 카메라를 다시 챙기고, 일지를 작성하고, 집에 가서 사진을 현상해야 했다. 잡지사에 보낼 특종을 건지고 싶었다. 나는 집이 있는 케임브리지로 돌아가야 한다는 사실을 잘 알고 있었다. 그리고 토머스와의 결혼생활을 유지할 것이고 그도 계속해서 사랑할 것이다.

이 순간 나는 아무것도 할 수 있는 게 없어보였다. 나는 혼자 남아 모래 속의 온기만을 느끼고 싶었다.

"지금 울고 있군요." 리치가 말했다.

"아니에요."

나는 앉아서 소매로 콧물을 닦았다. 내 몸 앞부분은 마치 코팅된 것처럼 모래로 전부 뒤덮여 있었다. 머리카락 사이와 입술에도 모래가 묻었다. 나는 한껏 웅크리고 있었다. 안경을 쓰지 않아 보트에 누가 있는지 보이지 않았다. 멀지 않았는데도 구명조끼가 흐릿하게 보였다. 잘 보이지 않는 것이 좋을 때도 있다.

나는 무릎에 얼굴을 파묻었다. 윗입술을 핥았더니 모래가 입속으로 들어왔다. 리치는 내 뒷목에 손을 댔다. 마치 배가 아픈 아이를 달래는 듯했다. 그의 손은 정말 따뜻했다.

우리는 오랫동안 아무 말 없이 그렇게 가만히 있었다.

나는 돌아앉아서 리치를 바라보았다. 그의 얼굴이 뚜렷이 보였다. 다른 건 눈에 들어오지 않았다. 그는 아무 것도 모르는 순진한 표정이었다.

"결혼식 날 기억나요?" 내가 물었다.

그는 내 목에서 손을 뗐다. 그리고 후회와 안도감이 뒤섞인 듯 말했다. "당연히 기억나죠."

"그때 당신은 스물두 살이었는데."

"당신은 스물네 살이었죠."

"정장도 입지 않고 꽁지머리를 하고 있었죠. 결혼식이 끝난 뒤 나에게 키스도 해주지 않았죠. 내 생각엔 정장을 입으라고 해서 화가 난 것 같았어요."

"진, 당신은 우아한 검정 드레스를 입었죠. 결혼식에 안성맞춤

246

인 옷이라고 생각했어요. 그런데 토머스가 반지를 준비하지 않아서 손이 허전해 보였어요."

"토머스는 반지가 무의미하다고 생각해요." 내가 말했다.

"부모님께서 유독 당신을 예뻐하셨어요."

"그래요?"

"네, 당신은 이성적이고 현명한 여자예요."

"고마워요."

"그래서 부모님은 토머스가 당신과 결혼까지 할 수 있게 되어 정말 안심하셨어요."

"토머스가 저를 만나고 딱히 변화된 모습을 보인 것 같지 않은데요."

"더 이상 사고는 안치잖아요."

"앞으로도 그럴 거란 장담은 못하겠어요."

"당신은 할 수 있어요."

나는 고개를 저었다. 그리곤 다리를 쭉 뻗었다.

"리치, 결혼이란 건 정말이지 이 세상에서 가장 이해하기 어려운 계약인 것 같아요. 서로 다른 두 사람이 어떻게 똑같이 생활할 수 있을까요. 사랑보다 중요한 건 어쩌면 시간일지도 모르겠어요. 시간이 흐르면서 변해가니까요."

"진…." 리치가 내 이름을 불렀다.

나는 잘 보이지도 않는 배를 올려다보았다. 수평선과 바위, 바다는 모두 흐리게 보였다.

"배 안에서 무슨 일이 일어나고 있을까요?" 내가 물었다.

리치는 내게서 떨어져 나갔다. "진, 보려고 하지 말아요."

"그렇게 확실한가요?"

"보는 것이 고통일거에요."

나는 갑자기 일어나서 물로부터 떨어져 걸었다. 나는 걸음을 재촉했다. 쉴 곳이 필요했다. 이 추위로부터, 이 섬으로부터, 모든 것에서 벗어나고 싶었다. 나는 혼트베트의 생가로 걸어갔다.

리치가 나를 뒤쫓아 왔다. 그는 나를 따라 바위를 넘고 풀숲을 헤쳐나왔다. 내가 걸음을 멈추자 그는 바로 내 뒤에 있었다.

"여기가 바로 살인사건이 일어난 곳이에요." 내가 얼른 말했다.

"진."

"집이 정말 좁네요. 이런 곳에서 어떻게 생활을 했을지. 정말 어떻게 이런데서 살았는지 궁금하네요. 이 섬에 와서 생각해봤어요. 감금과 밀실공포증에 대해서요. 살인사건에 대해 좀 더 생각을 해봐야겠어요."

"내 말 좀 들어봐요."

"여긴 나무 한 그루도 없어요. 아직도 여기서 나고 자란 아이들은 십대까지 나무나 자동차를 본 적 없다는 사실을 알고 있나요?"

"진, 그만해요."

"나는 토머스를 사랑해요."

"저도 알고 있어요."

"하지만 그 동안 너무 힘들었어요."

"형이 당신을 힘들게 했군요."

나는 그의 통찰력에 깜짝 놀라 리치를 바라보았다. "네, 정말 지치게 했죠. 왜 머리를 밀었죠?"

그가 멋쩍은 듯 웃으며 머리를 긁적였다.

"당신은 애덜린을 사랑하나요?" 내가 물었다.

리치는 배가 있는 쪽을 바라보았다. 리치도 그게 궁금한 것 같았다.

"섹시한 매력에 끌린 거죠?" 내가 물었다.

그는 고개를 갸우뚱하더니 "애덜린은 매력이 넘치는 여자죠." 라고 말했다.

"그런데 뭐랄까, 뭔가를 숨기는 것 같긴 해요." 그가 말했다.

"우린 숨기는 게 없어요." 내가 말했다. "우린 선량한 사람들 이죠."

"나도 그다지 착하진 않아요." 그가 말하곤 웃었다. 그는 치아도 완벽했다.

내가 그의 팔을 붙잡자 움찔하며 놀란 눈치였다. 하지만 내 손을 뿌리치진 않았다.

"진." 그가 불렀다.

나는 그에게 기대 그의 팔에 키스했다. 리치는 당황스러워 했다. 평정심을 잃은 그의 모습은 처음이었다.

"왜요?" 그가 물었다.

나는 그를 유심히 살펴보다가 고개를 흔들었다. 의도적이었다. 토머스가 먼저 그러기 전에 내가 한 것이었다. 또는 토머스가 나한테 그렇게 하는 것이 확실해지기 전에. 아니면 단순하게 그냥 내가 그러고 싶었기 때문일 수도 있다. 잘못된 일이지만.

그는 손으로 나를 만지지 않고 고개를 숙여서 내게 키스했다. 조금은 겁이 났지만 친숙했다.

나는 트레이닝복을 벗었다. 이상하게 떨리던 몸이 멈췄다. 마치 달리기 하듯 리치의 숨소리가 거칠게 들려왔다. 그가 내 목에 입을 맞추었다. 그의 머리카락을 부드럽게 어루만졌다. 갈 곳을 잃은 듯 갈매기 떼와 게들이 주변을 기어 다니고 있었다. 나는 그의 어깨에 키스하고 살짝 깨물었다.

그는 내 허리를 감싸 앉았다. 떨리는 그의 손길이 느껴졌다.

"아, 아무래도 안 될 것 같아요." 그가 말했다. "더 하고 싶지만," 그가 내 등 뒤로 원을 그렸다. "정말 그러고 싶지만, 더 이상은……."

갑자기 문이 열렸다가 닫혔다. 영원히. 나는 그의 가슴에 얼굴을 묻고 한숨을 쉬었다.

"도대체 무슨 기분인지 모르겠어요." 내가 말했다.

그가 나를 꽉 안았다. "쉿." 그가 속삭였다.

우리는 그 자세로 서 있었다. 구름이 빠르게 움직였다.

우리 둘 사이엔 친밀함이 있었다. 알 수 없는 그런 친밀감이…. 완벽하고도 형편없었던 친밀함, 죄책감도 없었고 걱정도, 미래 도 없었다.

아넷 크리스텐슨과 캐런 크리스텐슨이 살해된 사건현장을 조 사한 캘빈 해이스(Calvin L. Hayes)가 그때의 상황을 설명했다.

"우리는 오후 8시에서 8시 반 사이에 스머티노즈 섬에 도착했 습니다. 존 혼트베트의 집으로 들어가니 부엌에 작은 입구가 있 었습니다. 부엌에 들어서니 가구들이 널브러져 있었고, 시계는 거실 바닥에 떨어져 있었습니다. 아넷 크리스텐슨의 시신이 부 엌 한가운데 있었고, 얼굴은 현관문 쪽을 향해 있었습니다. 천으 로 목이 졸린 듯한 상처가 있었죠. 시신 위로 천 조각들이 이리 저리 흩어져 있었습니다. 얼굴에는 심하게 구타당한 흔적이 보 였습니다. 오른쪽 귀 윗부분 두개골은 두세 번 찔려서 뇌의 일부 가 드러나 있었습니다. 부엌 옆 침실에는 침대와 옷장이 있었습 니다. 옷장은 활짝 열려 있었고 바닥에 옷가지가 널려 있었습니 다. 아넷의 시신을 탁자 위로 옮겨 전문가들이 검사를 했습니다. 그러고는 다른 방으로 이동했습니다. 집의 구조는 처음에 갔던 곳과 비슷했습니다. 부엌과 연결된 방으로 갔습니다. 그곳에는 또 다른 침실이 있었습니다. 침실에는 캐런 크리스텐슨이 엎드려진 채 시신으로 발견되었습니다. 침실의 창틀은 망가져 있었습니다. 캐런 크리스텐슨의 시신은 하얀 손수건으로 목이 졸린 모습이었습니다. 뒤에서 공격을 당한 것 같았습니다. 얼마나 강하게 목을 졸랐는지 입 밖으로 혀가 나온 모습이었죠. 집 끝 부분의 남서쪽 창틀 안쪽은 도끼로 찍은 자국이 있었습니다. 창틀 바깥쪽은 일부 부러졌는데 거기엔 도끼 손잡이 부분으로 보이는 둥그런 연장의 자국이 남아 있었습니다. 캐런 크리스텐슨의 얼굴도 상처가 많았지만 아넷 크리스텐슨의 시신보다는 훼손 정도가 덜 했습니다. 그리고 흉기로 보이는 도끼를 발견했습니다."

발표를 계속 이어갔다.

"섬에서 수거해온 도끼를 계속 제가 보관하고 있습니다. 그 흉기는 우리가 처음 들어갔던 현관문 옆에서 발견했습니다. 피로 범벅이 되어 있었으며 다른 이물질도 묻어 있었죠. 섬에서 돌아오던 날은 파도가 무척이나 높았고 물보라로 인해 도끼에 묻은 피가 거의 씻겨나갔습니다."

캘빈 해이스의 진술이 끝난 후에 부검을 담당했던 외과의사인 존 W. 파슨스 박사가 결과를 발표했다.

"3월 8일에 부검을 실시했습니다." 그가 말문을 열었다. "포츠머스에 있는 게리쉬앤 애덤스라는 장의사에서 부검을 실시했습

니다. 저는 이마 오른쪽 윗부분에 상처를 검사했습니다. 왼쪽 귀
는 잘려서 거의 떨어져 나갈 정도였습니다. 머리 왼쪽 부분에 상
처가 있었고 귀 아래쪽에선 두개골에서 나온 조각들을 발견했습
니다. 오른쪽 귀에도 잘린 상처가 있었죠. 끝부분만 겨우 붙어
있는 정도였습니다. 머리 오른쪽 부분에 작은 상처가 있었고 두
피 쪽에는 큰 상처가 있었습니다."

파슨스 박사는 살해 도구가 아주 무겁고 날카로운 도구일 거
라고 말했다. 도끼를 말하는 것이었다.

리치는 내게 옷을 입혀주고 해변가 아래로 나를 데리고 갔다.
모래 위에서 내 안경을 찾아서 깨끗이 닦았다. 나는 카메라 가방
을 맸다. 날이 어두컴컴해지고 있었다.

"나는 단 한 번도 외도를 한 적이 없어요." 내가 말했다.

리치는 내 안색을 살폈다. "정말 놀랍네요."

"고마워요. 그렇게 말……."

"그만하죠." 그가 날카롭게 말했다. "당신이 이해를 했는지 모
르겠지만, 아까 그곳에서 저도 정말 하고 싶었어요. 간절히. 토
머스에게 오랫동안 화가 나 있었죠. 그의 부주의함과 그가 당신
을 가진 것을 당연하게 생각하는 것도. 하지만 그보다 더…." 그
는 적당한 말을 찾는 것 같았다.

"당신을 처음 봤을 때부터 나는 당신을 존경해왔어요."

"존경이요?" 내가 웃으며 물었다.

"다른 말은 감히 하지 않을게요. 지금은…." 그가 말했다.

"괜찮으니까 말해 봐요. 편하게 생각해요. 이해할 수 있어요." 내가 작게 웃으며 말했다.

리치는 팔짱을 끼고 말없이 스머티노즈 섬을 바라보았다. 리치의 모습은 토머스와 닮은 구석이 있었다. 인중이 길었다.

"리치…." 그의 팔을 살짝 잡으며 말했다.

나를 돌아본 그의 얼굴은, 순간 패배감에 빠져 있었고 슬퍼보였다.

"당신은 정말 아름다워요." 그가 말했다.

굵은 빗방울이 떨어졌다. 리치는 발밑을 내려다보더니 손으로 머리 위를 털었다.

"비가 오기 시작하네요." 그가 말했다. "얼른 가야겠어요."

재판 초반 주에, 살인사건의 유일한 목격자이자 생존자인 마렌 혼트베트가 법정에 섰다. 마렌은 미국에서 사용한 자신의 이름과 철자를 밝혔다. 그녀는 존 C. 혼트베트의 부인이라고 말했다. 그리고 캐런 크리스텐슨과 에번 크리스텐슨의 동생이라고 말했다.

"이 사건이 일어나기 전까지 스머티노즈 섬에서 얼마나 살았습니까?" 엣츤은 마렌에게 질문을 했다.

"5년간 살았습니다." 마렌이 대답했다. "살인사건이 일어나기 전날에도 집에 있었습니다."

"남편과 함께 있었습니까?"

"남편과 시동생, 그리고 친정오빠 모두 아침 일찍 나가고 없었습니다. 아넷은 오빠의 아내였습니다."

"남편은 언제 다시 돌아왔습니까?"

"다음 날 아침에 돌아왔습니다. 정확히는 모르겠지만 아마 열 시쯤이었던 것 같습니다."

"그날 밤 아홉 시, 잠자리에 들기 전에 집에 누가 있었습니까?"

"저와, 캐런. 아넷이 있었습니다. 그 당시에 우리들 말고는 아무도 없었습니다."

"몇 시에 잠이 들었습니까?"

"열 시에 침실 서쪽 부분에서 잠을 잤습니다. 그날 아넷은 저와 함께 잠을 잤습니다."

"열 시쯤 잠자리에 들었다는 말이군요."

"열 시경 캐런은 그곳에 있었습니다. 부엌 한쪽에서 자고 있었습니다. 캐런이 잠든 곳은 부엌의 동쪽 모퉁이였습니다." 마렌이 말했다.

엣츤은 부엌과 침실사이에 있는 문이 열려 있었는지 아닌지 물었다.

"열려 있었습니다." 마렌은 대답했다.

"커튼은 어떻게 되어 있었습니까?"

"저는 커튼을 끌어 내리지 않았습니다. 좋은 밤이었고, 그래서 커튼을 따로 치지 않았습니다."

"그럼 제가 부엌 커튼에 대해 말하겠습니다."

"네"

"집 밖에 현관문은 닫혀 있었습니까?"

"아니요. 닫혀 있지 않았습니다. 지난 여름에 문이 고장이 났었는데 고치지 않았습니다."

"방 안에 시계가 있었습니까?"

"네, 거실 구석에 시계가 걸려 있었습니다."

"만일 당신이 사건이 일어났던 날 밤, 뭔가에 놀라서 잠이 깼다면 무엇 때문인지 기억나는 대로 말해보세요."

태플리가 변론을 하기 위해 이의를 제기했다. 변호사들과 재판장 사이에 약간의 논쟁이 있었다. 마침내 마렌은 대답할 수 있게 되었다.

"'존이 나를 죽이려고 해' 라고 캐런이 말했습니다."

"계속 말씀해보세요."

"우리는 잠에서 깼습니다. 그가 다가가 의자로 그녀를 내리쳤습니다."

"몇 시 경이었나요?"

"시계는 바닥에 떨어져 있었고, 1시 7분에서 멈춰 있었습니다."

"캐런이 울며 존이 자신을 죽이려 한다고 말한 다음, 무슨 일이 일어났습니까?"

"누군가 의자로 캐런을 내리쳤을 때 그녀는 존이 자신을 죽이려 한다고 계속 소리쳤어요."

"당신은 뭘 하고 있었습니까?"

"캐런이 소리치는 소리를 듣자마자 저는 침대에서 내려와 문을 열려고 했어요. 하지만 잠겨 있어서 열 수 없었습니다."

"계속 진술하세요."

"저는 계속 문을 열려고 애를 썼어요. 캐런이 쓰러지자 문이 열렸어요. 그제야 저는 들어갈 수 있었습니다."

"그 다음엔 어떻게 되었습니까?"

"문을 열고 들어가니 창문 바로 옆에 누군가 있었습니다. 키가 엄청 큰 남자였습니다. 양손에는 의자를 들고 있었습니다. 캐런에게 달려가 문고리를 잡고 언니를 서둘러 부축했습니다. 내가 거기 서서 문을 잡고 있을 때 그는 나를 두어 번 공격했습니다. 캐런에게 문을 계속 붙잡고 있으라고 말했습니다. 나는 언니와 함께 창문을 통해 밖으로 나가려고 했었습니다.

"어디에 있는 창문이었습니까?"

"제 침실 창문입니다. 하지만 언니는 못하겠다고 말했습니다.

그녀는 무릎을 꿇고 바닥에 기대어 침대에 팔을 올려놨습니다.
저는 아넷에게 옷을 챙겨주며 창문으로 도망치라고 했습니다."

"당신이 그 말을 했을 때 아넷은 어디에 있었습니까?"

"제 침실에 있었습니다."

"그렇다면."

"아넷이 창문을 열었습니다."

"누가 창문을 열었다고요?"

"저는 아넷에게 얼른 창밖으로 뛰어나가 도망치라고 했습니다."

"네, 계속 하세요."

"저는 그녀에게 누가 들을 수도 있으니 나가서 도와달라고 소리치라고 말했습니다. 아넷은 떨려서 못하겠다고 했습니다. 제가 문 앞에 서 있었을 때 그는 세 번이나 들어오려고 시도했습니다. 문을 부술 듯 두드리면서 말입니다."

"어떤 문을 말하는 것입니까?"

"제 침실 문입니다. 못 들어오겠는지 그는 밖으로 나갔습니다. 아넷은 집 앞에서 그를 보았습니다. 아넷은 계속 루이스, 루이스 하며 소리쳤습니다. 그는 창가에서 멀지 않은 곳에 서 있었습니다. 그가 거기 멈춰 섰습니다."

"그가 멈춰선 곳에서 창문과의 거리는 얼마나 됩니까?"

"그리 멀지 않았습니다. 팔을 뻗으면 닿을 거리였습니다." 마렌은 팔을 뻗어 보이며 말했다.

엣츤이 물었다. "그 남자가 누구였습니까?"

"루이스 와그너입니다."

"또 어떤 일이 있었습니까?"

"그는 커다란 도끼를 가지고 있었습니다. 아녯은 그가 다가오는 것을 보고 루이스의 이름을 반복해서 부르며 애원했습니다. 루이스 와그너가 도끼로 내려찍는 그 순간까지도요. 와그너가 아녯을 도끼로 찍자 단번에 그녀가 쓰러졌습니다. 그런 후에도 그는 두 번이나 더 그녀를 내리쳤습니다."

"그렇군요."

"그가 저에게 다가왔습니다. 저는 뛰어내렸고 언니에게 얼른 오라고 말했지만 언니는 못 움직이겠다고 했습니다."

"어떤 언니를 말하는 겁니까?"

"캐런입니다. 제가 얼른 도망치라고 했지만 힘들어서 못 가겠단 말만 했습니다."

"당신은 어디에서 뛰어내렸습니까?"

"제 침실 창밖으로 뛰어내렸습니다. 저는 닭장이 있는 쪽으로 달려갔습니다. 거기에 숨어야겠다고 생각을 했죠. 개가 다가오는 것이 보였습니다. 저는 혹시 개가 짖어 그에게 들킬까 두려웠습니다. 저는 부두 밑으로 도망치기로 했고 그의 배가 거기 있는지 살폈어요. 저는 배를 타고 이웃 섬으로 도망치려고 했습니다.

부둣가를 내려다보았지만 배는 한 척도 없었습니다. 저는 집에서 벗어날 길을 살폈고, 그가 라이트를 가지고 집에 있는 모습을 보았습니다."

"계속 말해보세요."

"루이스 와그너는 창문의 커튼을 쳤습니다. 섬 아래쪽으로 뛰어 내려가는데 언니의 비명소리가 들렸습니다. 그 소리가 너무도 또렷해서 저는 언니도 밖으로 나온 줄 알았습니다. 저는 섬 끝으로 뛰어가 바위틈을 찾아 몸을 숨겼습니다."

"바위틈 사이에서 얼마동안 숨어 있었습니까?"

"다음날 새벽까지 숨어 있었습니다."

"피해자들과는 어떤 사이 입니까?"

"아넷은 올케이고 캐런은 친언니입니다."

부두 너머로, 어둠이 짙게 깔렸다. 여전히 남서쪽에 있던 태양이 부둣가에 있는 보트를 비추었다. 스타 섬의 야경은 장관이었다. 우리는 사실 앞쪽은 볼 수 없었다.

리치의 얼굴에 빗물이 떨어졌고 그의 이마와 눈, 입을 적셨다. 코끝에 매달린 빗방울이 그의 턱으로 흘러내렸다. 그는 실눈을 뜬 채 간신히 배의 키를 잡고 있었다. 그 눈을 하고 제대로 보이기는 하는지 궁금했다. 그가 입은 티셔츠가 물에 젖어 몸에 달라붙었다. 나는 카메라를 위로 고정시키고 앉았다. 안경을 벗고 손을 올려 눈에 물이 들어오지 않게 했다. 갑자기 옆쪽으로 녹색 벽이 보였다. 선체였다. 리치는 내 무릎을 만졌다. 나는 고개를 흔들었다.

그림자가 우리 위로 다가왔고 손이 내려왔다.

"얼른 카메라부터 줘. 내가 가지고 들어갈게." 토머스가 소리 쳤다.

9.

1899년 9월 23일

 에번이 부인과 함께 미국에 왔다는 사실을 깨달았을 때, 나는 너무도 당황스러워서 할 말을 잃었다. 적당한 인사말이 떠오르지 않았다. 그 여인은 눈부시게 아름다웠고 젊고 사랑스러웠다. 오빠가 반할만한 외모였다. 오빠는 마치 어린아이처럼 활기찬 모습이었다. 에번은 모자를 쓰고 가죽으로 된 조끼를 입고 있었다. 또 그 위에는 방수복을 걸치고 있었다. 오빠는 우산을 들고 그 여자 옆에 서 있었다. 마치 주인님께 비 한 방울이라도 닿지 않게 하려는 하인의 모습처럼 보였다. 또 아내가 어디론가 사라질까봐 전전긍긍하는 남편의 모습이 겹쳐지기도 했다.

 현관 입구에서 외투를 벗자, 그녀의 멋진 몸매가 드러났다. 풍만한 가슴에 허리는 잘록했다. 키도 훤칠하여 몸매가 더욱 돋보였다. 아넷은 전형적인 유럽스타일의 미인이었다. (큰 광대뼈에 투명한 피부, 짙은 회녹색 눈동자에 옅은 속눈썹까지) 아름다운 외모와 함께 꾸밈없는 성격의 여자였다. 아넷은 항상 미소를 짓고 있었다. 아넷은 잘 때를 제외하고는 늘 표정 관리를 하고 있는 것 같았다. 그녀는 전형적인 미인이었고 그녀에게는 어떤 신비감 같은 것이 있었다. 만약 그녀에게 신비로움이 부족했다면, 나는 그녀의 태도가 평범할 정도로 명랑하고 가볍다고 생각했을 것이다. 물론 아넷이 소녀 같은 외모는 아니었다. 스물네 살쯤 되어보였다. 그렇지만 소녀처럼 순수해 보이는 면이 있었다. 그녀는 루르비크의 한 조선공의 막내딸이었다. 아버지가 그녀를 아주 예뻐하신 모양이었다. 그녀의 아버지는 딸을 멀리 보내기를 꺼려하셨다고 한다. 아넷은 아버지에게 긍정적으로 사는 법을 배웠는지 그녀의 얼굴 표정과 행동 하나하나에도 낙천적인 면이 보였다.

나는 여기서 꼭 이 말을 해야겠다. 그녀가 빗질을 하기 위해 땋은 머리를 풀었는데 머리가 종아리까지 닿았다. 긴 머리임에도 머리칼이 건강해 보였다.

아넷은 에번 옆에 딱 붙어서 우리에게 결혼식과 신혼여행 이야기를 들려주었다. (나는 영어로 루이스에게 통역을 해주었다. 다만 이 이야기를 두 번이나 들었기 때문에 지루했다.) 그들이 미국으로 오게 된 각오와 열정도 모두 뜨거웠다. 오빠가 온 날 오후에 캐런은 나타나지 않았다. 나는 어린아이 같은 캐런의 심술에 짜증이 일었다. 나는 그녀가 의도적으로 중요한 정보를 나에게 알려주지 않았다고 생각할 수밖에 없었다. 그녀가 왜 그러는지 나는 알 수 없었다. 나는 특별한 날을 위해 만든 쿠키를 거실에 있는 에번과 아넷, 루이스 와그너와 존, 매튜에게 주었다. 사실 하루 종일 거의 아무것도 먹지 못한 우리 오빠를 위한 것이었다. 나는 노르웨이에서 온 오빠를 기쁘게 해주고 싶었다. 나는 루이스 와그너를 쳐다보았다. 그는 아넷의 아름다운 목소리와 빛나는 피부에 반한 것처럼 보였다.

일요일마다 그래왔듯이 캐런이 우리 집으로 올 것이다. 그 다음 에번과 아넷도 올 것이다. 나는 할 수만 있다면 캐런을 스머티노즈 섬에서 사라지게 하고 싶었다. 아니면 적어도 비밀을 고백하는 순간만이라도 캐런이 없길 바랐다. 모든 감정이 뒤섞인 오후였다. 잠시 후 에번과 아넷이 침실로 올라가자 더 많은 감정들이 내 안에서 뒤엉켰다. 그들은 짐을 내려두고 옷을 갈아입고 휴식을 취하기 위해 침실로 올라갔다. 그러나 이내 민망한 소리가 들려왔다. 바로 위에서 말이다. 아래층에서 그냥 듣고 있기가 힘들 정도였다. 아래에는 남편도 있었고 매튜와 루이스 와그너도 있었다. 그들은 못들은 척 내가 만들어 놓은 케이크에 관심을 보였다. 날씨가 사나웠지만 밖으로 나가버리고 싶었다. 그 자리에서 사라지고 싶었다.

일요일이 되어 캐런이 왔을 때 나는 에번의 결혼에 대해 놀란 내색을 하지 않았다. 내 감정을 보여서 언니를 기쁘게 하고 싶지 않았다. 나를 더 괴롭힐 이유를 만들어 주고 싶지 않았다. 나는 그날 냉정을 유지하며 저녁 식사를 했다. 오히려 아넷이 우리 집에 온 것을 크게 기뻐하는 것처럼 행동해서 캐런의 예상이 빗나 갔음을 보여주려 했다. 그리고 캐런 앞에서 아넷의 미모를 칭찬하고 집안일도 잘한다고 말해주었다. 그녀는 그런 나를 수상히 여겼다. 캐런은 내 눈치를 살피며 아넷과 에번의 연애시절을 얘기를 해달라고 했다. 자신만만하게 듣던 캐런이었지만 시간이 지날수록 실망한 듯했다. 물론 내가 거짓말을 좀 한 건 사실이다. 아넷은 뭐하나 제대로 하는 일이 없었기 때문이다. 얼굴 예쁜 여자들은 살림에는 영 젬병이라는 말이 맞긴 한 것 같다. 남자들은 살림 재주보다는 얼굴을 보고 결혼을 한다. 나는 결혼을 하고 얼마나 지나야 남자들이 집안일과 아침식사의 중요성을 깨달을지 궁금했다. 아무튼 그들은 자신의 선택이 얼마나 어리석었는지에 대해 생각할 것이다. 집안일을 전혀 못하는 아넷을 직접 겪어보니 우리 오빠도 예외는 아닐 거라고 생각했다. 아넷은 칭찬보다는 가르침이 많이 필요한 여자였다.

오빠 부부와 함께 지낸 지도 다섯 달이 지났다. 늦가을쯤에는 남자들이 하루 종일 바다에 가서 일을 했다. 아넷은 늦잠을 자고 잠옷 바람으로 아래층으로 내려왔다. 그리고 커피를 한잔 마신

뒤 옷을 갈아입고 집안일을 도왔다. 아이러니하게도 혼자 있을 때보다 아넷과 함께 있을 때가 더 외로웠다. 그녀가 오지 않았으면 얼마나 좋았을까, 하고 여러 번 생각했다. 아넷의 성격은 흠잡을 곳이 없었다. 바느질을 하고 요리를 하는 동안 아넷은 끊임없이 에번에 대해 얘기했다. 그녀는 웃는 얼굴로 농담 섞어 말했다. 가끔은 묻지도 않은 은밀한 부분까지 이야기했다. 이제는 하도 많이 들어 연애시절이며 결혼 이야기까지 모두 외울 정도였다. 아넷은 어린 시절 재미있는 일화를 알려달라고 했지만 나는 그저 어떤 이야기도 해주지 않았다. 말솜씨가 없어 재미있게 말할 자신도 없었다. 게다가 오빠와 있던 일은 내 가슴 속 깊숙이 간직하고 싶었다. 물론 이제 오빠에게는 아넷이 언제나 1순위라는 것을 안다. 나는 단지 안쓰러운 여동생일 뿐일 것이다. 저녁 때가 되어 남자들이 돌아왔다. 아넷은 에번을 마중 나갔다. 아넷은 비가 오나 눈이 오나 하루도 거르지 않고 마중을 나갔다. 아넷과 오빠는 매일 서로를 부둥켜안고 좋아서 어쩔 줄을 몰라 했다.

넷째 주가 돼서야 비로소 오빠와 단둘이 있을 기회가 생겼다. 존과 매튜, 루이스는 포츠머스로 음식을 사러 나갔다. 에번은 그물을 손보기 위해 집에 남아 있었다. 그는 영어를 못했다. 고생스럽게 영어를 배우고 싶어 하지도 않았다. 아넷은 여전히 위층에서 자고 있었다. 그녀는 일찍 일어나는 편이 아니었다. 동이

트기 전에 일어나서 불을 지피고 남자들에게 밥을 차려주는 일은 내가 했다. 굳이 그녀가 일찍 일어날 필요도 없었다. 옷도 내가 챙겨주었다. 그러니 나가지 않아도 되는 아침에는 에번 역시 늦잠을 잤다. 나는 기분 좋게 아침을 준비했다. 에번은 늦잠을 잤는데도 먹을 자격이 있냐고 너스레를 떨었다. 그런 모습은 우리 오빠의 새로운 면이었다. 예전의 에번은 수심 가득한 얼굴로 사색하는 남자였다. 결혼을 하더니 성격이 좀 바뀐 것 같았다. 아니면 숨겨져 있던 기쁨과 희망이 이제야 나타난 것이었나 보다.

에번은 남자들을 배웅하고 와서 외투를 벗었다. 그리고 식탁에 앉았다. 그는 푸른색 셔츠를 입고 있었다. 밥을 먹은 후 그는 멜빵이 달린 모직 작업복으로 갈아입었다. 못 본 사이에 그는 살이 많이 쪘다. 나는 에번의 넓은 등이 가장 인상 깊었다. 아주 강해 보였다. 전에는 볼이 홀쭉했지만 지금은 볼에도 살이 올랐다. (홀쭉한 볼은 우리 집안의 특징이었다.) 나는 그의 머리가 많이 자랐다는 걸 알아차렸다. 내가 좀 다듬어주고 싶었지만 이제 그런 일은 아넷 차지일 것이다.

나는 에번과 나 사이에 존재하는 자연스런 유대감이 정확히 무엇인지 알 수 없었다. 우린 그 동안 오랫동안 떨어져 있었다. 나는 자연스럽게 이런저런 이야기를 나누고 싶었지만 그럴 수 없었다. 오빠에게 밥을 차려줄 수 있는 것만으로 만족해야 했다.

나는 오빠에게 빵과 치즈가 담긴 접시를 내려놓았다. 그러곤 마주 앉았다.

"존이 포츠머스에 오래 있을 것 같아?" 내가 물었다.

"파도도 괜찮고 바람도 적당해. 미끼를 놓고 망을 쳐놓고 올 거야. 그리고 네가 준 목록대로 사올 거고. 해 떨어지기 직전에나 올 것 같네. 어쨌든, 오늘 달이 높이 올라서 그렇게 위험하지 않을 거야."

"왜 같이 가지 않은 거야? 포츠머스는 여기와는 비교도 안 되게 넓고 재밌는 곳이잖아."

그가 웃었다. "이 후진 섬에는 내가 필요한 게 다 있어." 그가 말했다. "아넷도 있고." 비스킷을 먹으면서 말했다. "우리 동생도 있지." 그는 고개를 끄덕이며 말했다. "그리고 도시는 정신이 없어서 별로야. 여기 남아서 그물을 고치는 게 좋아. 미래도 좀 구상하면서 말이야."

"그럼 올케하고 계속 여기서 지낼 거야?"

"그래야지."

"아넷은 쾌활하고 성격도 착해. 그런데 집안일은 많이 배워야겠더라."

"여기 이렇게 좋은 스승님이 있는데 못하겠어?" 숟가락으로 나를 가리키며 에번이 말했다. 그는 재미있을지 모르겠지만 농담 섞인 장난스런 말투는 에번과 전혀 어울리지 않았다.

"마렌, 너 일급 요리사로 취직해도 되겠어." 그가 말했다. "계속 네가 해준 밥만 먹다간 돼지가 되겠는 걸."

"오빠 행복한 결혼생활에 밥 안 먹어도 배부르잖아." 내가 말했다.

에번은 자기모순적인 웃음을 지었다. "그건 진짜 뚱뚱해지는 거랑은 다르지. 그나저나 너도 곧 살이 찌겠는데?" 오빠가 말하며 윙크했다.

나는 난로 옆으로 갔다.

"내 말은 너도 곧 우리에게 기쁜 소식을 전하게 될 거라는 얘기야." 그가 온화하게 말했다.

나는 아무 말도 하지 않았다.

"마렌, 왜 그래? 내가 뭐 잘못했어?" 그가 물었다.

나는 오빠에게 어떻게 대답해야 할지 고민이 되었다. 하지만 오빠와 단 둘이 대화할 시간을 너무나 기다려 왔었다. 또 언제 이런 기회가 올지 몰랐다.

"난 아이를 가질 수 없어." 내가 뒤돌아 그를 응시하며 말했다.

그는 남쪽 창문 너머로 항구와 스타 섬을 바라보았다. 오빠가 고의로 그런 가슴 아픈 이야기를 꺼내려고 한 것은 아닐 것이다. 그가 고개를 돌렸을 때 모자 사이로 삐져나온 머리숱이 줄었다는 걸 알았다. 그는 나를 보며 물었다.

"확실한 거야, 마렌? 병원에는 가봤어?"

"병원에 갈 필요도 없어. 4년 간 아무 소식이 없었으니 말 다했지. 솔직히 그리 놀랍지도 않아. 아마 그때……."

나는 망설였다.

"엄마가 돌아가시고 난 충격으로……." 내가 조용히 말했다.

에번은 수저를 내려놓고 얼굴을 감쌌다.

"오빠 기억나지." 내가 말했다.

오빠는 잠시 동안 아무 말도 없었다.

"그래 기억나." 그가 대답했다.

"생각해봤는데 내 병은 내가 여인이 되는 동시에 발병됐나봐…." 내가 얼른 말했다.

에번은 턱 주변을 만졌다.

"그러니까, 한 달마다 내 저주가 시작…"

그는 갑자기 무릎에 있던 냅킨을 식탁에 올렸다.

"남매 사이에 나눌 대화는 아닌 것 같구나, 마렌." 내 말을 자르면서 그가 말했다. "그런 얘기를 꺼내서 미안하다. 전부 내 잘못이야. 그렇지만 나는 그때 그 일과 상관이 없을 수도 있다는 말을 하고 싶었어. 그 일과 너의 그….." 그는 주저했다. "자궁 말이야. 이런 건 의사나 너희 남편하고 상의할 문제야. 어쩌면 심리적인 부분에서 생기는 문제일 수도 있어."

"내가 아이를 원하지 않아서 임신이 안 된다는 뜻이야?" 내가 날카롭게 말했다. 잘 알지도 못하고 말하는 오빠에게 화가 났다.

"그런 뜻이 아니야, 마렌." 그가 서둘러 말했다. "난 단지…," 그가 잠시 머뭇거렸다. "결혼생활은 만족스럽니?"

"견딜만해." 내가 말했다.

"내 말은…" 어색한 손짓을 하며 그가 말했다. "아이 문제에 있어서 말이야…."

"오빠 말은 남편이 기간에 맞춰서 씨를 주고 있냐는 말이야?" 내 말에 오빠의 얼굴이 굳었다.

혼란스러운 듯 오빠가 우두커니 서 있었다. 나는 불편한 상황을 만든 것은 후회했다. 오빠에게 다가가 그의 목을 감싸 안았다. 오빠는 내 손길을 뿌리치려 했지만 나는 손에 힘을 주었다.

눈물이 터져 나왔다. 아마도 오빠의 체취가 나를 울게 만든 것 같다. "나도 잘 모르겠어. 가끔씩 내가 미쳐가는 것만 같아."

셔츠에서 오빠의 향기가 났다. 옷에 얼굴을 묻고 깊게 숨을 들이켰다. 기분 좋은 향기가 났다. 다림질된 냄새와 남자의 땀내가 섞여 있었다.

그 순간 아넷이 방으로 들어왔다. 에번은 재빨리 나를 밀어냈다. 아넷은 여전히 잠옷 차림이었다. 아직도 잠이 덜 깬 듯 눈은 반쯤 감겨 있었다. "좋은 아침이에요, 마렌." 그녀가 기분 좋은 목소리로 말했다. 에번의 행동이나 훌쩍이는 내 모습이 이상했을 텐데 아넷은 눈치 채지 못했다. 생각해보니 지난 몇 주 동안 아넷이 눈을 가늘게 찡그리며 사물을 보는 것이 기억났다. 시력이 좋지 않은 것이다.

아넷이 두 팔을 벌리자 에번은 아넷을 안아주었다. 에번은 나와 눈을 마주치지 않으려 아넷 쪽으로 고개를 틀었다.

나는 어떤 말도 할 수 없었다. 움직일 수도 없었다. 들개에게 물려 생살이 찢기는 듯한 느낌이 들었다.

"이제 나가봐야겠어." 에번은 아넷을 꽉 한번 안아주고 서둘러 아넷에게 말했다. "그물을 걷어 와야 해."

에번은 내 쪽으로는 눈길도 주지 않고 옷을 챙겨 밖으로 나갔다. 그 이후로 나는 에번이 나와 단둘이 있는 시간을 피할 것 같다는 예감이 들었다.

나는 뒤돌아 주먹을 움켜쥐었다. 눈을 꼭 감고 분노하거나 슬퍼하지 않으려고 노력했다. 아넷이 문 밖에서 에번을 바라보고 있었다. 에번은 고쳐야 하는 그물을 루이스 와그너의 방으로 가져갔다. 그 방은 추웠지만 에번은 거기서 작업을 했다. 아넷이 내 쪽으로 다가오는 소리를 들었을 때 나는 진정하려고 애쓰며 의자 뒤로 손을 두었다. 나는 떨고 있었다.

"마렌." 아넷이 좀 삐져나온 내 뒷머리를 정리해주면서 나를 불렀다. 그 손길에 내 등과 다리가 약간 떨렸다. "제가 너무 늦게 일어났죠. 죄송해요. 어제 먹다 남은 소시지와 치즈 좀 먹어도 될까요?"

나는 아넷에게 떨어져 익숙한 움직임으로 난로 옆으로 가 천천히 주전자를 들어 불 위에 올려두었다.

우리가 함께 생활한 지 6주가 지났다. 루이스 와그너도 우리와 함께 지냈다. 그는 요즘 건강이 많이 좋아져 클레어 벨라로 일을 나갔다. 그러던 어느 날, 루이스만 남고 남자들이 다 일하러 나갔다. 루이스는 또 관절염이 도졌다고 했다. 나는 그가 꾀병을 부리고 있다는 사실을 알았다. 지금 여기서 밝히는 것이 유감스럽지만, 루이스가 아넷에게 가졌던 부적절한 감정은 시간이 지나도 누그러질 줄 몰랐다. 오히려 더 깊어졌다. 이런 감정은 아넷이 루이스에게 내비친 연민의 감정도 일부 원인이 있다. 아넷은 루이스의 빈곤과 외로움 그리고 결혼을 못하는 그의 처지를 동정했다. 그리고 그런 연민을 그에게 드러냈다. 그것은 자신이 가진 것에 만족해 더 이상 행복이 필요 없는 사람들이 다른 사람에게 은혜를 베푸는 방식이었다. 루이스는 아넷과 같은 여성에게서 이런 관심을 받아본 적이 없어 아넷의 친절을 추파로 오해한 것이 분명했다. 결국 일이 터지고 말았다. 그가 아픈 척하며 누워 있었고 나는 그가 죽을 먹을 수 있는지 보러갔다. 그는 아넷이 책을 좀 읽어주었으면 좋겠다고, 아넷을 보내줄 수 있느냐고 물었다. 그래야 그가 "아픈 관절"에 신경을 쓰지 않을 것 같다고 했다. 루이스의 말을 전해들은 아넷은 잠시 고민하는 듯했다. 그녀는 남편 외에는 다른 남자와 단 둘이 방에 있어본 경험이 없었다. 더구나 다른 남자를 간호해 준적은 더더욱 없었다.

하지만 전에 내가 하는 것을 보고 괜찮을 거라고 판단한 것 같았다. 아넷은 부엌 서랍에서 책을 꺼내 루이스 방으로 갔다.

비명소리를 듣기 전까지 나는 아넷이 루이스 방에 10분 넘게 있었다는 것을 잊고 있었다. 아넷은 무언가에 크게 놀란 것 같았다. 이윽고 고통스런 울음소리가 들렸다. 그건 루이스가 내는 소리가 아니었다. 처음엔 남자가 침대에서 떨어진 줄로만 알았다. 나는 무릎을 꿇고 쓰레받기로 난로 주변에 있는 먼지와 재를 청소하고 있었다. 그리고 마치 어깨가 벽에 부딪친 것 같은 소리가 루이스의 방에서 들려왔다. 또 한 번 쿵 소리가 나더니 무슨 말소리가 났다. 나는 쓰레받기를 치운 뒤 벽에 대고 아넷을 불렀다. 대답이 없어 의아해하던 찰나 루이스의 방문이 열리는 소리가 들렸고, 곧 아넷이 부엌으로 들어왔다.

아넷의 땋은 머리가 어깨 위로 맥없이 풀려 있었다. 블라우스 위에 걸친 카디건에는 얼룩이 묻어 있었다. 위에 있는 단추는 떨어져나가고 없었다. 아넷은 토끼눈이 되어 숨도 제대로 못 쉬고 있었다.

"루이스." 아넷이 떨리는 목소리로 말했다. 그녀는 한 손으로 벽을 지탱하며 서 있었다.

그녀의 아름다움의 원천은 생기 있는 얼굴이었다. 하지만 하얗게 질린 그녀의 모습은 수척하고 볼품이 없었다. 나는 그녀의 하얀 블라우스에 묻은 더러운 얼룩에 시선이 갔다. 나는 그녀를 어떻게 진정시켜야 하는지 잘 몰랐다. 혹시나 내 위로가 가식처럼 들리면 어쩌나 걱정스러웠다. 괜히 말을 시켜서 상황을 더 나쁘게 만들 것 같기도 했다. 적당한 표현이 떠오르지 않았다. 몸이 마비된 것만 같았다. 아주 부끄러운 일이지만 아넷에게 닥친 일이 내겐 기쁨이었다. 웃음이 나오려는 것을 꾹 참았다. 돌이켜 생각해보면 너무 사악했던 것 같다. 아넷을 다독여주며 위로를 해주는 일이 그렇게 힘들었을까 하는 생각이 들었다. 하지만 그때 나는 가만히 굳어서는 아넷의 이름만 부르고 있었다.

"아넷." 내가 불렀다.

아넷은 머리에 묻은 피를 보더니 그대로 기절해버렸다. 아넷에게는 미안하지만 상황이 좀 웃겼다. 하늘로 비상하려는 듯 그녀의 팔 다리가 널브러졌다. 나는 그녀를 정신을 차리게 하려고 얼굴을 몇 번 두드렸다.

나는 아넷을 침실로 옮겼다. 곧 그녀는 혈색을 되찾았고, 에번에게는 말하지 말자고 이야기했다. 대신 존에게 루이스가 집안 물건에 손을 댔다고 말하기로 했다. 더 큰 소란 없이 루이스를 쫓아내는 편이 나을 것이라고 판단했다.

존은 집안일에 별로 관심이 없어서 어떤 물건이 없어졌는지는 신경 쓰지 않았다. 존은 루이스 와그녀에게 집안에 물건이 없어졌고 그래서 나가달라고 말했다. 루이스는 완강하게 부인했다. 루이스는 존에게 나를 만나게 해달라고 말했다. 그러나 내 말을 철썩 같이 믿은 존은 날이 밝으면 당장 떠나라고 했다. 이튿날 아침, 루이스는 포츠머스로 가는 에밀 잉거브레트슨의 배에 타려고 짐을 싸고 있었다. 껄끄러운 만남을 피하고자 나는 부엌에 있었다. 그러나 배에 타기 전 루이스가 부둣가로 올라와 나를 찾았다. 나는 소리를 듣고 밖에 서 있는 와그너를 보았다. 그는 아무 말도 없이 굳은 표정으로 나를 쳐다보았다. "루이스" 하고 내가 먼저 그를 불렀다. 그뿐이었다. 다른 말은 하지 않았다. 그는 다음 말을 기다리고 있었다. 하지만 나는 이 상황을 오래 끌고 싶지 않았다. 루이스는 미묘한 표정으로 발길을 돌렸다.

루이스 와그너는 그렇게 스머티노즈 섬을 떠났다.

10.

　나는 물의 무게에 대해 생각해봤다. 그것은 과학적인 영역이다. 물의 1입방피트는 62.4파운드이다. 바닷물은 민물보다 3.5퍼센트 더 무겁다. 그 말은 바닷물 1,000파운드에 35만큼의 소금이 있다는 뜻이다. 물의 무게는 깊이를 상승시키는 압력을 발생시킨다. 바다 아래의 1마일의 압력은 제곱인치당 2,300의 압력으로 내려가는 것이다.

　토머스가 내 팔을 잡고 갑판으로 올려주었다. 토머스는 소매로 계속 빗물을 닦아냈다. "어디에 있었던 거야?" 그가 물었다.

　"빌리는 어디 있어?"

　"선실에 있어."

　"사진 찍을 마지막 기회였거든."

　"제기랄."

"비가 와서 좀 늦어졌어." 내 목소리는 긴장한 듯 가늘게 떨렸다.

"삼십 분 전부터 바람이 불기 시작했어." 토머스가 비난하듯 말했다.

"다른 배는 이미 떠났어. 도대체 무슨 일인지 모르겠네."

"빌리는 좀 괜찮아?"

토머스는 이마로 내려온 머리를 쓸어 올렸다. "구명조끼를 입혀야 돼."

"애덜린은?" 내가 물었다.

그는 콧등을 한 번 쓸더니 "선실에 누워 있어." 라고 말했다.

리치는 소형보트를 갑판 위로 끌어올렸다. 나는 뒤늦게 토머스가 리치에게는 손을 내밀지 않았다는 것을 알아차렸다.

"탐." 리치는 어릴 때처럼 토머스를 불렀다. "이 줄 좀 잡아 봐."

토머스는 배의 뒤쪽으로 가서 리치가 건넨 줄을 잡았다. 토머스는 떨고 있었다. 리치도 그 모습을 보았다.

"안으로 들어가." 리치가 조용히 토머스에게 말했다. "따뜻하게 스웨터 좀 입어. 선실 쪽 침대 밑을 보면 두꺼운 옷이 있을 거야. 진, 당신도 그렇게 해요."

그는 나에게 재빨리 말하고 갔다. 그는 밧줄걸이에 밧줄을 묶었다. "저도 내려갈게요. 해양기상청에서 뭐라고 하는지 내려가서 들어야겠어요. 다른 배는 언제 간 거야?"

"15분쯤 됐어." 토머스가 대답했다.

"어디로 가는지 들었어?"

"작은 부둣가로 간다고 했어."

리치의 물음에 답이라도 하듯, 모건호는 선체를 부르르 떨며 파도를 헤쳐가고 있었다. 나는 물 때문에 미끄러졌다. 마치 빙판 길에 자동차가 미끄러지는 것 같았다. 빗줄기가 너무 세서 주변의 섬이 잘 보이지 않았다. 바다는 잿빛과 같았고 어두웠다. 파도는 높았다.

나는 침대에 웅크려 떨고 있을 빌리를 찾으러 내려갔다. 나는 빌리의 어깨를 두드렸다. 빌리는 참을 수 없이 추운지 고개를 덜 덜 떨고 있었다.

나는 빌리 옆에 누웠다. 그러곤 빌리의 어깨와 팔을 부드럽게 쓰다듬어주었다.

"빌리, 아빠 말 들어야지." 내가 부드럽게 말했다. "구명조끼 는 꼭 입어야 한단다. 법을 어기면 안 되니까."

내가 빌리에게 안전벨트를 매지 않으면 경찰관에게 걸린다고 말했다. 권력 앞에서는 부모도 어찌할 수 없다고 강조한 셈이었 다. 내 운동화는 물에 젖어 바닥을 걸을 때마다 소리가 났다. 가 방에서 청바지와 스웨터를 꺼내 갈아입었다. 빌리가 침대에 몸 을 웅크리고는 떨고 있다가 나를 올려다보았다.

"주황색으로 입으면 안돼요?" 빌리가 물었다.

"안 돼. 저건 어른용이야. 너는 어린이 사이즈를 입어야지." 나는 세서미스트릿 캐릭터가 그려진 구명조끼를 가리켰다.

토머스는 선실 앞쪽 문을 열었다. 몸이 젖은 채로 청바지를 입으니 정말 찜찜했다. 리치는 갑판에서 몸을 돌렸다. 나는 본능적으로 뒤돌아보았다.

토머스는 남색과 노란색이 섞인 두꺼운 옷을 탁자 아래로 던졌다. "여기 작은 사이즈가 하나 있어. 빌리한테 맞을 거야." 그가 말했다.

"아빠 제가 입어도 되요?" 빌리가 손을 내밀며 말했다. 나는 스웨터와 씨름하고 있었다. 토머스의 가방에서 셔츠와 스웨터, 카키색 바지를 꺼내 토머스에게 건넸다. 토머스의 얼굴은 하얗게 질려 있었고 늙어보였다.

재판에서 소추를 하기 위해 엣츤은 마렌에게 얼마동안 루이스 와그너와 알고 지냈는지 물었다. 마렌은 루이스 와그너와는 작년 봄 무렵부터 7개월 동안 함께 생활했다고 대답했다.

"루이스 와그너는 언제 떠났습니까?" 엣츤이 물었다.

"11월쯤 포츠머스로 떠났습니다." 마렌이 대답했다.

"당신 집 어느 방에서 묵었습니까?"

"집의 가장 동쪽 끝에서 묵었습니다."

"옷은 어디에 보관했습니까?"

"침실에 보관했습니다. 바다에 나갈 때는 입구에 걸린 방수복을 입었습니다. 입구는 부엌 쪽에 있었습니다."

"출입구는 당신 집에 있었습니까?"

"네."

엣츤은 루이스의 방 구조에 대해 물었다.

마렌은 대답했다. "침대가 하나 있었고 큰 옷가방이 있었는데 원래는 저희 언니 물건입니다."

"그 옷장에 뭐가 있었는지 아십니까?"

"캐런의 옷이 있었습니다. 겨울옷 몇 벌과 입지 않는 여름옷을 넣어뒀습니다. 그리고 이불도 있었습니다."

"모두 옷가방 안에 있었습니까?"

"네, 맞습니다."

"그 당시 캐런도 함께 생활했습니까?"

"아니요. 가끔씩 들르기만 했습니다."

"자고 간 적도 있습니까?"

"아니요."

태플리는 마렌에게 캐런이 지갑에 돈 외에 또 무엇을 보관했는지 아느냐고 물었다. 아니면 살해를 당한 그날 지갑에 뭔가를 넣는 것을 보았는지 물었다.

"네." 마렌이 답했다.

"무엇을 봤습니까?"

"하얀 단추를 봤습니다."

"비슷한 단추가 달린 옷을 본적이 있습니까?"

"네, 몇 벌 있습니다."

"어디에서 떨어진 겁니까?"

"저의 바느질 바구니에서 떨어진 것입니다."

"어떻게 단추가 거기 있었는자 말해보세요."

"바느질 바구니에서 단추를 찾았어요. 그리고 하나를 가져가 캐런에게 주었습니다."

"누가 바느질 바구니를 가져갔습니까?"

"아넷입니다. 그녀가 캐런에게 건네줬고 캐런은 지갑에 단추를 넣었습니다."

"혹시 비슷한 단추를 가지고 있습니까?"

"네, 가지고 있습니다."

마렌은 단추를 보여주었다.

"하나는 바구니 안에, 두 개는 항상 바구니 속 작은 상자 안에 있었습니다. 비슷한 단추가 달린 잠옷도 있습니다."

마렌은 잠옷을 보여주었다. 판사는 엣츤에게 단추와 잠옷은 연관성이 없어 보인다고 말했다.

"차후에 모아서 다시 한 번 보여드리겠습니다." 엣츤이 대답했다.

리치는 라디오에 꽂아둔 이어폰을 빼고 지도를 보고 있었다. 라디오에서는 한 남자의 감정 없는 목소리가 흘러나왔다. 무슨 말을 하는지 잘 들리지 않았다. 그러나 리치는 라디오를 들으며 지도를 열심히 들여다보았다. 나는 빌리에게 입힐 스웨터를 찾았다.

리치는 자로 재면서 지도에 표시를 했다. "예상보다 날씨가 더 안 좋아질 거야." 리치가 토머스를 보며 말했다. "예보에 따르면 천둥번개를 동반한 강풍이 시속 50마일로 불거래." 파도가 보트 옆면을 강타해 물이 흘러들어왔다. 열린 계단을 통해 바닷물이 내려왔다. 리치는 손을 뻗어 문을 닫았다.

"강풍이 불면 바위와 부딪힐지도 몰라." 리치가 말했다. "다른 보트처럼 리틀 하버 쪽으로 운전을 할게. 손 놓고 여기에 있는 것보다 나을 거예요." 그는 뒤돌아 토머스와 내게 말했다. 리치는 머릿속으로 계속 방법을 구상하는 것 같았다. 그는 여전히 젖은 티셔츠와 반바지 차림이었다.

"토머스, 돛을 잘 올려줘. 진, 수프와 커피를 끓여서 보온병에 넣어놔요. 그리고 물이 들어가지 않게 지퍼백에 생필품을 보관해야 돼요. 배가 심하게 흔들릴 수 있으니 떨어질 만한 건 모두 밀봉해서 보관해두세요. 노끈도 있으니 필요하면 서랍을 열어보세요. 애덜린이 도와줄 거예요. 모든 출입구를 폐쇄해야 돼요."

리치는 책상 서랍을 열고 약통을 꺼내 토머스에게 건넸다. "배 멀미 약이야. 모두 한 알 씩 먹고 빌리는 절반만 먹어. 조종석 쿠션 밑에 다이빙마스크가 있어. 비가 와서 앞이 안 보일 때 쓰면 좋을 거야. 애덜린은 어디 있어?"

토머스는 선실 앞쪽을 가리켰다.

"어디 아프대?"

토머스가 끄덕였다.

나는 빌리가 구명조끼를 입으려고 낑낑대는걸 보았다. 나는 서랍을 열어 비닐봉지를 찾았다. 서랍 옆 난로가 흔들리고 있었다. 사실 난로가 아니라 요트 자체가 흔들리고 있었다. 나는 처음으로 메스꺼웠다. 그 동안은 멀미가 있는 줄도 몰랐다.

리치는 선실로 내려갔고 나는 문을 열어 두었다. 애덜린은 눈 위에 팔을 올리고 침대에 누워 있었다. 여전히 미동도 없었다. 리치가 거리낌 없이 젖은 옷을 벗었다.

그는 얼른 청바지와 후드티로 갈아입었다. 애덜린에게 중얼거리는 리치의 모습이 보였다. 무슨 말을 했는지 궁금했지만 들리지 않았다. 리치는 방수옷을 입고 고무밑창을 덧댄 장화를 신었다. 리치는 여전히 날씨 걱정만 하는 것 같았다.

30분 전에 내가 리치와 사랑을 나누려고 했다는 게 너무 이상하게 느껴졌다. 침대에는 내 딸이 있었고 개수대에는 남편이 있었다. 나는 이상한 불협화음과 진동을 느꼈다. 토머스는 한 손에 종이컵, 다른 손에는 약을 들고 있었다. 나를 챙겨주려는 모양이었다. 토머스는 리치의 얼굴과 내 얼굴을 번갈아 보았다. 리치는 라디오 쪽을 바라보았다. 나는 토머스가 무엇을 상상하고 있을지 생각했다. 토머스는 여전히 한 손에 종이컵을 들고 내게 약을 건넸다.

"무엇?" 토머스는 거의 알아들을 수 없게 물었다. 마치 더 이상 말을 만들어낼 수 없는 듯했다. 나는 약을 꿀꺽 삼켰다.

토머스에게 컵을 주었다. 리치는 곧장 조종석으로 올라갔다. 빌리는 나를 불렀다. "엄마, 이것 좀 봐주세요. 혼자 못 잠그겠어요."

살인사건의 유일한 목격자인 마렌 혼트베트의 진술은 정황상 증거는 있었지만 알리바이는 부족하였다. 피 묻은 루이스 와그너의 옷은 마렌 집 뒤편 화장실에 버려져 있었다. 마렌은 자신이 단추를 달아주었던 루이스 와그너의 셔츠를 증거로 제시했다. 혼트베트 집에서 돈이 없어졌고 공교롭게도 다음날 와그너는 보스턴에 갈 여비가 생겼고 새 옷도 샀다. 와그너는 스머티노즈 섬에는 여자들만 있을 것이라는 사실을 살인사건이 발생하기 몇 주 전에 존에게 들어 알았다. 또 와그너는 돈을 위해서라면 사람도 죽일 수 있다는 말을 계속 해왔다. 그런데다 살인사건이 있던 날 저녁 7시부터 다음 날 아침 7시까지 포츠머스에 있었다는 알리바이를 증명해줄 목격자도 없었다. 집 주인 여자는 와그너가 그날 밤 집에 없었다고 진술했다.

그러나 기소를 하기 위한 결정적 증거는 체포 당시 와그너의 주머니에서 발견된 흰색 단추였다. 살인이 일어난 밤 캐런 크리스텐슨의 포켓북에서 동전 몇 개와 단추가 함께 없어졌다. 그 단추는 마렌 혼트베트의 잠옷단추와 일치했다. 그녀가 법정에서 제시한 것과 같았다.

나는 마렌 혼트베트의 기록을 젖지 않도록 봉했다. 다른 물건들도 모두 지퍼백에 넣었다. 리치와 토머스는 갑판에 올라가 있었고 빌리는 나와 선실에 있었다. 나는 빌리 뒤에 가까이 붙어서 두 팔로 빌리를 꼭 감싸 안았다. 리치와 토머스는 밧줄을 풀고 모터를 돌렸다. 엔진에서 연기가 나더니 쿵쾅대는 소리가 났다. 잠시 후 다행스럽게도 모터는 윙윙하며 잘 작동했다. 우리는 쇼울 군도를 떠나 개빙구역으로 향했다.

"엄마, 애덜린도 같이 가는 거야?"

빌리와 나는 지도를 접어 지퍼백에 넣었다. 빌리는 지퍼백을 닫는 게 재미있었는지 손에서 놓지 않았다.

나는 빌리 옆에 쭈그리고 앉았다.

"애덜린은 우리랑 계속 같이 살지는 않을 거야." 내가 말했다.

"아……." 빌리는 바닥에 똑똑 떨어지는 물방울을 쳐다보았다.

"그런 건 갑자기 왜 물어?" 나는 빌리의 고개를 살짝 들어 올리며 물었다. 빌리는 앞니 두 개가 빠져 그 사이로 혀를 내밀고 천장을 응시했다.

"까먹었어요." 빌리가 말했다.

"빌리."

"음." 빌리가 까치발을 하며 머리 위로 손을 높게 뻗었다.

"글쎄요……. 내 생각엔 아빠가……."

"아빠가 왜?"

빌리는 양쪽에 팔을 펄럭이며 "몰라요."

빌리의 눈에 눈물이 차올랐다. 그 모습에 나는 너무 놀랐다.

"빌리, 무슨 일 있었어?" 나는 빌리를 품에 품고 꽉 안아주었다.

빌리의 축축하게 젖은 곱슬머리, 통통한 종아리가 느껴졌다.

"요트가 왜 이렇게 흔들려요? 기분이 나빠요." 빌리가 말했다.

의심이 많은 배심원들은 루이스 와그너에게 질문을 쏟아냈다. 변호사 태플리는 그 질문에 답하며 루이스 와그너를 변호했다.

"와그너의 손에 왜 물집이 잡혔으며, 손가락 마디마디에 멍이 든 이유가 무엇입니까?"

"루이스는 카트에 생선 상자를 옮기는 일을 하다가 그랬습니다." "

밤새 어디에 있었습니까?"

"루이스는 맥주 한잔을 하고 어부를 도와 900개의 미끼를 낚시 바늘에 꽂았습니다. 그 어부의 이름은 모르고 법정에 세울 수도 없습니다. 와그너는 맥주 두 잔을 더 마시고 나자 몸이 안 좋아졌습니다. 와그너는 복통으로 길에 쓰러졌습니다. 존스 집에 세 시에 들어가서 잤습니다. 앞문이 아니라 뒷문으로 들어갔습니다. 침실에서 안자고 거실에서 잤습니다. 늦은 아침 루이스는 수염을 깎아야겠다고 생각했고, 그때 마침 어디선가 기차 경적 소리가 들렸습니다. 그 소리를 듣자 루이스는 보스턴으로 가야겠다는 생각이 들었습니다. 거기서 루이스는 정장 한 벌을 샀고 예전에 머물던 보딩하우스에 가서 밤을 지새웠습니다."

"살인사건이 있던 날 밤에, 피가 묻은 옷을 어떻게 루이스 와그녀가 가지고 있는 겁니까?"

"그건 생선의 피 입니다. 그가 말을 이었다.

"며칠 전에 그물 짜는 바늘에 찔렸습니다."

"어떻게 보스턴으로 갈 돈과 옷 살 돈을 마련했습니까?"

"루이스 와그너는 어부를 도와 망에 미끼를 끼워주고 12달러를 받았습니다. 그 어부의 이름은 기억하지 못합니다. 그리고 사건이 있던 날 밤에도 와그너는 돈을 벌고 있었습니다."

태플리는 루이스 와그너에게 그가 보스턴에서 체포되었을 때 무슨 일이 있었는지 물었다.

"보딩하우스에서 쉬고 있는데 갑자기 경찰관 두 명이 들이닥

쳤습니다. 자초지종을 물었지만 바로 대답해주시지 않았습니다. 그러고는 무작정 끌고 가려고 했습니다. 슬리퍼 차림이라서 집에 가서 부츠로 갈아 신고 오겠다고 했으나 경찰은 들어주지 않았습니다. 그리고 길거리로 나를 끌고 가 사람들에게 물었습니다. 보스턴에 온 지 얼마나 됐냐고 말이죠. 저는 무척 겁이 났습니다. 경찰관 한 명이 제게 영자신문을 읽을 줄 아느냐고 물었습니다."

"뭐라고 대답했습니까?"

"읽을 줄 모른다고 했습니다. 저는 경찰관에게 신문에 뭐가 나왔냐고 물었더니 뜬금없이 쇼울 군도에서 여자 두 명을 살해했는지 물었습니다. 저와는 전혀 관련 없는 일이라고 대답했습니다. 경찰관들은 저를 경찰서장에게 데려갔습니다."

그러고 나서 태플리는 와그너에게 경찰서에서는 무슨 일이 있었는지 물었다.

와그너는 답했다. 존슨 경찰서장은 루이스 와그너에게 그가 쇼울 군도에서 썼다고 추정되는 긴 모자의 행방에 대해 물었다.

와그너는 계속 말을 이어갔다.

"저는 쇼울 군도에 가지 않았고 그런 모자는 본 적도 쓴 적도 없습니다. 존슨 경찰서장은 제가 쇼울 군도로 가겠다는 말을 들은 빵집 사장이 있다고 했습니다. 제가 빵을 사가면서 그런 말을 했다는 겁니다. 저는 억울했습니다. 그런 말을 한 적이 없었습니다. 저는 그 빵집 사장을 만나게 해달라고 했습니다. 그러자 경찰서장은 서두르지 않아도 곧 보게 될 거라고 말했습니다. 나는 다른 방으로 이동해 옷을 모두 벗고 경찰관이 건넨 옷으로 갈아입었습니다. 그리고 다음날 아침까지 구치소에 갇혀 있었습니다. 경찰관들이 오더니 저를 끌고 밖으로 나갔습니다."

"경찰관이 두 명이었습니까?"

"네, 저를 데리고 길을 따라 걸었습니다. 잠시 후 어떤 집에 저를 데려갔습니다. 자리에 10분 동안 앉아 있었습니다. 지나가는 사람들이 모두 저를 쳐다봤고 방에서 사람이 나와 제 사진을 찍었습니다. 그리고 다시 경찰서로 왔습니다."

"그리고 또 무슨 일이 있었습니까?"

"저는 다시 갇혔습니다. 잠시 후에 어떤 창고 같은 곳으로 저를 데려갔습니다. 저는 그들에게 물었습니다. 저를 도대체 어디로 데려가느냐고 말입니다. 저를 다시 포츠머스로 돌려보낸다고 했습니다. 저에게 가기 싫으냐고 물었고 저는 "예"라고 대답했습니다."

"누가 그걸 물었나요?"

"저를 창고로 데려간 경찰관이요."

"이름을 알고 있습니까?"

"네, 여기에 와 있습니다."

"네, 계속 하십시오."

"그리고 저는 포츠머스로 왔습니다. 사람들이 거리에 가득했고 '죽여라, 저 놈을 죽여라!' 라고 소리쳤습니다. 저는 경찰서로 이송되었습니다. 저는 45분간 갇혀 있었습니다. 혼트베트 씨가 오기 전까지…. 혼트베트 씨는 저에게 다가와, '이런 악마 같은 놈. 이 살인마야' 라고 말했습니다. 저는 존에게 모두 오해라고 말했습니다. 하지만 믿지 않으며 제게 욕설을 퍼부었습니다. 저는 존에게 진범을 꼭 잡길 바란다고 말했습니다. 그는 이미 잡았다고 말하며 교수형을 당할 거라고 지옥도 너에겐 과분한 곳이라고 말했습니다. 저를 갈기갈기 찢어서 물고기 밥으로 줘도 분이 안 풀린다고 했습니다. 존은 그날 밤 쇼울에서 썼던 모자는 어디 있느냐고 물었습니다. 또 지난밤에 잡은 생선은 다 어떻게 한 거냐고 물었습니다. 저는 생선을 잡은 적이 없다고 했고 그날 밤엔 포츠머스에 계속 있었다고 했습니다. 존은 그날 밤 스머티노즈 섬에 배가 정박해 있었다고 했습니다. 그리고 그 배가 서쪽으로 가는 걸 보았고 다른 배에게 신호를 보냈다고 합니다. 그래서 저는 그에게 그날 밤 그 배를 끌고 간 사람을 샅샅이 찾아보라고 했지만 존과 에번이 제가 바로 그 자라고 소리쳤습니다."

"에번은 누구입니까?"

"마렌 크리스텐슨의 오빠입니다. 나는 그에게 절대로 돈을 훔치려고 한적이 없다고 말했습니다. 만약 그럴 생각이었다면 살인을 하지 않고도 얼마든지 돈을 훔칠 수도 있었다고 말했습니다. 그는 저에게 13달러를 훔쳤다고 했고 포켓북에서 10달러를 가져갔다고 했습니다.""누가 그렇게 말했습니까?"

"혼트베트 씨입니다. 저는 절대 돈을 훔치지 않았다고 반복해서 말했지만 소용이 없었습니다. 제 말은 들으려고 하지도 않았습니다."

혈흔에 대한 증거가 법정에 제시되었다. 호레이스 체이스는 내과의사로서 루이스 와그너의 옷에서 발견된 혈흔을 분석했다고 진술했다. 체이스 박사는 생선의 혈구와 사람이나 포유류의 혈구는 모양이 다르다고 설명했다. 게다가 혈구의 크기가 다르므로 말의 피와 사람의 피를 구별할 수 있다고 했다. "인간의 혈구 평균은 I-3200 an inch로 측정하며 한 줄로 된 3,200개가 제곱인치당 한 면을 뒤덮고 있습니다. 그리고 말은 4,600개가 있습니다. 차이점이 잘 드러나죠." 체이스 박사가 말했다.

기소 측인 엣츤은 작업복과 재킷, 셔츠를 보스턴의 체이스 박사에게 보내 혈흔분석을 의뢰했다. 체이스 박사는 작업복과 셔츠에서 사람의 피를 검출하였고, 재킷에는 포유류의 피를 발견했다고 증언했다. 교호 신문을 통해 체이스 박사는 이 사건에서 발견된 혈흔 중 두세 개의 혈흔분석은 하지 못했다고 말했다.

피고 측에서는 혈액 전문가를 내세웠다. 보스턴 메사추세츠대학의 약대 교수인 제임스 밥코크 교수는 다른 포유류와 인간의 혈액 차이를 구분 짓는 일은 절대적으로 불가능하고 옷에 묻은 피가 굳으면 그 핏자국이 얼마나 지났는지 혹은 또 다른 자국이 생기기 전에 묻었는지 그 후에 묻었는지 알 수가 없다고 증언했다. 또한 피로 성별을 밝히는 실험은 없다고 말했다.

피고 측은 아사 번이라는 어부를 증인석에 내세웠다. 그는 살인사건이 있던 날 아들들과 함께 낚시를 하러 갔다고 했다. 그런데 바람이 거세서 앞을 보기도 힘들 정도였다고 진술했다. 그의 생각에는 와그너가 섬으로 가긴 힘들었을 거라고 말했다.

아넷을 부검한 존 파슨스 외과의사는 변호석에 앉았다. 박사는 아넷의 상처가 근력이 세지 않은 사람에게 당한 것인지 아닌지에 대해 질문을 받았다. 박사는 "그다지 힘이 센 사람은 아닙니다"라고 대답했다.

마침내 변호측은 모든 소송을 기각하려고 했다. 당시 메인 주에서는 기소장에 희생자의 이름을 정확한 철자로 쓰지 않으면 일급 살인죄가 성립되지 않았는데, 에번 크리스텐슨은 첫 진술 때 "아넷 크리스텐슨은 제 아내입니다"라고 말했다. 그러나 그는 기소장에 Christens'e'n을 Christens'o'n으로 잘못 썼고 미들네임은 이니셜로 적었다. 태플리는 법정에 선 에번에게 질문했다.

"아내가 사망한 모습을 목격한 시각은 언제입니까?"

"..."

"몇 시였습니까?"

"…"

"무슨 말인지 모르겠습니까?"

"…"

"집안으로 들어갔습니까?"

"네."

"다른 방도 둘러봤습니까?"

"다른 방도 보았습니다."

"방에 피가 난자했습니까?"

"네."

"바닥에 말입니까?"

"네"

"아내의 이름이 무엇입니까?"

"…"

"당신이 아침에 여기로 오기 전에 누가 아내의 이름을 물어봤습니까?"

"…"

"내가 하는 말을 이해하고 있습니까?"

"…"

"노르웨이 출신이죠?"

"…"

"내 말을 전혀 못 알아듣고 있군요. 그렇죠?"

"네."

"아내 이야기를 누구랑 한적 있습니까?"

"…"

"오늘 아침 여기 오기 전에, 누구에게 아내 이름을 말해주었습니까?"

"…"

"캐런의 full name이 뭡니까?"

"Karen Alma Christensen입니다."

"아내 이름이 Matea Annette입니까?"

"Anethe Matea Christensen입니다."

"Matea Annette라고도 불렀습니까?"

"…"

"내 말을 이해하고 있나요?"

"…"

"결혼한 지 얼마나 되었습니까?"

"…"

"아내와 언제 결혼했습니까?"

"…"

태플리는 결국 포기했다. 그리고 재판장은 이 사건 희생자의 이름을 아넷 M. 크리스텐슨이라고 발표했다.

빌리는 허리가 아픈 듯 구부정한 자세로 계속 기침을 했다. 얼굴은 창백했고 이마에는 땀이 맺혔다. 그러고는 이내 울음을 터뜨렸다. 지금 상황에 매우 놀란 모습이었다. "엄마, 엄마" 하고 빌리가 나를 불렀다.

강풍 때문에 마치 요트가 기차에 부딪힌 느낌을 받았다. 나는 요트가 한쪽으로 크게 기울어 벽에 머리를 세게 부딪쳤다. 캐비닛에서 그릇이 깨지는 소리가 요란하게 들렸다. 탁자 위에 있던 보온병이 미끄러지며 플라스틱 뚜껑이 깨졌다. 나는 바닥에 무릎을 꿇고 빌리를 꽉 안으며 최대한 침착하려고 애썼다.

"리치." 나는 위쪽을 향해 외쳤다. 대답이 없어 다시 불렀다.

"리치, 바닥에 물이 넘쳐나요." 내가 소리쳤다.

대답이 들리지 않았다. 폭풍우 때문에 목소리가 묻혔다. 배 위로 파도가 철썩였다. 뭔가 돌아가는 소리가 났다. 엔진소리는 아니었다. 파도를 헤쳐나가기가 정말 힘들어 보였다. 리치가 토머스를 불렀다.

토머스는 사다리를 타고 선실로 내려왔다. 비옷도 소용없이 흠뻑 젖은 모습이었다. 토머스도 당황한 듯 정신이 없어 보였다. 토머스는 내 곁으로 와 엎드려 있는 빌리를 보며 "무슨 일이야?" 하고 물었다.

"배 멀미를 하는 것 같아."

토머스는 옆으로 와서 쪼그리고 앉았다.

"겁을 잔뜩 먹었어." 내가 말했다.

"약은 먹였어?"

"응, 그런데 너무 늦게 먹인 것 같아."

토머스는 마른 수건으로 빌리의 이마를 닦아준 뒤 자기 얼굴도 닦아냈다. 토머스는 거친 숨을 내쉬었다. 토머스의 한쪽 볼이 벌겋게 부어 있었다.

"어떻게 된 거야?" 나는 상처를 가리키며 말했다.

"날씨가 장난이 아니야. 말도 못해." 토머스가 대답했다. 그는 우비의 모자를 벗고 머리를 털었다. 머리카락에 이물질이 달라붙어 있었다. 그 모습을 본 빌리가 좀 나아진 듯 웃어보였다.

토머스는 여전히 가쁜 숨을 몰아쉬었다. 그 역시 겁을 먹은 듯했다.

토머스는 계단에서 소리쳤다. "리치, 바닥에 물이 상당히 차올랐어."

리치가 뭐라고 말을 했지만 정확히 들리지 않았다. 토머스는 일어나 사다리에 몸을 기댔다. "알겠어." 리치의 말에 토머스가 대답했다.

토머스는 서랍에서 연장을 꺼냈다. 벽에는 소켓이 있었다. 토머스는 공구를 소켓에 끼워서 앞뒤로 돌리기 시작했다. 폼은 좀 어정쩡했지만 이제껏 토머스가 이렇게 막노동을 하는 걸 본적이 없다.

"배 바닥에 물이 차서 기름과 섞였어." 토머스가 내게 말했다. "리치가 전기가 나간 것 같대."

토머스는 작정한 듯 조용히 작업에 열중했다. 나는 뭔가 툭 하고 꺼지는 소리가 들었다.

"젠장." 리치가 크게 소리쳤다.

리치는 사다리로 내려와서 다이빙마스크를 벗었다. 피부가 벌겋게 부어 있었다. "엔진이 꺼졌어." 리치가 급히 말했다. 리치는 빌리를 보고는 내게 "어디 아파요?" 하고 물었다.

"배 멀미를 하네요." 내가 대답했다.

그는 크게 한숨을 쉬고는 왼쪽 눈을 비볐다. "잠깐 핸들 좀 잡고 있어줄래요? 저는 엔진실에 가봐야겠어요."

나는 빌리가 두려워하는 것을 느꼈다. 빌리는 배에 손을 얹고 누워 있었다. "애덜린에게 빌리를 부탁해야겠네요." 내가 말했다. 나는 리치가 정말 어쩔 수 없을 때만 도움을 요청하는 스타일이란 걸 잘 알고 있었다.

"빌리를 데려다주고 위로 올라와요. 방법을 가르쳐줄게요." 리치가 말했다.

나는 빌리를 데리고 앞쪽 선실로 가서 문을 열었다. 침대는 뒤집어진 V자 모양을 하고 있었다. 침대 아래에는 큰 서랍장이 있고 라커가 매달려 있었다. 애덜린은 이마에 손을 얹고 침대에 누워 있었다.

빌리는 내 뒤에 숨어 있었다.

애덜린에게 빌리를 맡기는 것이 그다지 내키지는 않았다. 그때 빌리가 멀미 때문에 또 토를 했다.

"빌리가 배 멀미를 심하게 하네요. 기분도 안 좋고요. 저는 리치를 좀 도와줘야 해서 잠깐 부탁 좀 할게요. 필요하면 토머스를 부르세요."

"도움이 못 돼 미안해요, 진." 그녀가 말했다.

나는 빌리에게 말했다. "엄마는 삼촌을 좀 도와야 해. 애덜린 언니 말 잘 듣고 있어야 돼요. 알았지?" 빌리는 지쳐서 울 힘도 없어 보였다.

"배 멀미는 정말 사람을 지치게 해요." 내가 애덜린에게 말했다. "리치나 토머스는 원래 배 멀미를 안 하던데 유전인가 봐요. 빌리도 좀 닮았으면 좋았을 텐데."

"만나서 처음 한 말이 그거였어요." 애덜린이 말했다.

"리치가 그러던가요?" 빌리의 눈가를 닦아주며 내가 말했다.

"아니요, 토머스가요."

그 말을 들은 순간 표현하기 힘든 묘한 기분이 들었다.

"언제 토머스를 만났나요?" 할 수 있는 한 자연스럽게 물었다.

예상했던 말이라도 누군가의 입에서 흘러나오는 순간 당신의 인생을 영원히 바꾸어 놓기도 한다. 그리고 어느 한순간 이미 당신의 인생은 바뀌었다는 사실을 깨달을 것이다. 어느 순간 바뀌어 있는데 단지 알아채지 못할 뿐이다.

애덜린의 얼굴에서 당황한 기색을 느꼈다.

"다섯 달 전쯤 만났어요." 그녀가 태연한 척하며 말했다. "사실 리치를 소개해준 것도 토머스에요."

조종석에서 들려온 외침 때문에 대화의 화제가 바뀌었다.

"진, 어서 올라와줘요." 리치가 소리쳤다.

"빌리는 걱정하지 마세요." 애덜린이 얼른 말했다. "곧 괜찮아질 거예요."

리치의 요트를 타자고 했던 토머스의 제안을 생각해보았다.

나는 빌리를 애덜린 곁에 앉혔다. 요트가 또 다시 기울기 시작했다. 빌리는 벽에 머리를 부딪쳤다. "아야." 빌리가 말했다. 이 모든 것이 얼른 끝나길 바랐다.

갑판 위로 나가니 상황이 심각했다. 폭풍우는 예상하지 못할 만큼 심했다. 파도는 컴컴했다. 시야가 확보되지 않을 정도였다. 리치는 진지한 표정으로 내 귀에 대고 말했다. "어렵지 않아요." 바람 소리가 커 그는 소리치듯 얘기했다. "지금처럼 잡고만 있으면 돼요. 무슨 일이 있어도 꽉 잡고 있어야 돼요. 파도가 들어 치지 않는 게 제일 중요해요. 알겠죠?"

"리치, 언제 애덜린을 만난 거예요?"

"뭐라고요?" 잘 안 들리는지 그는 내게 가까이 왔다.

"언제 애덜린을 만났냐고 물었어요!" 내가 크게 말했다.

리치는 고개를 흔들었다.

"파도가 얼마나 높을까요?" 내가 물었다.

"아주 높아요." 리치가 말했다. "자, 이제 운전대를 잡아 봐요."

나는 나무로 된 핸들을 2-3시 방향으로 돌렸다. 하지만 생각보다 쉽지 않았다. 핸들이 나를 운전하는 느낌이 들었다.

"꽉 잡고 있어야 돼요, 진"

"못 하겠어요." 내가 말했다.

"할 수 있어요. 걱정 마요."

다시 운전대를 꽉 잡고 다리에 단단히 힘을 주었다. 빗방울이 내 얼굴을 적셨다.

"여기, 이걸 써요." 리치가 말했다.

리치는 나에게 다이빙마스크를 주었다.

"리치, 애덜린을 처음 만난 곳이 어디죠?" 내가 물었다.

리치가 당황한 표정으로 나를 바라보았다. "시인과 산문의 만찬에서 만났어요." 리치가 말했다. "알고 있는 줄 알았는데…. 토머스도 왔었죠. 당신은 오지 않았고요."

"도우미 아줌마를 구하지 못해서요. 애덜린은 거기에 왜 온 거죠?" "보스턴 은행이 그 행사를 주최했어요. 애덜린은 은행 대표로 참석했죠."

리치는 내 후드를 내렸다. 아마도 다이빙마스크를 잘 씌워주려는 모양이라고 생각했다. 아이들 옷을 입혀주듯이 말이다. 하지만 리치는 고개를 숙여 비에 젖은 내 입술에 키스했다. 한번, 아주 빠르게. 갑자기 가슴이 턱 내려앉는 느낌이 들었다.

그러고서 리치는 내 얼굴에 마스크를 씌워주었다. 내가 마음을 진정시키고 눈을 떴을 때 리치는 이미 선실로 향하고 있었다.

나는 리치가 시킨 대로 잘 할 수 있을지 걱정스러웠다. 한 손으로는 운전대를 잡고 서 있기가 힘들었다. 그래서 선미를 보려고 목을 길게 뺐다. 요트가 파도사이의 골로 꺾였다. 파도가 내게 쏟아졌고 요트 역시 파도를 뒤집어썼다. 몸을 부풀릴 대로 부풀린 파도가 요트를 앞으로 밀어냈다. 내가 서툴게 운전한 탓에 요트는 이리저리 비틀거렸다. 눈앞에 펼쳐진 파도를 어찌해야 되는지 알 수 없었다. 춥고 축축해서 손이 떨려왔다. 핸들이 자꾸만 흔들렸다. 나는 핸들을 놓치지 않기 위해 온 몸에 체중을 싣고 안간힘을 썼다. 한 시간이 채 되기 전에 요트가 스머티노즈 섬 해변에 다다랐다.

파도가 왼쪽 난간에 부딪혀 부서지고 있었다. 물이 조종석으로 들어왔다. 나는 까치발을 했고 물은 빠르게 차올랐다. 얼음장 같은 바닷물이 내 발목에 닿았다. 요트는 파도 속으로 들어가고 있었다. 나는 운전대를 잡고 버텼다. 내 오른쪽으로 번개가 쳤다. 우리는 또 다시 파도와 파도 사이에서 길을 잃었다. 나는 다시 한 번 운전대를 잡고 늘어졌다. 리치가 내려간 지 불과 3분도 채 안 돼서 벌어진 일이었다. 번개가 또 한 번 쳤다.

번개를 고스란히 맞은 작은 돛 하나가 뱃머리로 쓰러졌다. 애덜린이 갑판 위로 올라왔다. 나는 소매로 다이빙마스크를 문지르고 핸들을 다시 꽉 잡았다. 지금 눈앞에 무엇이 있는지 정확히 보이지 않았다. 다이빙마스크를 벗고 주머니에서 안경을 찾아 썼다. 주머니 속에도 물이 들어갔다. 물이 묻은 안경을 쓰니 마치 프리즘을 통해 보는 듯 사물이 왜곡돼 보였고 굴곡이 생겼다.

애덜린은 출입문 끝에 걸터앉아 고개를 들고 하늘을 쳐다보았다. 마치 빗물로 샤워를 하는 것 같았다. 빗물은 단번에 애덜린의 머리칼을 적셨다. 머리칼이 곧 흠뻑 젖어 애덜린의 얼굴에 달라붙었다. 애덜린은 출입구에서 나와 비틀비틀 걸어왔다. 쇠로 된 스테이(배의 돛대를 받쳐주는 밧줄처럼 강도가 부족한 부분에 보강하는 것)를 붙잡고 있었다. 그녀는 난간에 서서 바다를 살폈다. 나는 소리쳐 애덜린을 불렀다.

애덜린은 흰색 블라우스에 짙은 색 롱스커트를 입고 있었다. 옷이 금방 젖어들었다. 그녀의 윤곽은 보였지만 얼굴은 희미했다. 나는 다시 애덜린은 불렀다. 애덜린은 구명조끼도 입지 않는 상태였다.

나는 리치에게 소리쳤지만 리치는 내 외침소리를 듣지 못한 듯했다. 토머스도 마찬가지였다.

애덜린이 대체 왜 그러는지 이해할 수 없었다. 제정신이 아닌

걸까?

　나는 순간 그녀의 부주의한 모습에 화가 치밀어 올랐다. 이 여자가 우리의 삶 속에 파고드는 것이 싫었다. 토머스와 빌리를 알고 지내는 사실도 싫었다. 그들을 자기에게 빠져들게 만들고 그들의 마음을 혼란시킨 것도 싫었다. 빌리를 혼자 두고 갑판 위에 올라와 있는 것에도 화가 났다. 무엇보다도 지금 그녀의 행동을 말리고 싶지가 않았다. 대신에 그녀의 목에 걸린 십자가 목걸이를 없애버리고 싶었다.

　나는 핸들에서 손을 떼고 허리를 앞으로 숙였다. 그리고 스테이를 잡았다. 나는 윈치(드럼에 로프를 감아서 중량물을 끌어올리거나 또는 끌어당기는 데 사용하는 간단한 자아틀)로 손을 뻗어 난간을 붙잡았다. 애덜린의 머리칼이 바람에 마구 흩날렸다.

　나는 그녀가 아프다는 걸 알아차렸다. 나는 난간에 웅크리고 있는 그녀의 이름을 크게 불렀다. 파도 때문에 요트가 이리저리 흔들렸다. 애덜린은 나를 쳐다보았다. 놀란 기색이 역력했다. 지브가 세차게 흔들렸고 총소리처럼 날카로운 소리가 났다. 그녀가 손을 내밀었다. 그녀의 손이 바람에 맥없이 흔들렸다. 그렇게 그녀는 파도와 내 사이에 떠 있었다.

　내게 기회가 생겼다. 선택할 기회가 생겼다.

　메인 주 배심원들은 채 1시간도 안 돼 일급 살인사건이라는 판결을 내렸다. 와그너는 교수형을 선고받았다. 와그너는 형 집행을 위해 토머스턴에 있는 주 교도소로 송치되었다.

메인 주는 사형제도 폐지에 대한 찬반여론이 일었던 지역이다. 토머스턴에서 교수형을 진행하는 건 중대한 화젯거리였다. 와그너는 도끼로 친형의 식구들을 세 명이나 살해한 트루 고든이라는 살인범과 함께 교수형을 당할 예정이었다.

당시 고든은 살인을 저지른 직후, 칼로 자신의 대퇴부 동맥을 끊고 가슴을 찔러 자살을 시도해 출혈이 심했고 의식을 잃은 상태였다. 어차피 회생할 가능성이 희박한 고든을 교수형에 처해야 하는가에 대해 논의가 있었지만 토머스턴의 교도소장은 섬뜩한 결정을 내렸다. 와그너와 고든은 교수대가 있는 채석장으로 옮겨졌다. 고든에게 올가미를 씌우기 위해 경찰관 두 명이 그를 똑바로 앉혔다. 와그너는 벌떡 일어나 자신의 무죄를 주장했다. 그는 "신은 정의롭습니다. 무고한 사람을 고통 받게 하지는 않습니다!" 하고 외쳤다.

1873년 6월 25일 오전, 루이스 와그너와 트루 고든은 교수형에 처해졌다.

애덜린은 짓궂은 남자아이에게 놀림을 받는 어린 소녀처럼 이리저리 날뛰었다. 그녀의 팔다리가 파도 앞에서 마구 흔들렸다.

큰 파도가 그녀의 머리 위를 덮쳤다. 나는 그녀가 빠진 곳을 가만히 응시했다. 바다는 끊임없이 일렁였다. 그렇게 애덜린은 멀어져 갔다.

갑판 위로 바닷물이 쏟아져 들어왔고 난간에 있는 나는 꼼짝도 할 수 없었다. 애덜린은 내 예상보다 20야드나 떨어진 곳으로 벗어났다. 나는 그녀의 이름을 불렀다. 그녀가 안간힘을 쓰고 있었다. 리치가 갑판 위로 올라와 곧장 내가 놓아버린 핸들을 잡았다.

"진" 그가 외쳤다. "어서 난간에서 떨어져요. 어떻게 된 거예요?"

"애덜린이 바다에 빠졌어요." 리치를 향해 내가 외쳤다. 그러나 바람이 강해서 그는 내 입모양만 보일 뿐 소리는 안 들렸을 것이다.

"뭐라고요?"

"애덜린이 빠졌어요!" 내가 최대한 큰 소리로 바다를 가리키며 말했다.

그때 토머스가 위로 올라왔다. 그는 검정색 비니를 쓰고 있었고 방수복을 벗은 상태였다. 리치는 토머스에게 애덜린이 빠졌다고 소리쳤다. 토머스가 구명튜브를 바다에 던졌지만 파도는 순식간에 집어 삼켰다. 하얀 손수건이 떨어지듯 하늘에 섬광이 반짝였다. 이성을 잃은 토머스는 바다로 뛰어들었다. 리치는 요트를 똑바로 하기 위해 레슬링 선수처럼 몸을 반쯤 쭈그린 채 핸들을 붙잡고 버티고 있었다.

나는 궁금해졌다. 만일 내가 애덜린에게 손을 내밀었다면 그녀는 내 손을 잡았을까? 나는 일순간의 분노와 질투심 때문에 손을 내밀지 않은 건 아닐까. 그때 내가 애덜린에게 소리치지 않았다면, 그녀는 일어나지 않았을 것이고 쓰러지는 돛에 맞지도 않았을 것이다.

리치가 애덜린을 끌어올렸을 때 그녀의 치마와 속옷은 사라지고 없었다. 리치는 응급처치를 시작했다. 심폐소생술을 하고 인공호흡을 했다. 토머스는 애덜린을 구하고 가까스로 다시 요트로 올라왔다. 그는 기침을 하며 쌕쌕거렸다.

분노와 절망 속에서 지치고 숨 막히는 사람은 내가 아니었다. 바로 리치였다. 심폐소생술을 멈추고는 고개를 들고 소리쳤다. "빌리는 어디 있어?"

11.

1899년 9월 25일

  이제 나에게는 가장 어려운 일만이 남아 있다. 그것은 1873년 3월 5일에 있었던 일과 마주하는 것이다. 나는 바로 이 종이에 적어야 한다. 여기 조용한 내 작은 방, 내 손과 잉크, 그리고 종이를 비추는 촛불이 있는 이 방에서, 목격자이자 유일한 생존자의 손으로 진실을 기록할 것이다. 나는 그날의 일을 차마 적을 수 없어 울기도 했다. 기억이 나지 않기 때문이 아니다. 너무도 생생하게 반복되는 꿈. 몇 년이 지나서도 그 꿈에서 벗어날 수 없었다. 너무도 지독한 꿈이다.

  청명한 하늘에 눈부시게 태양이 빛나는 날이었다. 눈과 바다, 빙정에서 반사되는 빛 눈이 따가울 정도였다. 밖에 나가니 건조하고 불쾌한 바람이 불어왔다. 건조한 날씨에 피부는 논바닥처럼 갈라졌다. 남자들은 전날 쳐놓은 그물을 건지려고 아침 일찍 집을 나서야 했다. 아마 조금 후에 캐런도 데려다주고 생선도 팔고 미끼도 사 올 것이다. 나는 몇 가지를 필요한 것을 적어 존에게 주었다.

에번은 그날 계단에서 발을 헛디뎠다. 에번은 면도도 하지 않았고 머리칼이 헝클어진 채로 아침밥을 먹었다. 나는 오빠에게 배를 타면 몹시 추우니까 커피를 마시고 가라 했다. 하지만 그는 됐다며 옷을 챙겨 밖으로 나갔다. 매튜는 항상 그렇듯 먼저 배에 타 준비를 하고 있었다. 매튜는 우리와는 다른 시계를 차고 있는 것 같았다. 적어도 나보다 한 시간 일찍 일어났고 해가 떨어지기 무섭게 잠자리에 들었다.

내 기억에 그날 아침 캐런은 거실에 앉아 있었다. 나는 저녁 식사 후에 옷을 챙겨 입고 같이 가겠다고 존에게 말했다. 존은 알았다고 대답했다. 캐런의 치아는 거의 다 빠져버렸고 얼굴은 움푹 패여 있었다. 어쩔 땐 죽은 사람처럼 보였다. 1월 말부터 우리와 생활한 캐런은 직장에서 해고되었다. 하숙생들의 방을 청소하지 않고 잠자리를 정리해주지 않았다는 이유였다. 내 생각엔 아마도 엘리자 레이튼 여사가 캐런을 쫓아내고 싶어 했던 것 같다. 캐런이 기본적인 영어를 구사하게 된 후부터 불평이나 의견을 제시할 수 있었기 때문이다. 당신도 이제 알겠지만, 나는 캐런에게 항상 애증이 교차했다. 더구나 언니의 눈치를 보느라 에번과 가까이 할 수도 없었다.

스머티노즈 섬의 겨울은 말도 못하게 추웠다. 긴 겨울 동안 우리가 함께 지낸 무시무시했던 날들을 어떻게 표현해야 할지 모르겠다. 우리 모두는 부엌 난로 옆에서 하루의 대부분을 보내곤 했었다. 며칠 동안 우리는 집 밖으로 나가지도 않았고 목욕도 제대로 할 수 없었다. 온 집안에 퀴퀴한 악취가 진동했다. 작업복에서 나는 생선 비린내였다. 그리고 마룻바닥 자체에서도 냄새가 났다. 아무리 바닥 청소를 열심히 해도 그 냄새는 절대 빠지지 않았다. 지독한 겨울을 지내면서 아넷마저도 정갈한 모습을 잃어가기 시작했다. 며칠 동안 감지 않은 머리에는 기름기가 흘렀고 얼굴엔 생기가 없었다.

악취 때문에 누구도 기분이 좋을 리 없었다. 하지만 모두 화를 참고 있어야 했다. 열정이 조금이라도 남은 사람은 에번뿐인 듯했다. 그는 아넷만 있다면 만족했다. 그러나 아넷은 그렇지 않은 모양이었다. 만약 둘의 결혼이 시험에 든다면 아마 그것은 겨울, 이 섬에서일 것이다. 작은 움직임과 습관마저 참을 수 없는 지경에 이르렀을 때 단점도 드러난다. 존은 그물과 망을 고치며 시간을 보냈다. 매튜는 노르웨이에 있을 때처럼 콧노래를 부르며 존을 도와 일했다. 에번은 방으로 그물과 낚시 바늘을 가져왔다. 방바닥에는 대팻밥과 톱밥, 못이 있었고, 에번이 작업할 때 쓰는 날카롭고 위험한 공구들도 많았기 때문에 그물이 엉키지 않도록 조심히 다뤄야 했다. 나도 바빠졌다. 여기서 밝혀두는데, 내 인생에 있어서 집안일의 반복은 구원이었다. 나는 여섯 명 중에서 집안일을 제일 많이 했다. 밖에 나가서 땔감을 해오거나 물을 길어오거나 닭장에서 달걀을 가져오는 일 따위를 했다. 응당 집안일을 도맡아 해야 한다고 여겼다. 남자들이 쉬는 계절에도 여자들은 집안일을 쉴 수 없었다. 쇠약해진 남자들이 그물을 끌어올릴 힘이 없어 어부 일을 그만둬야 하는 일은 있어도 나이 든 주부들은 집안일을 그만 두는 일이 없었다.

캐런은 바느질과 실 짓는 일을 했다. 나는 캐런을 보지 않는 것만으로도 기뻤다. 아넷은 캐런이 만든 실을 돌리면서 그녀의 비위를 맞춰주기 위해 그녀의 자수 솜씨를 침이 마르도록 칭찬해주었다. 그러나 얼마 지나지 않아 이타적이고 배려심이 많던 아넷마저 끝을 모르는 캐런의 불평에 결국 지쳤다. 그냥 저런 사람도 있구나 하고 생각하는 것 같았다. 아넷은 점점 자기가 할 집안일을 달라고 했다. 하지만 부탁할 일이 많지 않았다. 아넷이 좀 불쌍해보였다. 집안에만 갇혀 원치 않는 게으른 생활을 하게 되자 밝았던 성격도 변해가는 것 같았다.

나는 행복과 기쁨에 대해 자주 생각하는 사람은 아니었다. 그래서 가끔은 이런 내 성격이 위험하다고 생각한 적도 있다. 이러다가 정말 심한 우울증에 걸릴 수도 있을 것 같았다. 에번이 내게 가혹하게 말한 그날 이후로 나는 더 이상 아무것도 기도하지 않았다. 기도를 할 이유가 사라져버렸다. 에번은 하루 종일 방에서 나오지 않았기 때문에 가까이 있어도 서로 다른 세상에 사는 것 같았다. 그는 정말 필요한 때를 제외하고는 내게 말도 걸지 않았다. 어쩌다 말을 걸더라도 그의 무관심한 말투는 나를 아프게 했다. 나는 그 어느 때보다 서운했고 서러웠다. 따뜻함이라곤 없는 그런 목소리였다. 그럴 거라면 차라리 내게 말을 걸지 않는 편이 낫다고 생각했다. 한번은 존이 잠자리에서 왜 에번과 전처럼 잘 지내지 않느냐고 물었다. 나는 별일 아니라고 대답했다. 너무 자기 부인만 챙기는 것 같아 조금 서운할 뿐이라고 말했다.

3월 1일이 지나고 남자들은 다시 바다로 떠났다. 고기잡이가 시작되면 조금 안정되는 점도 있었다. 지독하게 힘든 겨울이 지나갔다는 것 그 자체만으로도 좋았다. 집에 여유도 생긴다. 특히 남자들은 일을 하면서 힘을 얻었다. 나는 신경 쓸 것들이 줄어들어서 조금 안정이 되었다.

3월 5일 아침에 캐런이 힘들게 옷을 입었던 것이 기억난다. 은회색 바탕에 짙은 청록색 장식이 가미된 옷이었다. 옷을 입고 옷에 어울리는 보닛을 썼다. 캐런은 일단 외출복을 다 차려입고 나면 등을 꼿꼿이 세우고 손을 허벅지에 올린 자세로 몇 시간이나 움직이지 않았다. 외출복으로 갈아입으면 집안일에는 손을 떼도 된다고 생각하는 것 같았다. 그런 꼴을 가만히 보고 있자니 짜증이 솟구쳤다.

뻣뻣하고 음침한 자세로 그녀는 입을 굳게 다물고 있었다. 나는 아직 도시로 나가려면 멀었는데 몇 시간 째 모자를 쓰고 가만히 앉아만 있으면 어떡하느냐고 짜증 섞인 말투로 캐런에게 말했다. 그러나 캐런은 대꾸도 않고 입을 더 굳게 다물었다. 그때 아넷이 자신감 넘치는 모습으로 부엌으로 왔다. 아넷은 머리 위에서 두 손을 모았다가 두 팔을 크게 벌렸다. 마치 우아한 발레를 하는 것 같았다. 나는 아넷에게 오늘 유독 즐거워 보이는데 무슨 좋은 일이 있냐고 물었다.

"오, 마렌, 아직 누구에게도 말하지 않았어요. 남편도 아직 몰라요." 아넷은 호들갑스럽게 말했다. 그녀의 말에 나는 갑자기 두려워졌다.

더 듣지 않아도 나는 그녀가 무슨 말을 할지 짐작할 수 있었다. 내겐 너무 충격적인 소식이었다. 누군가 나를 밀어버린 것처럼 나는 자리에 주저앉아 버렸다.

아넷은 입에 손을 올리고는 "마렌, 괜찮아요?" 하고 물었다.

"아, 괜찮아요." 나는 손을 내저으며 말했다.

"마렌, 기쁜 소식이 아니었나요?"

"확실해요?"

"지금 두 달째 생리가 없어요. 1월, 2월이요."

"너무 추워서 그런 거 아니에요?" 나는 터무니없는 소리를 했다. 머릿속이 복잡했고 현기증이 났다.

"오늘 밤에 남편에게 말해야겠죠? 지금까지 남편에게 말하지 않고 버틴 내가 대견할 정도에요. 남편도 깜짝 놀랄 거예요."

"아직 말하지 말아요." 내가 말했다. "너무 일러요. 괜히 말했다가 부정 탈지도 몰라요. 3개월도 안 돼서 유산하는 여자들이 많아요. 아직 말하지 말아요. 우선 우리 둘만 알고 있는 걸로 해요." 그렇게 말하며 나는 약간 마음을 가다듬었다.

"어쨌든 저는 정말 기뻐요. 제 뱃속에 우리의 아기가 자라나고 있다니 말이에요." 캐런은 잠자코 있다가 말을 꺼냈다. "어디서 그걸 키울 거지?" '아이' 라는 말 대신에 '그것' 이라는 단어를 사용한 것 때문에 아넷은 꽤 충격을 받은 모양이었다. 아넷은 침착하게 캐런을 바라보면서 "에번과 함께 우리 방에서 키워야죠" 라고 말했다.

캐런은 더 이상 아무 말도 하지 않았다.

"요즘 안색이 창백한 이유가 따로 있었네요." 어느새 나도 아넷의 임신 소식을 인정하고 있었다.

"가끔 쓰러질 것 같은 기분이 들어요, 그리고 어떨 때는 못을 삼킨 것처럼 목구멍에서 비릿한 맛이 느껴져요." 아넷이 말했다

"나는 경험이 없어서 뭐라고 말해주기가…." 나는 자리에서 일어나 앞치마에 손을 닦으며 말했다.

아넷은 내 말 뜻을 이해한 듯 조용히 빗자루를 들고 바닥을 쓸기 시작했다.

검시관은 아넷의 부검 결과에서 임신 사실을 빼먹었다. 이 사실을 안다면 에번은 견딜 수 없는 분노와 고통에 사로잡힐 것이 분명했기에 나도 끝까지 말할 수 없었다.

그날 오후 2시쯤, 나는 바닷가에서 큰소리가 들려 창문을 열어보았다. 잉거브레트슨 씨가 배에서 손을 흔들고 있었다. 나는 얼른 밖으로 뛰어나갔다. 혹시 사고가 있었을지도 모른다고 생각했다. 말소리가 바람에 묻혀 잘 들리지 않았다. 존이 풍랑을 피해 곧장 포츠머스로 떠난다는 소식을 겨우 알아들을 수 있었다. 나는 알아들었다는 표시로 그에게 손을 들어보였다. 그리고 그는 배를 타고 돌아갔다.

집으로 들어와서 아넷과 캐런에게 소식을 전했다. 아넷은 실망감을 감추지 못했다. 내 충고에도 불구하고 에번에게 임신 소식을 알리려고 했던 모양이다. 캐런은 하루 종일 옷을 차려입고 기다린 것이 억울해 짜증을 냈다.

"오늘 안으로 돌아올 거예요." 내가 아넷에게 말했다. "밥 먹을 때가 됐네요. 이제 더 잘 먹어야 해요, 아넷. 남자들이 오면 먹을 것도 준비해야겠네요. 포츠머스에서부터 굶었을 테니 많이 시장할 거예요."

나는 캐런에게도 식사를 하자고 했다. 그러자 캐런은 이도 없는데 어떻게 먹느냐고 물었다. 나는 짜증 섞인 목소리로 이가 없으면 잇몸으로라도 먹으라고 말했다. 캐런이 항상 똑같은 불평을 해대 나도 더 이상 듣기가 싫었다. 캐런은 피곤한 듯 나중에 먹겠다며 고개를 돌렸다. 아넷은 나를 바라보았다. 그녀도 나처럼 캐런에게 지친 것 같았다.

식사를 마치고 나는 문 앞에 있는 장화를 신고 우물로 갔다. 우물물이 꽁꽁 얼어 있었다. 나는 닭장에 있던 도끼로 온 힘을 다해 얼음을 깼다. 자주 있는 일은 아니었지만 휘몰아치는 강풍 때문에 가끔씩 이렇게 물이 얼었다. 도끼로 얼음을 깨는 일은 익숙했다. 물동이 3개에 물을 길어 하나씩 집으로 옮겼다. 그리고 냄비에 물을 부었다. 아침마다 닭장까지 가기 귀찮아서 도끼는 현관 앞에 놔두었다.

춘분이 끝났기 때문에 해가 일찍 졌다. 어둠이 짙게 깔리면 바람소리가 잦아들었다. 집 안에도 얼마간 정적이 흘렀다.

"남자들이 오늘 밤에는 못 오겠네요." 나는 정적을 깨고 아넷에게 말했다.

아넷은 당황한 기색이 역력했다. "어떻게 확신하죠?" 그녀가 물었다.

"바람이 멈추었어요." 내가 말했다. "지금까지 안 온 걸 보면 오늘은 포츠머스에서 자고 내일 오려나 봐요."

"그렇지만 여자들끼리 밤을 샌 적은 없잖아요." 아넷이 말했다.

"그럼 30분만 더 기다려 봐요." 내가 말했다.

항구와 쌓여진 눈 위로 달빛이 사랑스럽게 빛났다. 미드오션 하우스 주변에도 아름다운 달빛이 빛났다. 나는 거실에 촛불을 켜고 오일램프를 가져왔다. 30분이 지났고 나는 아넷에게 말했다, "우리끼리 있으면 위험할까봐 그래요? 그런 일은 없을 거예요. 걱정하지 말아요. 어쨌든 남자들이 없으니 집안일이 줄어들 잖아요."

아넷은 남자들이 오는 소리를 듣기 위해 창가로 갔다. 캐런은 난로가로 가서 죽을 한 술 뜨기 시작했다. 그리고 부드럽게 으깬 감자를 먹었다. 나는 스카프를 풀고 팔을 쭉 뻗었다.

아넷은 남자들이 어디에서 잠을 자는지 궁금해했다. 호텔로 가서 밤을 지새울 거라고 캐런이 말했다. 나는 남자들이 브로드 스트릿에 사는 텍스터 씨 집으로 갔을 거라고 말했다. 아는 사람 집에서 신세를 지면 돈도 아낄 수 있기 때문이다. 캐런은 밖을 가리키며 린지에게 밥을 주지 않았다고 말했다. 나는 개밥그릇 에 남은 스튜를 덜었다. 캐런은 제풀에 지쳤는지 포츠머스에 가지 못한 불평을 멈추었다.

아넷이 설거지를 하다가 뜨거운 주전자 물에 손을 데었다. 캐런과 나는 매트리스를 아래층으로 낑낑대며 옮겨와 다친 아넷을 눕혔다. 아넷은 날도 춥고 에번도 없으니 나와 같이 자도 되냐고 물었다. 나는 좀 당황스러웠지만 아넷의 부탁을 거절할 수도 없었다. 난로에 불을 때고 나서 아넷과 나는 잠옷으로 갈아입었다.

캐런은 아침에 또 옷을 갈아입는 것이 귀찮아 그냥 계속 외출복을 입고 있으려고 했지만 옷이 구겨질까봐 어쩔 수 없이 잠옷으로 갈아입었다. 내가 불을 끄려고 할 때 캐런이 빵과 우유, 치즈를 꺼냈다. 그녀는 아직도 배가 고프다고 했다. 방금 부엌을 다 치웠는데 또 부엌을 쓰자 나는 화가 났다. 하지만 뒤에 이어질 부질없는 말다툼으로 피곤해지고 싶지 않았다. 나는 캐런에게 먹고 나서 깨끗이 뒷정리를 해달라고 말했다.

밤이 깊어갈수록 방안의 공기는 점점 차가워졌다. 거위털이 든 이불로 꽁꽁 감싸 몸은 따뜻했지만 냉기 가득한 공기에 노출된 얼굴은 차가웠다. 매번 추운 밤마다 이렇게 온기와 냉기를 동시에 느끼는 것이 신기했다. 아넷과 나는 몸을 움직이지 않고 가만히 있었다. 나는 침실 문틈을 통해 불이 꺼진 것을 보았다. 캐런도 잠자리에 들었다는 뜻이었다. 나는 달빛만이 희미하게 비추는 천장을 보며 팔을 딱 붙이고 정자세로 누워 있었다. 아넷은 내 쪽으로 누워 몸을 웅크리고 이불을 턱까지 끌어와 덮었다. 나는 취침용 모자를 썼지만 아넷은 아니었다. 머리숱이 풍성해 쓸 필요가 없는 것 같았다. 아넷이 잠든 줄 알고 고개를 돌리니 그녀는 나를 쳐다보고 있었다. 순간 온 몸에 소름이 돋았다. 다른 여자와 함께 침대에 누워 있는 것이 어색했다.

"마렌" 아넷이 속삭였다, "아직 안자요?"

그녀는 내가 잠들지 않은 걸 알고 있었다. "네"라고 조용히 말했다.

"잠이 안와요." 아넷이 말했다. "분명히 하루 종일 졸려서 죽을 것 같았는데 말이죠."

"잠이 안 오다니 웬일이에요? 내가 아는 아넷 맞아요?"

"그러게요." 아넷은 나에게 얼굴을 더 가까이했다.

"남자들은 별일 없겠죠? 무슨 일 있는 건 아니겠죠?"

나는 존과 에번이 포츠머스로 가는 길에 사고를 당한 것은 아닌지 생각했다. 그런 생각을 하긴 싫었지만 혹시나 하는 생각이 들었다. 그랬다면 아마 우리에게 먼저 소식이 왔을 것이다.

"포츠머스에 안전하게 있을 거라고 믿어요. 우리 걱정을 하면서 말이죠." 내가 말했다.

"오." 아넷이 곧이어 말했다, "에번이 내 생각을 많이 할 거예요. 나 없이는 잠을 잘 자지 못하거든요."

아넷은 긴 손가락으로 내 뺨을 어루만졌다. "마렌, 당신은 꼭 우리 엄마 같아요." 아넷이 말했다.

나는 그것이 무슨 뜻인지 이해할 수 없었다. 아넷의 손길에 가슴이 철렁했다. 나는 아넷의 손을 치우고 등을 돌리고 싶었지만 몸이 굳은 것 같았다. 벌게졌을 내 얼굴을 생각하니 컴컴한 밤이 감사하기만 했다. 사실 아넷의 손길은 엄마가 아이를 돌보듯 너무도 부드러웠다. 그러나 나는 그 친밀함을 받아들이기 힘들었다. 아넷은 내 이마를 어루만지기 시작했다.

"아넷." 그만하라는 뜻으로 그녀의 이름을 불렀다.

아넷은 내게 몸을 더 밀착시키더니 내 팔을 감싸 안았다. 이마가 내 어깨에 닿았다.

"존과 당신이요." 그녀가 속삭였다. "여전한가요?"

"뭐가 여전하단 말인가요?" 내가 물었다.

"지금 이 순간 남편이 그립지 않나요?"

"조금요." 내가 답했다.

아넷이 나를 올려다보았다. "때로 난 잠자리에 들기 전까지 부엌에 앉아 있는 게 힘들어요. 알아요?" 그리고 아넷은 나에게 더 가까이 붙었다. "마렌, 발이 얼음장 같아요. 내가 덥혀줄게요." 그러고는 부드러운 그녀의 발로 내 발을 마사지해주었다. "그거 알아요?" 그녀가 다시 말했다. "누구에게도 말한 적이 없어요. 충격 받지 마요. 에번과 나는 결혼 전에 연인사이였어요. 존과 당신도 그랬나요?"

나는 그녀에게 뭐라고 말해야 할지 몰랐다. 내 오른쪽 정강이 아래를 쓰다듬는 그녀의 발 때문에 정신이 사나웠다.

"나는 뭐가 좋은 건지 모르겠네요." 내가 말했다.

아넷의 몸은 나보다 훨씬 따뜻했다. 남편과 에번을 빼고는 그 누구와도 이렇게 신체 접촉을 한 적이 없었다. 어색함에 몸이 굳어 있었지만 이 따뜻함이 그리 불쾌하지 않았다. 더구나 같은 여자와 이렇게 가까운 접촉을 해본 적도 없었다. 쉽게 설명하기 힘든 느낌이었다. 그러나 이상하게도 엄마가 자식을 달래주는 듯했다. 나는 아넷의 손길에 안정을 찾았다. 아넷의 손길에 소름끼치게 어색함을 느끼면서도 지금 그 손길에 위안을 얻고 있었다. 혼란스러웠다. 머리보다는 내 몸이 먼저 반응하고 있는 것 같았다. 아넷은 내 가슴 위에 머리를 묻고 내 목 주변을 빨아 당겼다. 나는 아넷에게 내 팔을 둘렀다. 나는 어쩌면 이것이 그녀가 나에게 보여준 애정과 사랑에 보답하는 것이라고 생각했다.

"존과 밤마다 그걸 하나요?" 아넷이 물었다. 마치 부끄러운 것을 물어보는 여학생 같은 말투였다.

"네." 내가 대답했다. 아넷은 바로 대답하는 내 모습에 놀랐다. 내가 원해서 하는 것은 아니라고 덧붙이고 싶었지만 그러지 못했다. 아넷은 이제 대놓고 여학생들처럼 킥킥거리면서 내게 "돌아누워 봐요"라고 말했다.

내가 망설이자 아넷은 부드러운 손길로 내 어깨를 눌렀다. 계속 성가시게 할 것 같아 나는 못이기는 척 돌아서 누웠다. 이유는 몰랐다. 아넷은 내게 눈을 감고 잠옷을 올려 보라고 했다.

나는 움직일 수 없었다.

"내가 등을 만져줄게요, 옷을 입고 있으면 불편해요." 아넷은 내 잠옷을 끌어올렸다. 결과가 좀 두렵긴 했지만 나는 아넷이 하는 대로 그냥 내버려두었다. 갈비뼈 쪽이 아파서 포츠머스에 있는 병원에 갔던 적이 있다. 그때 했던 것처럼 나는 가슴까지 옷을 올렸다. 이내 따뜻한 느낌이 들었다.

아넷은 목뒤에서부터 허리까지 정교하고 조심스럽게 만져주었다. 내 등 곳곳이 예민하게 아넷의 손길을 느끼고 있었다. 나는 그 순간을 즐기고 싶었는지도 모른다. 나는 숨김없이 황홀함을 만끽했다. 어떤 이유로도 그녀의 손길을 부정할 수 없었다. 그 동안 경험하지 못한 묘한 느낌이었다. 아넷은 멈추지 않았고 그런 경험을 하는 동안 나는 아넷이 아낌없이 주는 애인 같다고 생각했다. 내가 잠이 들 무렵 그녀의 손길도 잦아들었다. 그녀가 먼저 잠이 들었다. 아넷은 살짝 코를 골았다. 그녀를 깨우지 않으려고 나는 이불도 움직이지 않았다. 나도 곧 깊은 잠에 빠져들었다. 갑자기 린지가 벽에 대고 짖어대자 머리가 아파왔다.

황홀한 꿈속에서 현실세계로 다시 헤엄쳐 나오는 것은 어둠 속에서 혼란에 빠지지 않기 위해 발버둥 쳐 나오는 것과 같다. 린지는 크게 짖어대더니 갑자기 낑낑거렸다. 나는 팔을 올렸다. 나도 완전히 깨어나기 전이었다. 나는 캐런이 화장실에 가다가 넘어져 린지가 짖은 거라고 생각했다. 나는 캐런에게 짜증 섞인 목소리로 조용히 하라고 소리치며 린지를 침실로 데려올 참이었다. 그런데 갑자기 방문이 열렸다. "세상에, 너 도대체 무슨 짓을 한 거야?" 캐런의 목소리였다.

캐런은 침실 앞에 서 있었다. 당황스럽게도 내 잠옷은 침대 아래에 있었다. 반쯤 벗은 내 몸이 드러났다. 나는 급히 잠옷으로 몸을 가렸다.

나는 캐런의 놀란 표정을 기억한다. 캐런은 나이를 먹으면서 더 신경질적인 목소리로 변했다. 그녀가 퍼붓듯 말했다. 블랙홀 같은 캐런의 입안에서 거친 말들이 쏟아져 나왔다.

"에번과도 그러더니, 이제는 아넷마저!" 캐런이 소리쳤다. "어쩜 이럴 수가 있니? 순수하고 죄 없는 아이에게 어떻게 이런 몹쓸 짓을……."

"오해야, 캐런….” 내가 말했다.

그러나 언니는 내 말은 듣지도 않고 자신이 받은 충격에 대해 말을 이어갔다. "너는 부끄러운 줄도 모르고 항상 그랬었지." 캐런은 무서운 목소리로 계속 말했다, "존과 에번이 돌아오면 다 말하겠어. 어렸을 때 너를 집에서 쫓아낸 것처럼 이 집에서도 너를 영영 쫓아낼 거야. 어려서부터 너는 이상한 아이였어."

"캐런, 그만둬." 내가 말했다. "좀 진정하고 내 말 좀 들어봐."

"내 말부터 들어. 너는 어려서부터 용서받지 못할 사랑을 할 운명으로 태어났어. 에번을 사랑했지. 그는 네게 벗어나려고 애썼어. 그래서 결혼을 했지. 에번의 아내를 가지면 에번을 가질 수 있을 거라고 생각하니? 너는 씻을 수 없는 죄를 진 거야. 넌 죄의 씨앗이야, 마렌."

내 옆에 누워 있던 아넷이 일어나서 기지개를 켜고는 나와 캐런을 쳐다보았다. "무슨 일이에요?" 아넷이 잠에서 덜 깬 목소리로 물었다.

캐런은 미친 듯이 고개를 앞뒤로 흔들고 또 흔들었다. "나는 너를 좋아하지 않았어. 사랑한 적은 더욱 없었지. 그게 내 진심이야. 에번도 너를 이기적이고 자기중심적이라고 생각했어. 네게 싫증냈고 네가 집을 떠났을 때 기뻐했지. 이제 너는 점점 늙어가겠지. 늙고 뚱뚱해질 거야. 네 남편도 너를 정말로 사랑하거나 신뢰하지 않는 것 같던데. 너는 원하면 어떤 짓도 할 수 있잖아. 이제 너는 끝이야. 너는 추악한 짓을 저질렀어. 에번의 아내를 가로챘어. 더러운 방법으로 아넷을 꼬여냈겠지. 안 봐도 뻔하다."

경험을 해보지 않았다면 누구도 이해할 수 없을 것이다. 분노가 온몸과 마음을 지배하면 어떤 행동을 하게 되는지 겪어보지 않았다면 모를 것이다. 그 분노는 너무 깊어서, 빠르게 모든 감각으로 파고든다. 영원히 후회할 행동을 저지르게 한다. 나는 침대에 굳은 자세로 앉아 있었다. 온갖 폭언이 멈추지 않고 들려왔다. 아넷도 그 말을 듣고 있을 수밖에 없었다. 심장이 터질 것만 같았다. 캐런의 입을 다물게 하지 않으면 내가 죽을 것 같았다.

나는 침대에서 일어나 캐런을 노려보았다. 내 눈빛에 겁을 먹은 듯 캐런은 뒤로 물러나더니 부엌으로 갔다. 처음에 캐런은 무서운 것처럼 손으로 입을 막았다. 그것도 잠시 그녀는 경멸하는 눈빛으로 나를 비웃었다.

"잠옷을 입고 있는 네 꼴을 한번 봐라." 캐런이 말했다, "중년이 되어 살이 찌고 못생겨졌구나. 내가 겁먹을 줄 알았니?" 캐런은 내게 등을 돌렸다. 나를 무시해버리는 것이 나를 더 비참하게 만들 거라고 생각한 것 같았다. 캐런은 짐 가방에서 린넨 천을 한 뭉치 꺼냈다. 아마도 그녀는 뭔가를 찾고 있는 것 같았다. 뭔지는 알 수 없었다.

나는 뒤에 있는 의자를 잡아들었다. 손가락 마디마디가 하얗게 변할 정도로 나는 의자를 세게 잡았다.

캐런은 몇 발자국 물러났다. 캐런은 들고 있던 린넨 천을 바닥에 떨어뜨렸다. 나는 그녀가 왜 뒷걸음질을 쳤는지 모른다. 애원이었는지 아니면 단순히 방어하려고 한 건지 말이다. 나는 내 손에 있는 의자로 그녀를 힘껏 내리쳤다.

캐런은 바닥으로 쓰러졌다. 약하게 벽을 더듬으며 몸을 떨었다. 그녀의 모습은 징그러운 벌레 같았다. 아넷은 침대에서 일어나 벽 뒤로 물러났을 것이다. 아넷이 무슨 말을 했는지는 기억이 나지 않는다. 어쩌면 그녀도 두려움에 떨었는지 모른다. 의자가 무거워 침대에 떨어뜨렸다. 나는 캐런의 발목을 붙잡고 그녀를 부엌으로 끌고 왔다. 캐런의 잠옷이 허리까지 올라가 있었고 앙상한 다리는 징그러웠다.

나는 지금 되돌릴 수 없는 순간에 대해 적고 있다. 나는 그때 절망 속으로 발을 내디딘 것이다. 생각해보면 모든 것이 순식간에 일어났다. 내 머릿속은 분노에 차 있었던 것 같다. 그 사건을 다시 말하려니 너무 고통스럽다. 그리고 독자들은 이 고백에 혼란스러울 것이 분명하다. 그러나 털어놓고 싶은 마음과 판결을 받기 전에 용서를 구하고 싶은 마음 때문에 나는 이 글을 멈출 수 없다. 유감스럽지만 독자들이 참아주길 바란다.

캐런이 문지방으로 넘어서려하자 나는 문을 걸어 잠갔다. 부엌에는 나와 캐런 둘 뿐이었다. 캐런은 일어나려고 안간힘을 썼지만 이내 다시 쓰러졌다. 문이 살짝 흔들렸다. 분명히 아넷일 것이다. 캐런은 내 이름을 부르며 울부짖었다.

아넷을 해치고 싶진 않았다. 정말로 그럴 생각은 없었다. 그런데 갑자기 창문 열리는 소리가 들렸다. 바닷가로 뛰어 내려간 것 같았다. 아마도 인근 섬사람들에게 위험을 알리려는 거겠지. 어떻게 해야 좋을까? 캐런은 거의 죽어가고 있었다.

분명히 말하지만 도끼는 캐런을 위한 것이었다. 그러나 내가 현관에서 도끼를 집어 들었을 때, 갑자기 아넷이 걱정 되었다. 그래서 나는 부엌으로 바로 가지 않고 고무장화를 신고 다시 밖으로 나가 창문이 있는 쪽 주변을 서성거렸다. 린지가 내 발밑에서 크게 짖고 있었다. 캐런은 울고 있었고 아넷은 창밖에 서 있었다. 그녀의 잠옷 치마 단이 눈에 파묻혀 있었다. 발이 꽁꽁 얼었을 것이었다. 아넷이 입을 벌린 채 나를 바라보았다. 그녀는 아무 말도 하지 않았다. 거리를 좁히려는 듯 아넷은 내게 손을 내밀었다. 나 역시 손을 뻗었다. 나는 그 자리에 서서 그녀를 바라보았다. 그녀의 얼굴에 두려움이 가득했다. 몇 시간 전만 해도 나는 그녀의 부드러운 손길을 느꼈다. 내가 뻗은 손은 그녀에게 닿지 않았다. 그녀는 움직이지 않았다. 나도 마찬가지였다.

도끼가 공중에 떠올랐다. 새빨간 피가 하얀 잠옷과 하얀 눈을 적시고 있었다. 오랫동안 내 기억 속에 남아 지워지지 않는 장면이었다.

나는 어느 때보다 빨리 태양이 떠오르기를 간절히 바랐다. 하늘은 점점 어둠을 걷어내고 있었다. 동이 트려고 했다. 나는 계속해서 환한 빛을 기다렸다. 바다 뒤에서 떠오를 태양을….

나는 내가 생각해낸 스토리대로 장화를 집에 두고 와야 했다. 추워서 발이 떨어져 나가는 것 같았지만 얼마 지나지 않아 감각이 사라져 고통도 느낄 수 없었다. 하지만 떨리는 몸을 주체할 수 없어서 린지를 안았다. 그때 그렇게 하지 않았더라면 아마 얼어 죽었을지도 모른다.

나는 바다 동굴에서 고통의 시간을 보냈다. 눈물이 멈출 줄 몰랐고 피가 날 때까지 바위에 머리를 박았다. 나는 내 손과 팔을 물었다. 바닷물이 밀려와 나를 바다로 쓸어 가주길 바랐다. 하지만 나는 계산된 생각과 사실을 배열해서 내가 만든 이야기에 끼워 맞춰야 했다. 자꾸 캐런의 모습이 떠올라 힘이 들었다. 나는 그녀를 끌고 가 침실에 남겨두었다. 그리고 집에서 달아나기 전에 눈 속에 파묻힌 아넷을 집 안으로 끌어다놓아야 했다.

신의 섭리를 인간은 알 수 없는 것이다. 왜 신은 그날 밤에 기쁨과 죽음, 분노와 부드러움 이 모든 것을 뒤섞이게 했을까. 그 감정들이 서로 뒤섞여 나는 사리분별을 제대로 할 수 없었다. 절망 끝에 서서 더 이상 갈 곳이 없을 때 비로소 신이 구원을 해주실 거라고 믿었다. 나는 태양이 떠오르는 그 동굴 안에서 기도를 하기 시작했다. 에번이 내게 가혹하게 말한 이후 처음이었다. 절벽 끝에 서 있는 기분이 들었다. 그 때문인지 몰라도 나는 그 어느 순간보다 기도에 매달렸다. 나는 캐런과 아넷의 영혼을 위해 기도했다. 집으로 돌아와 왜 아넷이 마중을 나오지 않았는지 궁금해할 에번을 위해서 기도했다. 또 문 앞에 있을 사람들을 보고 당황할 에번을 위해서 다시 기도했다. 그리고 충격에 빠져 휘청거리며 집을 나와 다시는 섬으로 돌아오지 않을 에번을 위해 다시 한 번 기도했다. 마지막으로 형언할 수 없는 슬픔에 빠져 있는 에번의 모습을 보게 될 나를 위해서도 기도했다. 신을 져버린 불쌍한 나를 위해서…….

태양이 떠올랐다. 나는 동굴에서 기어 나왔지만 몸이 굳어서 움직이기 힘들었다. 호텔에서 일을 하던 스타 섬의 목수들은 잠옷 치마를 휘날리며 서 있는 나를 보지 못했다. 나는 언 발을 절룩거리며 바닷가로 나왔다. 잉거브레트슨 씨의 아이들이 말라가 섬에 모여 놀고 있었다. 아이들은 나를 보더니 그들의 아빠를 데

리고 왔다. 그는 노를 저어 내가 서 있는 스머티노즈 섬으로 왔
다. 내 눈은 부어 있었고 발에선 피가 났다. 잠옷 차림에 머리는
부스스했다. 나는 그대로 잉거브레트슨의 품에 안겨 울었다.

　나는 잉거브레트슨 씨의 집으로 옮겨져 침대에 누워 있었다.
사람들의 말소리가 들려왔다. 순서가 뒤죽박죽이었다. 나만큼이
나 그들의 이야기도 정신이 없었다. 내가 의도한대로 사람들은
나를 누군가의 습격에서 신의 축복으로 간신히 살아남은 사람이
라고 생각했다.

　나는 그날도, 그 다음날도 내 끔찍한 이야기를 하지 않았다. 존
과 에번은 잉거브레트슨 씨 집으로 왔다. 에번을 만나면 도대체
뭐라고 해야 할까. 존은 비통한 표정으로 나를 바라보았다. 혹시
나 존이 나를 의심하는 건 아닐까 하는 생각이 들었다. 에번은
몸을 떨면서 방에 들어왔다. 내가 있는 것도 모른 채 그는 주먹
으로 벽을 쳤다. 너무 세게 쳐서 뼈가 부러져버렸다. 그리고 에
번은 비참하고 애처롭게 울부짖었다.

　루이스 와그너의 주머니에서 발견된 단추는 평범한 하얀색 단
추였다. 그 단추는 와그너가 아픈 척하고 누워서 아넷에게 치근
댔던 그날 아넷의 블라우스에서 떨어진 것이었다. 단추가 발견
되면서 살인 사건의 범인으로 루이스 와그너가 확실시 된다는
보도가 이어졌다. 나는 블라우스에서 단추를 떼어 내 잠옷에 넣
어두었다.

나는 종종 에번에게 품었던 평범하지 않았던 사랑에 대해 생각한다. 그리고 그 감정에 몰입해서 내 삶이 꼬인 것은 아닐까 하고 생각한다. 또한 존의 인내심과 존이 내게서 떠나버린 것에 대해서도 생각한다. 아넷의 미모와 온화함에 대해서도 생각한다. 에번이 바다에 쳐둔 그물을 모아온 것도 생각한다. 그물을 어떻게 쳐두는지, 그리고 어떻게 다시 걷어 올리는지, 그리고 그것이 보는 각도마다 색이 어떻게 다른지, 어느 각도에서 어둡고 빛나고 기괴하게 보이는지 생각했다.

지난 밤, 나는 누워서 물밖에 먹지 못했다. 끝이 가까웠음을 직감했다. 이 괴물같이 커가는 병을 약으로는 도저히 이겨낼 수 없었다. 내 자궁에서 생긴 병은 끝없이 나를 괴롭히고 있었다. 이렇게 될 줄 알고 있었다. 아마도 엄마가 죽던 그날 밤 느꼈던 것 같다. 언젠가 내 피 역시 이불을 적셔갈 것을. 아주 오래 전 엄마가 죽던 그날 밤처럼….

곧 있으면 우리는 새로운 세기를 맞이한다. 하지만 나는 그것을 볼 수 없을 것이다.

내 손은 쉴 새 없이 떨리고 내가 쓴 글은 암울하고 끔찍하다. 그렇지만 나는 이야기를 마칠 수 있어 매우 기쁘다. 이제 나는 신에게 묻고 싶다. 왜 나를 구원해주지 않았는지.

나를 돌봐주는 소녀가 아침 일찍부터 커튼을 열었다. 어렸을 때처럼 나는 창밖에 보이는 루르비크 만을 바라보았다. 만은 매일 변하고 있었다. 소녀는 항상 약을 챙겨왔다. 나는 약이 없으면 버틸 수 없었다. 소녀는 나의 더러운 이불을 갈아주었다. 내가 먹을 수 있는 묽은 수프도 가져왔다. 소녀는 가끔 내게 많은 이야기를 해주곤 했다. 재미있는 이야기는 아니었다. 아마 곧 이 소녀는 내가 죽는 모습을 지켜볼 것이다. 그녀를 위해서라도 얼른 시간이 흐르길 바랐다. 더는 어떤 드라마도 어떤 고통도 없었으면 한다.

1899년 9월 26일, 마렌 크리스텐슨 혼트베트.

12.

   나는 종이뭉치를 쥐고 작은 배 위에서 해가 지는 스머티노즈 섬의 모습을 바라보았다.

   얼마 전 나는 보스턴의 한 식당에서 애덜린과 함께 식사를 했다. 작년 여름에 들르고 처음이었다. 처음에는 식당의 구조가 변해서 좀 당황했다. 천장은 높아졌고 복잡하게 만들어진 조형물이 곳곳에 배치되어 있었다. 의자도 연보라색으로 바뀌어 있었다. 모란꽃이 대리석 꽃병에 꽂혀 테이블 위에 있었다. 애덜린은 오른손에 와인 잔을 들고 나를 기다리고 있었다. 단발로 자른 머리는 미끈하게 윤이 났다. 그제야 그녀가 보스턴 은행에서 일했다는 사실을 받아들일 수 있었다. 애덜린은 밝은 회색의 실크 블라우스에 검은색 정장 차림이었다. 목에는 여전히 십자가 목걸이를 걸고 있었다.

우리의 대화는 부자연스럽고 껄끄러웠다. 애덜린은 내게 잘 지냈냐고 물었고 나는 적당한 대답을 생각해내기가 힘들었다. 그녀는 지금 하는 일에 대해 간단히 소개하고 결혼을 했다고 말했다. 누구냐고 물었더니 은행에서 같이 일하는 직장동료라고 했다. 나는 그녀가 잘 살길 바랐다.

"토머스는 봤어요?" 내가 물었다.

"네, 아래 내려가서 봤어요. 전보다는 자주 못 보겠죠."

아래는 토머스 본가가 있는 헐을 말하는 것이었다. 그곳에서 리치가 토머스를 돌보며 지내고 있다.

"아직도 글을 쓰나요?" 내가 물었다.

"아니요, 토머스는 그냥 책상에 앉아 있거나 해변을 산책한다더군요."

나는 토머스가 바다를 바라볼 수 있다는 사실에 너무 놀랐다.

"자신을 원망하고 있어요." 애덜린이 말했다.

"제 탓이에요."

"사고였을 뿐이에요."

"그렇지 않아요."

"그럼 그 일 이후로 토머스를 만나지 않았나요?"

애덜린은 그 일을 정확히 말하지 않았다.

"그 일 이후로 우리는 잠시 함께 지냈어요. 고통스러웠죠. 어쨌든 저도 토머스를 만나러 곧 내려갈 거예요." 내가 그녀에게 말했다.

"시련이 지나고 서로에게 위안을 얻는 부부들이 있어요."

"토머스와 나에겐 해당사항이 없는 이야기네요." 나는 조심스
럽게 말했다.

빌리가 사라진 후에 토머스와 나는 서로에게 되돌릴 수 없는
말들을 했다. 죽어도 잊지 못할 말들이었다. 나와 토머스가 짊어
져야 할 슬픔과 고통이 어땠는지는 말로 표현하기 힘들다. 나는
아무런 의욕도 없었다.

"일하고 있나요?" 그녀가 물었다.

"가끔요."

그녀는 십자가 목걸이를 만지작거리며 말했다. "음, 지금은 아
니지만 당신이 토머스와 내 사이를 의심한 것 같아 늘 걱정했었
어요."

"아니에요, 제가 오해했었나 봐요. 토머스가 모두 말해주었어
요." 나는 무거운 은수저를 들었다 놓았다. 나를 빼고 주변에 있
는 모든 것에는 활기가 넘쳤다.

"그리고 다른 것도 있어요. 그녀가 말했다. "빌리는 토머스가
형식상 나를 초대한 걸 오해한 것 같아요. 아마 빌리는 내가 엄
마행세를 한다고 생각했나 봐요."

나는 고개를 저었다. "당신은 행운아에요." 내가 말했다. "구
명조끼를 입지 않은 것 말이에요."

애덜린은 눈길을 돌렸다.

"왜 빌리를 혼자 뒀나요?" 내가 물었다. 아마도 조금 화난 게
보였을 것이다.

애덜린에게 이런 질문을 하지 않겠다고 다짐했지만 결국 나는
묻고 말았다.

그녀의 눈가가 젖어 들었다. "진. 얼마나 후회했는지 몰라요.
빌리 앞에서 아픈 티를 내기가 싫었어요. 그냥 신선한 공기를 마
시고 싶었죠. 선실 문을 열고 갑판 위를 쳐다봤어요. 빌리의 손
이 닿지 않을 거라고 생각했어요. 그래서 문을 닫지 않았어요."

"문을 열어놓은 것을 탓하는 게 아니에요." 내가 말했다.

애덜린은 코를 풀었다. 그녀와 와인을 마실 만큼 오래 머물 생
각이 없었으면서도 나는 와인을 주문했다.

"빌리는 참 예쁜 아이였어요." 애덜린에게 말했다.

나는 종종 물의 무게와 어른들의 부주의함에 대해 생각한다.

빌리의 시신은 결국 찾지 못했다. 세서미 스트릿이 그려진 구
명조끼만이 메인 주 케이프 네딕에서 쓸려왔다. 내 기억으로 빌
리는 구명조끼를 걸쳤지만 단단히 입지는 않았다. 스스로 조절
해보려 했으나 버클이 잘 채워지지 않았을 것이다. 빌리는 구명
조끼가 자기 뜻대로 되지 않아 심통이 났을 것이고, 계단으로 올
라와 나나 애덜린에게 허리 버클을 꽉 매어달라고 부탁하려 했
을 것이다. 그리고 불쌍한 나의 딸은 커다란 파도를 보았을 것이

고, 놀라기도 전에 파도에 휩쓸렸을 것이 틀림없었다. 나는 문득 궁금해졌다. 빌리가 엄마! 엄마! 하고 불렀을까? 바람이 세서 내가 빌리의 울음소리를 듣지 못한 건 아닐까?

나는 마렌 혼트베트에 관한 서류와 해석을 평론사로 보내지 않았다. 그때 찍은 사진도 보내지 않았다. 에디터 역시 내게 그것을 요구하지 않았다.

나는 나중에 존 혼트베트와 에번 크리스텐슨의 소식에 대해 읽게 되었다. 존 혼트베트는 포츠머스에 있는 사가모어 스트릿으로 가서 재혼을 했고 호노라라는 이름의 딸도 낳았다고 한다. 1877년 에번 크리스텐슨은 밸보어 모스라는 여자와 뉴브런즈윅에서 결혼해 목수 일을 하며 지냈다고 한다. 다섯 명의 자녀가 있었지만 두 명은 어릴 때 병으로 죽었다고 했다. 나는 에번 크리스텐슨이 다른 여자와 결혼을 해야만 했는지 생각해봤다. 그는 어떤 생각을 하며 살아갔을지 정말 궁금했다.

아넷과 캐런은 나란히 포츠머스에 묻혔다.

나는 가끔 마렌 혼트베트에 대해 생각을 해본다. 그녀는 왜 글을 썼을까. 물론 속죄하는 마음으로 썼겠지만 용서를 구하려는 의도는 없었던 것 같다. 단지 그녀를 압박해오는 세월의 무게 때문이었을 것이다. 더 이상 감당할 수 없는 그런 무거운 무게.

나는 들고 있던 종이뭉치를 물속에 던져버렸다. 일렁이는 물결 속에 종이가 떠다녔다. 마치 개념 없는 뱃사람들이 던진 쓰레

기 같았다. 종이는 아침이 되면 사람들이 보기도 전에 물속에서
산산이 부서질 것이다.

물의 무게

1쇄 인쇄 2011년 7월 7일
1쇄 발행 2011년 7월 15일

지은이 애니타 슈리브 · **옮긴이** 조한나
펴낸곳 도서출판 북캐슬 · **인쇄** 삼화인쇄(주)
펴낸이 박승규 · **마케팅** 최윤석 · **디자인** 진미나
주소 서울시 마포구 서교동 463-3 성화빌딩 5층
전화 325-5051 · **팩스** 325-5771 · **홈페이지** www.wordsbook.co.kr
등록 2004년 3월 12일 제313-2004-000061호
ISBN 978-89-964036-7-8 03840
가격 12,000원